로스트인
상봉동 **1**

로스트 인 상봉동 1

ⓒ 유호, 2016

초판 1쇄 인쇄일 2016년 11월 1일
초판 1쇄 발행일 2016년 11월 10일

글 유호
펴낸이 김지영　**펴낸곳** 해든아침
편집 김현주
마케팅 조명구　**제작·관리** 김동영

출판등록 2001년 7월 3일 제2005-000022호
주소 121-895 서울시 마포구 서교동 400-16 3층
전화 (02)2648-7224　**팩스** (02)2654-7696

ISBN 978-89-5979-476-8 (04810)
　　　978-89-5979-479-9 (SET)

로스트인

Lost in Sangbong-dong

상봉동 **1**

유호 장편소설

해든아침

목차

프롤로그

아스팔트까지 축축 늘어지는 후텁지근한 날씨였다. 이제 겨우 6월 말인데도 수은주는 연일 30도를 넘겼고 습도까지 지독하게 높아서 그냥 서 있는 것조차 숨이 막힐 지경이었다. 그나마 앞서 걷는 영계의 늘씬한 다리가 유일한 위안거리였다.

이런 가난뱅이 동네에서 저런 기특한 엉덩이를 매일 볼 수 있다는 건 사실 횡재에 가까웠다. 물론 시간 맞춰 나와야 한다는 단점은 있지만 그럼에도 매우 즐거운 일이었다.

특히 오늘은 민소매 티셔츠에 짧은 반바지를 입었는데 몸매가 모두 드러나서 보는 것만으로도 아랫도리가 뿌듯해졌다. 주머니에 손을 넣어 단단해진 물건을 한쪽으로 밀어냈다.

'좀 참아 인마. 크흐.'

여자는 평소와 마찬가지로 낡은 다세대 주택들이 늘어선 이면도로로 들어서서 경사로를 올라갔다. 술을 제법 마셨는지 조금 흐트러진 걸음 걸이, 오늘은 새로운 시도를 해보아도 괜찮을 것 같았다. 걷는 속도를 살짝 높여 거리를 좁혔다.

이제 10미터쯤 더 올라가면 좁은 골목으로 꺾을 것이다. 예상대로 여자는 골목 어귀에서 벽을 짚고 방향을 틀었다.

'역시!'

바로 뒤까지 다가가도 여자는 전혀 신경 쓰지 않았다. 오늘은 다시없는 기회였다. 왼쪽으로 다가서면서 여자의 엉덩이에 살짝 손을 올렸다. 기대대로 탄탄하고 탄력이 넘쳤다. 화들짝 놀라 올려다 보는 여자를 향해 히죽 웃어주면서 손끝에 힘을 넣었다.

'대박이네, 흐흐.'

손바닥에 감기는 짜릿한 전율이 정수리까지 밀고 올라왔다. 생각보다 훨씬 더 느낌이 좋았다. 여자의 어깨를 슬쩍 벽으로 밀치면서 가슴을 움켜쥐었다. 저릿했다. 안에 브라가 없는 것처럼 뭉클하게 가슴이 만져졌다. 그런데 바로 그 순간, 눈에서 번쩍 불똥이 튀었다.

"억!"

순간적으로 비틀거리며 밀려나 양손으로 코를 잡았다. 미끈한 액체가 만져졌다. 확실치는 않지만 여자의 팔꿈치가 콧잔등을 정통으로 때린 것 같았다.

"이런 쌍년이!"

화가 머리끝까지 치솟았다. 이런 경우는 처음이었다. 보통 술 취한 년들은 놀라서 반응을 보이지도 못하는데 이건 다짜고짜 주먹부터 휘둘렀다. 이러면 그에 상응하는 대가를 치르게 해야 했다.

재빨리 뒷주머니의 커터칼을 잡았다. 하지만 칼을 빼기도 전에 여자의 발차기가 날아들었다.

'켁!'

삽시간에 눈앞이 시커멓게 변했다. 관자놀이 어딘가를 맞은 것 같은데 정신을 차릴 수도 없었다. 그리고 뿌듯했던 아랫도리에서 무시무시한 통증이 솟구쳤다.

'씨팔!'

비명도 지르지 못하고 털썩 주저앉았다. 다시 발차기가 얼굴로 날아들었다.

하연수는 허탈한 웃음을 토해냈다.

"하!"

경찰관은 난감한 표정으로 머리를 긁적였다. 경사 계급장을 달고 있는 통통한 체격의 40대 사내인데 피곤에 지쳐 모든 게 귀찮은 얼굴이었다.

"아니, 애를 이렇게 떡을 만들어놓고 어쩌란 말입니까."

요행히 시장통에서 빠져나오는 순찰차를 만나 세웠는데 이미 뒷자리에 취객을 세 명이나 태우고 있어서 처리가 마땅치 않은 모양이었다.

"그래서요? 내 잘못이라는 거예요?"

짜증스런 목소리가 나갈 수밖에 없었다. 하연수가 목소리를 높이자 엉망으로 망가진 치한도 지지않고 악을 썼다.

"아, 씨팔! 난 그냥 지나가고 있었다니까요! 이년이 갑자기 달려들더니 발로 막 날아차고 주먹 휘둘러서 그냥 정신없이 얻어맞았다니까! 갈빗대도 몇 개 나갔어! 이년 이거 완전 미친년이란 말이에요!"

휴지로 쌍코피를 막았고 입술은 모조리 터진데다 시커멓게 죽은 눈두덩이 위로 말라붙은 피가 보였다. 너무 심했나 싶은 생각이 살짝 들었다. 경사가 들고 있던 작은 책으로 치한의 머리를 쿡 찔렀다.

"시끄러, 짜샤. 여자한테 쳐터진 게 자랑이냐?"

그리고는 쩝쩝거리며 입맛을 다시다가 순찰차 운전석에 타고 있는 다른 경찰관을 불렀다.

"야! 강 경장! 이거 처리 좀 해라!"

"넵."

강 경장이라고 불린 사람은 평범한 체격의 서글서글한 눈매를 가진 사내였다. 대략 서른 안팎의 갸름한 얼굴인데 어딘가 친숙한 느낌이었다. 명찰의 이름은 강민태였다.

강민태는 사내가 주저앉은 보도블록에 털썩 앉더니 지극히 사무적인 표정으로 사내의 신분증을 노려보다가 손바닥으로 치한의 뒤통수를 가볍게 쳤다.

픽!

"으악! 경찰이 사람 친다!"

치한은 느닷없이 머리를 잡고 호들갑을 떨었다. 젊은 경찰관이라고 만만하게 본 모양이었다. 그런데 강민태의 목소리가 갑자기 달라졌다.

"야, 최영신이, 너 내가 누군지 몰라?"

"내가 당신을 어떻게 알아!"

"당신? 잘하면 맞먹겠다, 인마. 너 짝발 밑에 있지? 그 새끼부터 불러다 족쳐줘?"

"에?"

최영신은 갑자기 기가 죽었는지 기어들어가는 소리를 냈다. 짝발이라는 사람이 근처 건달들 왕초인 모양이었다.

"그게 폭행당한 거랑 무슨 상관입니까? 지나가는 데 이년이 갑자기 때렸다니까요?"

"짝발 그자식이 내 이름 이야기 안 하디? 이 동네서 삘짓하다가 나한테 걸리면 어떻게 된다는 거?"

"어… 그게….'

최영신은 잔뜩 주눅 든 표정으로 어깨를 늘어트렸다. 순찰차를 보는 순간부터 길길이 뛰던 놈이 말 몇 마디에 기가 죽은 모습이었다. 강민태가 킥킥대며 웃었다.

"인마, 대충 넘겨짚어도 홀랑 넘어오는 놈이 무슨 놈의 오리발이야? 내 특별히 짝발한테는 말 안 한다, 대신 다시 내 눈에 띄면 넌 뒈지는 거야, 그러니 오늘 당장 이 동네 떠라. 아니다, 아예 서울 바닥 뜨는 게 좋겠네, 어영부영 이 동네 돌아다니다 나한테 걸리면 그날로 제삿날이야. 특히 이 아가씨 또 따라다니면 그때는 아예 짝발 다리몽뎅이부터 작살 내준다. 알았냐?"

최영신은 입을 헤 벌린 채, 대답도 하지 못하고 있었다.

"꺼져."

"네? 가도 됩니까?"

"요 앞에 병원 가면 빨간약이라도 발라줄 거다. 맘 변하기 전에 거기 들렀다가 사라져."

다시 때리는 시늉을 하는 강민태를 물끄러미 쳐다보았다. 아저씨 냄새 풀풀 풍기는 '빨간약'이라는 단어를 사용했기 때문이었다. 잘해도 서른이 안 되는 나이 같은데 입에서 나오는 단어들은 완전히 40대 아저씨였다. 거기다 피의자 다루는 솜씨가 너무 능수능란해서 외모와는 달리 도무지 서른 안쪽이라고 봐주기 어려웠다.

"행여 거기서 진단서라도 떼 달라고 손 벌리면 그땐 진짜 내 손으로 묻어버린다, 알아들어?"

"네? 네! 형님!"

"내가 왜 니 형님이야? 보도블록 더러워진다, 당장 엉덩이 떼고 꺼져."

"네! 감사합니다!"

최영신은 그녀가 뭐라고 항의하기도 전에 빈개같이 의사에서 일어나 절뚝거리면서 몇 발 걸었다. 그리고 돌아서서는 강민태에게 꾸벅 인사를 하고 빛의 속도로 사라졌다.

"저기요, 저 자식 정말 그냥 보내는 거예요? 며칠째 날 스토킹까지 했는데… 말이 돼요?"

바락바락 악을 썼는데도 강민태는 천하태평이었다.

"하연수 씨, 솔직히 그쪽이 너무 예쁜 것도 죄라면 죕니다. 크크,"

"뭐요?"

"그런데… 혹시 저 모르시겠어요? 울 동네 슈퍼에서 몇 번 마주친 거 같은데."

새삼 강민태의 얼굴을 꼼꼼히 뜯어보았다. 어쩐지 낯이 익다고 생각했는데 같은 골목에 있는 다세대 주택 어딘가에 사는 사람이었다. 오가다 눈인사도 몇 번 한 것 같았다.

"아."

"동네분이라 가능하면 유리하게 처리하려고 한 겁니다, 사실 저 자식이 진단서 떼서 고소라도 하면 그쪽만 골 아파집니다. 현장 근처에는 CCTV도 없고 목격자도 없잖아요, 솔직히 추행했다는 증거는 전혀 없고 저 자식이 얻어맞은 증거만 확실하잖습니까? 하연수 씨는 본인이 자진해서 때렸다고 자백한 꼴이고요."

"그게 경찰이 할 이야기에요? 범죄로부터 평범한 시민들 지켜줘야 하는 게 경찰 아닌가요?"

"평범한 시민… 그거 그쪽한테는 적용하기 어려운 이야기 같은데요? 애를 떡을 만들어놓고 무슨… 크크."

발끈했지만 굳이 항변하고 싶지는 않았다. 건장한 체격의 남자를 간단히 때려눕힌 게 사실이니 변명의 여지도 없었다. 하지만 아무리 그래도 화가 나는 건 어쩔 수 없었다. 목소리에 더 날이 섰다.

"말씀 너무 막하는 거 아니에요?"

"애 그만큼 작살냈으니 이 정도에서 넘어가세요, 솔직히 경찰서로, 법원으로 쫓아다니는 거 피곤하잖아요."

강민태는 순찰차 뒷자리에서 고래고래 소리를 지르는 취객들을 돌아보면서 어깨를 으쓱해 보였다. 순간, 기다렸다는 듯이 전화기가 요란스럽게 울렸다. 잇달아 순찰차의 무전기가 또 신경질을 냈다.

경사가 얼른 무전기에 매달리고 강민태도 전화를 받더니 몇 마디 대답하고는 바로 끊었다. 그리고 그녀의 얼굴을 빤히 쳐다보았다. 바빠서 어쩔 수 없으니 참으라는 뜻 같았다.

"실종신고를 해도 딴 데 가서 알아봐라, 현행범을 잡아놔도 그냥 가라? 당신들 도대체 뭐하는 사람이죠?"

벌떡 일어나 강민태를 매섭게 노려보았다. 강민태는 머리를 긁적이면서 씁쓸하게 웃었다.

'나쁜 자식.'

더는 상대하고 싶지 않았다. 내심 욕설을 쏟아내며 돌아서서 집을 향해 걸음을 옮겼다. 그런데 의외로 강민태가 따라왔다.

"집에 데려다 줄게요."

"됐거든요?"

"이런 경우엔 집까지 모셔다 드리는 게 규정입니다, 물론 핑계지만, 흐흐. 어차피 깡통시장 잠깐 들러야 할 일이 생겼으니까 같이 갑시다."

강민태는 능글맞게 웃으면서 나란히 걷기 시작했다. 포기하고 그냥 걸었다. 피곤하기도 하고 집에 가다가 그놈을 또 만나는 불상사도 피하고 싶었다. 골목을 벗어나 시장통으로 들어서자 강민태가 정색을 하고 조용히 말했다.

"김 경사님이 나한테 처리하라고 하면 그건 피해자의 입장이 도리어 불리한 경우입니다. 내가 우격다짐으로 처리하는 편이 하연수 씨에게 도움이 된다고 판단한 거죠. 내가 그런 건 전공이거든요, 후후."

하연수는 강민태에게는 눈길도 주지 않고 정면을 주시했다.

"그리고 그 자식 갈빗대 진짜 나갔습니다. 이빨 두어 개 흔들리고 왼손 엄지손가락도 미세골절입니다. 여기저기 멍 잔뜩 들었고 쌍코피 터졌고… 크크, 그 정도 폭행이면 추행했다는 증거가 있어도 과잉방어로 고소당할 수 있어요."

"의사도 아니면서 그걸 어떻게 알아요?"

"제가 지금은 이렇게 아아주 잘 생겼어도 어릴 적엔 좀 놀았거든요, 후후. 아쉽겠지만 이렇게 해결하는 편이 하연수 씨에게 유리합니다. 참으세요."

정면을 주시한 채 입을 꾹 다물었다. 불쾌하긴 마찬가지였다. 강민태가 다시 물었다.

"그런데 실종신고는 무슨 소리죠? 누가 실종됐습니까?"

"내 룸메이트에요, 3일 전에 나가서 돌아오지 않았는데 연락이 되질 않아요. 전화기도 꺼져 있어요."

"여행이라도 간 거 아닐까요? 아님 고향집에 내려갔을 수도 있죠."

"말도 없이 그럴 애 아니에요, 알바하는 편의점도 이틀이나 결근했는데 연락 없대요."

"전화기 꺼져 있다는 것만으로는 아무것도 증명할 수 없어요, 범죄나 폭력배와 관련됐다는 증거 같은 건 없어요?"

"신고하는 사람이 왜 그걸 증명해야 하죠? 사람이 없어졌다는 사실 하나면 되는 거 아닌가요?"

"신고대상이 성인이잖습니까, 성인 실종신고는 범죄와 관련되었다는 확증이 있을 경우가 아니면 직계가족이 아닌 제3자가 신고할 수 없습니다. 사실 일선 서에서 그런 거 다 받아줄 방법이 없어요. 업무 마비되니까요."

"말이 돼요? 걔 외할머니 한 분만 살아계신다고 알고 있는데 무슨 직계가족을 찾아요? 최소한 시골에 연락이라도 해봐야 하는 거 아닌가요?"

"그게 말처럼 쉽지가 않습니다, 솔직히 실종자 찾아놓고 보면 열에 아홉은 그냥 가출 아니면 실연여행, 도피, 뭐 그런 겁니다. 때리는 남편이나 남자친구 피하기 위해서 도피했는데 그거 찾아내기 위해 신고하는 경우도 부지기수입니다. 그래서 조건도 달고 규정도 만든 겁니다. 후…"

길게 한숨을 내쉰 강민태가 깡통시장으로 이어지는 골목에 있는 포장마차를 가리키며 말을 이었다.

"대신 해결 방법은 알려드리죠, 술 한 잔 더 할래요?"

"아뇨, 그럴 기분 아니에요."

"그럼 잠깐만 기다려요, 잠깐이면 됩니다."

뒷걸음질로 포장마차에 들어간 강민태는 말도 없이 어묵 꼬치 하나를 입에 물고 포장마차 주인아주머니와 낄낄거리며 대거리를 했다.

"내일 구청 단속반 나오니까 하루 쉬세요, 거기 용역 애들은 나도 대책 없어요. 흐흐."

"아고, 강 경장. 매번 고마워, 덕분에 먹고 살아."

"별 말씀을요, 갈게요. 수고하세요."

"어, 잘 가. 고마워."

돌아서는 강민태를 보면서 인상을 긁었다. 어묵 값을 내지 않은 것 같아서였다.

"오뎅 값 안 내요?"

"괜찮아요, 갑시다."

"네?"

노려보는 그녀의 눈앞에 강민태가 대뜸 명함 한 장을 내밀었다. 이름도 없고 전화번호 하나만 딸랑 적힌 명함이었다.

"통화해봐요, 믿을 만한 친구고 실력만큼은 최고니까."

"이게 뭐죠?"

"이야기해둘게요, 아마 성질머리 더러운 걸로는 하연수 씨랑 쌍벽을 이룰 겁니다. 후후, 돈이 좀 들긴 할 건데… 함 생각해봐요."

"휴학생이 돈이 어딨어? 먹고 죽을 돈도 없는데."

큰소리로 궁시렁거렸지만 강민태는 그냥 씩 웃더니 휘적휘적 앞서서 걷기 시작했다. 그러다가 갑자기 돌아서서 웃었다.

"아… 그놈 미녀와 아이들은 필수 보호대상이라는 주의니까 그쪽은… 많이 할인해줄지도 모릅니다, 후후."

강민태는 '그쪽은'이라는 단어를 입에 담으면서 동시에 양손으로 크게 'S'자를 그리고 또 히죽 웃었다.

'뭐 저런….'

욕설이 목젖까지 치밀어 올라왔다.

비^雨

통장에 남은 돈을 탈탈 털었다. 달랑 72만 원이 전부였다. 방세는 냈지만 다음 월급날까지 버티려면 최소 20만 원은 있어야 라면이라도 먹을 수 있다. 22만 원을 빼서 책갈피에 끼워놓고 50만 원만 챙겼다. 줄 수 있는 최대한의 액수였다.

끝으로 아껴두었던 아이보리색 원피스를 꺼내 입고 한쪽에 세워둔 좁은 전신거울에 자신의 모습을 비춰보면서 쓴웃음을 지었다.

'이걸 왜 입지?'

조금이라도 더 예쁘게 보여서 남자 눈을 홀리고 싶은 모양인데 솔직히 자신은 없었다. 알바에 쫓기다보니 다크 서클은 턱밑까지 내려왔고 피부도 거북이 등껍질처럼 꺼칠한 형편, 눈가에는 잔주름까지 생긴 것 같았다.

피부에 신경을 좀 써야겠다는 생각을 하면서 시간을 확인했다. 아직

9시 30분, 그냥 집을 나섰다. 약속장소가 시장 뒷골목의 허름한 포장마차라 시간은 좀 남겠지만 여유 있게 움직이고 싶었다.

아직 이른 시간인데도 시장은 거의 파장분위기였다. 도착하자마자 포장마차에 들어가 우동 하나를 시켜놓고 한숨을 길게 내쉬었다.

'어디부터 잘못된 걸까?'

나이는 벌써 스물여섯인데 변변한 직장은커녕 여태 졸업도 못하고 잡다한 알바를 전전하는 형편이었다. 다음 달 10일에 외교부 인턴으로 출근할 예정이지만 외교부를 방문하는 외국인들을 며칠 가이드 하는, 문자 그대로 임시직이라 정식 취업을 기대하기는 어려웠다.

'휴… 인턴 나가기 전까지 알바를 하나 더 해야겠네… 시간이 될까?'

토익부터 시작해서 DELF까지 스펙은 잔뜩 쌓아놨는데도 취업문턱은 더럽게 높았다. 졸업학점 다 따놓고 졸업장만 받지 않은 채로 버티기에 들어간 형편, 목구멍이 포도청이라 먹고 살기 위해 여기저기 아르바이트 찾아다니는 게 당장 할 수 있는 전부였다.

우동 몇 가락을 입에 넣고 씹기 시작하려는데 누군가 다가와 옆자리에 털썩 주저앉았다. 주인아저씨가 반갑게 인사를 건넸다.

"어, 왔어? 같은 걸로 줄까?"

"그러죠."

주인아저씨가 능숙하게 순대를 자르는 동안 사내를 힐끗 돌아보았다. 텍사스 레인저스 야구모자에 평범한 티셔츠 차림인데 균형 잡힌 체격과 검게 그을린 피부가 인상적이었다. 나이는 강민태와 대충 비슷해 보였다.

'이 사람인가?'

그런데 분위기가 지독하게 무거웠다. 분명 윤곽이 뚜렷한 호남형의 얼굴인데 눈 마주치는 것도 부담스러울 정도로 눈빛이 차가웠다.

"모듬순대 1인분 나갑니다! 소주는 셀프, 알지?"

사내는 고개만 까딱하고는 소주병과 잔 두 개를 집었다. 잔 두 개에다 모두 술을 따르더니 하나를 그녀 앞으로 밀었다.

"사람을 찾는다죠?"

"네?"

"사연이나 들어봅시다."

사내는 눈도 마주치지 않았다. 덕분에 곁눈질로 사내의 옆모습을 훑어볼 수 있었다. 첫인상은 확실히 강했다. 185센티미터는 훨씬 넘을 것 같은 키에다 어디 하나 흠잡을 데 없이 탄탄한 체격, 한 술 더 떠서 움직일 때마다 티셔츠 아래로 드러난 잔 근육이 꿈틀거렸다.

순간, 사내의 눈길이 돌아왔다. 급히 시선을 깔고 전화기를 꺼내 친구와 같이 찍은 사진을 띄워 사내에게 건넸다. 사진을 일별한 사내가 전화기를 돌려주며 심드렁하게 중얼거렸다.

"미인이군."

"이름은 박민지에요, 스물여섯이고 '블루 큐어'라는 기획사에서 보컬 트레이너로 일하는데 풀타임은 아니에요, 일이 있을 때마다 나갔고 생계를 위해서 알바를 몇 군데 뛰고 있어요."

"박민지, 직업은 보컬트레이너, 스물여섯, 사진 상으로는 미인이고, 계속해."

"목요일날 밤에 전화 받고 나갔는데 그 후엔 못 봤어요, 전화기도 꺼져 있어요."

"목요일이면 6월 23일이고… 몇 시에 전화를 받았지? 나갈 때 입은 옷은?"

"저녁 9시 좀 넘었던 것 같고 옷은 흰색 투피스였어요."

단숨에 잔을 비우고 다시 술을 따르는 사내의 옆모습을 물끄러미 쳐다보았다. 확실히 선이 굵은 얼굴, 쉽게 잊혀지지 않을 사람이었다.

"밤 아홉 시가 넘었고 흰색 투피스라면 평범한 식사약속은 아니고… 전화 건 사람은?"

하연수는 소주잔을 집어 반쯤 마시고 오만상을 찌푸렸다. 처음엔 잘못 들었나 싶었는데 이 남자 계속 반말과 반존대 사이를 오락가락했다.

'아 씨. 여기도 왕 싸가지네.'

울화가 치밀었지만 일단 눌러 참았다. 아무리 싸가지가 없어도 기댈 곳은 여기밖에 없었다.

"몰라요, 말은 안 해줬는데 얼핏 직장동료 같았어요."

"따로 알아보지, 상황파악부터 하고."

"착수금은 얼마나 드려야 하나요?"

"그냥 가출한 게 아니라 범죄가 개입된 거라면 착수금 100만 원. 선

붙이고 전체 가액은 실제 투입한 시간과 비용에 따라 실비정산."

하연수는 선뜻 대답하지 못하고 가방 속에서 50만 원이 든 봉투를 만지작거렸다. 집에 남겨둔 돈까지 전부 가져와도 70만 원이니 계약금 내기도 턱없이 모자랐다. 사내가 다시 말했다.

"박민지 씨 정면에서 찍은 사진 있으면 전화번호하고 같이 보내."

재빨리 봉투를 꺼내 탁자에 올려놓고 말을 받았다. 이판사판이다 싶었다.

"지금 50만 원밖에 없는데 나머지 50만 원은 월말에 알바비 나오면 드릴게요."

사내의 눈치를 살폈다. 사실 알바비가 나와도 50만 원을 더 빼낼 자신이 없고 성공수당을 얼마나 더 달라고 할지도 모르지만 편의점 알바라도 한군데 더 뛰면 어떻게든 될 것 같았다.

'후… 미치겠네.'

불안해하는 그녀의 얼굴을 힐끗 돌아본 사내는 만 원짜리 지폐 두 장을 소주병 옆에 내려놓더니 봉투를 열어 오만 원 짜리 한 장만 빼들고 일어섰다.

"착수금은 이걸로 퉁 치고…."

그냥 가나 싶어 마음을 졸였는데 다행히 내일 보자는 이야기가 나왔고 오만 원 짜리 한 장이라도 집었으니 일단 일을 맡겠다는 뜻 같았다. 마음 변하기 전에 확실히 해야겠다는 생각에 얼른 봉투를 집어 내밀었다. 헌데 사내는 봉투는 거들떠보지도 않고 오만 원짜리 지폐를 내려놓더니 볼펜을 꺼내 건넸다.

"사인해요."

"네?"

"서명하라고."

얼결에 사인하자 사내는 빼앗듯 지폐를 집어들더니 뒷주머니에 밀어 넣고 돌아섰다.

"벼룩이 간 내먹는 짓은 안 해."

"네?"

"착수금 입금됐다고, 한국말 몰라?"

당황해서 말을 더듬다가 얼른 인사를 덧붙였다.

"고…맙습니다, 그런데… 제가 민지 친구랑 직장동료들 만나게 해드릴 수 있는데 같이 다녀도 될까요?"

"꼭 필요하면."

"그랬으면 좋겠어요. 그리고 하나만 더요, 아직 그쪽 이름도 모르는데 어떻게 부르면 되나요?"

"차명석."

사내는 무심한 목소리로 이름 석 자를 입에 담고는 곧장 돌아서서 포장마차를 벗어났다. 시장골목을 천천히 돌아가는 사내의 등을 끝까지 쳐다보면서 흐릿하게 미소를 머금었다.

확실히 나쁜 사람은 아닌 것 같았다. 처음엔 분위기 때문에 잔뜩 겁을 집어먹었는데 꼭 그렇지만도 않다는 생각, 특히 돌아서는 마지막 장면은 허세도 살짝 보이는 상남자 코스프레로 보였다.

비어버린 옆자리가 갑자기 허전하게 느껴졌다.

제과점 건너편에 차를 세운 차명석은 담배를 빼물고 진열대 사이를 바쁘게 움직이는 하연수에게 시선을 고정했다. 다시 보니 밤새 하연수의 얼굴이 머릿속을 떠나지 않은 이유를 알 것도 같았다. 자신의 몸에 익은 오래된 어둠과 완벽하게 대척점에 선 하연수의 밝고 건강한 이미지 때문이었다.

맑은 눈동자와 서글서글한 눈매를 가졌고 살짝 넓은 느낌의 이마와 선명한 이목구비, 도톰하고 매력적인 입술에 싱그러운 미소까지, 어디 하나 흠잡을 곳이 없었다. 여배우나 아이돌같이 화려하지는 않지만 그냥 보고만 있어도 왠지 기분이 좋아지는 사람이었다. 창문을 조금 내리고 긴 한숨과 함께 담배연기를 내보냈다.

'어렵군.'

포장마차에서 잠깐 본 것뿐인데도 신경이 쓰이는 형편, 어쩌면 그래서 더 방어적으로 반응했는지도 몰랐다. 애써 잡념을 털어버리고 김석진에게 전화를 걸었다. 녀석은 언제나 그랬듯 바로 전화를 받았다.

—어, 형.

"알아봤냐?"

―이 분 대박 이쁘네, 흐흐. 형 임자 제대로 만난 거 아냐?

김석진은 대답은 하지 않고 시작부터 낄낄대며 웃었다. 겨우 스물한 살 먹은 놈이 하는 짓은 정말 동네 아저씨였다.

중학교 2학년 때 중퇴하고 검정고시로 고등학교 졸업장을 딴 뒤에는 험악한 사이버 세상으로 들어가 현실과 완전히 단절해버린 놈, 하지만 그가 얻어준 허름한 옥탑방에서 두문불출하는데도 세상 돌아가는 건 가장 많이 아는 녀석이었다. 무슨 이야기인지 뻔히 알면서도 모르는 척 반문했다.

"누구 이야기야?"

―누군 누구겠어, 의뢰인 아줌마지. 분위기가… 그 누구야 탤런트인데… 이태임인가? 이름은 잘 모르겠고 어쨌든 그 여자 판박인데? 흐흐흐.

"그거 누군지도 몰라, 인마. 까불지 말고 알아낸 거나 털어봐."

―넵, 실종된 박민지 씨하고 마지막으로 통화한 번호는 한세희라는 사람 전화야. 박민지보다 두 살 위인데 블루 큐빅에서 매달 60에서 80만 원 사이의 월급을 받고 있어.

"야, 너 은행 해킹했냐? 하지 말라고 했지?"

―에이 씨, 안 한다니까. 그냥 블루 큐빅 컴퓨터에서 장부들 좀 뒤진 거야, 나 엄연히 CISSP(국제공인 시스템 보안전문가) 자격증 가진 사람이야. 날 뭘로 보고… 게다가 그중에서 내가 최고잖아, 크크.

"쓰지도 않는 자격증 이야기는 그만해 인마. 아니면 취직을 하던지,

오라는 회사 많다면서 왜 그러고 있냐?"

—금기어 쓸래? 취직 이야기 하지 말라고 했지? 아님 형하고 안 논다.

"안 그래도 혼자 노는 놈이 뭘 멍멍이 풀 뜯어먹는 소리야? 사진은?"

—두 사람 주소랑 사진, 프로필은 폰으로 보냈어.

"수고했다."

—취직 소리 하지 마!

녀석은 빽 소리를 지르고 전화를 끊었다. 피식 웃으면서 시간을 확인했다. 이제 겨우 일곱 시를 넘긴 형편이라 당장 편의점에서 빠져나오기는 어려울 터였다. 잠시 생각하다가 하연수에게 전화를 걸었다. 목이 빠지게 연락을 기다리고 있을 테니 일단 통화는 하는 편이 나았다.

—네, 아저씨.

'아저씨?'

일순 대답하지 못했다. 나이 서른둘에 벌써 아저씨가 됐나 하는 생각에 쓴웃음이 났다.

"아저씨는 좀 그렇고… 그냥 말 편하게 합시다, 이름 부르지."

—차… 명석 씨? 이럼 돼요?

대답은 하지 않고 곧장 질문으로 넘어갔다. 말을 놓는다고 통보했으니 저쪽에서 어떻게 나오든 상관없었다.

"한세희라고 알아? 마지막으로 통화한 사람이라는데?"

—음… 잘 모르는데 한 번 만난 적 있는 거 같아요, 민지랑 놀러 와서 자고 간 적 있거든…요.

하연수의 대답에 살짝 껄끄러움이 묻어나왔지만 무시했다.

"블루 큐빅에 가면 만날 수 있나?"

―모르겠어요… 거긴 매일 출근하는 게 아니라 아마 어려울 거예요.

"그럼 전화 걸어서 약속 잡아봐."

―전화번호를 몰라요.

"나한테 있어."

―그럼 주세요, 언제가 좋을까요?

"지금."

―나랑 같이 가요, 같이 가야 그 언니랑 이야기가 쉬울 거예요.

"알바 하는 중 아닌가?"

―나갈 수 있어요, 우선 통화하고 약속 정할게요. 번호 주세요.

"바로 보내지."

전화 끊고 곧장 한세희의 전화번호를 보냈다. 문자를 받은 하연수는 그냥 진열대 사이에 서서 한세희와 통화하는 것 같았다. 그리고 전화를 끊자마자 다른 알바생과 뭔가 이야기를 하더니 앞치마를 벗어던졌다. 이어 밖으로 나오면서 그에게 전화를 걸었다. 진짜 같이 갈 생각인 모양이었다. 모자를 더 눌러쓰고 전화를 받았다.

―어디서 만날까요? 지금 나왔어요.

"길 건너, 검은색 소나타."

―네? 아… 보여요.

전력으로 뛰어 길을 건넌 하연수가 재빨리 조수석으로 올라타며 물었다.

"언제 왔어요?"

"어디로 가면 되지?"

"경신대학교요."

대답도, 눈도 마주치지 않고 파킹을 풀었다. 하연수의 옷감 부족한 티셔츠 때문이었다. 가뜩이나 어깨와 목이 많이 드러나는 옷인데 긴 생머리를 뒤로 질끈 묶는 바람에 하얀 목선이 신경을 긁어댔다.

'제기랄, 왜 이러지?'

애써 외면하고 서둘러 출발했다.

이면도로를 벗어나 빠르게 속도를 높이자 하연수가 혼잣말처럼 중얼거렸다.

"그 여자 뭔가 이상해, 날 피하는 것 같은데 이유를 모르겠어요."

그를 향한 시선이 느껴졌다. 그래도 눈을 마주치지는 않았다.

"피해?"

"만나기 싫대요, 많이 취한 거 같은데… 어딘지 아니까 그냥 가요."

"경신대 근처 술집인가?"

"주변이 아주 시끄러웠어요, 학교 앞에 그 사람 음악하는 친구들 아지트가 있다고 했어요. 거기 같아요."

출퇴근 시간이라 가까운 거리인데도 꽤나 오래 운전하고 나서야 학교 근처에 차를 댈 수 있었다. 19시 50분, 하늘은 이미 캄캄해진 뒤였다.

"저기에요."

하연수가 걸음을 멈춘 곳은 학교에서 멀리 떨어진 뒷골목 지하의 작은 카페였다. 걸으면서 천천히 주변을 살폈다. 유동인구가 거의 없는 주택가, 손님은 거의 없을 것 같았다. 위험요소도 없다는 판단을 내리고 계단을 내려갔다.

"먼저 들어간다, 잠깐 기다렸다가 들어와."

"같이 가요, 뒤에 밴드가 쓰는 무대가 따로 있을 거예요."

고개만 끄덕이고 문을 열었다. 눅눅한 알코올 냄새가 가장 먼저 코를 자극하고 잇달아 끈적거리는 재즈음악이 귀청을 때렸다. 홀에는 대여섯 명의 남녀가 흩어져 앉아 있었다. 예상 외로 손님이 많다는 생각을 하면서 스탠드에 걸터앉아 맥주를 시켰다.

짙은 화장을 한 30대 여자 바텐더가 눈웃음을 치며 맥주와 팝콘을 두 사람 앞에 내려놓았다.

"처음이세요?"

"세희 언니가 오라고 했는데 안에 들어가도 돼요?"

그가 뭐라고 대답하기도 전에 하연수가 적절히 말을 섞었다. 제법이라는 생각을 하면서 자연스럽게 내부구조와 손님들의 얼굴을 훑어보았다. 역시 한세희는 보이지 않았다.

"회원제로 운영되는 라이브 클럽이라 정회원과 동행하지 않으면 입장 안 돼요, 세희 나오라고 할 테니까 잠깐 기다려요."

"감사합니다."

한 발 물러선 바텐더는 어디론가 전화를 걸어 몇 마디 이야기를 나누더니 바로 고개를 가로저었다.

"나올 수 있는 상황이 아닌 거 같네, 어렵겠어요."

"네? 언니가 오라고 했는데?"

"많이 취한 모양이네요, 한잠 자고 일어나야 할 것 같답니다, 기다리면서 술이나 한 잔 해요."

차명석은 가장 안쪽의 비상구와 화장실 사인이 붙은 철문을 자연스럽게 돌아보았다. 여자의 눈이 철문 쪽으로 몇 번 돌아갔기 때문이었다. 여기서 다른 방으로 이어진다면 가능성은 저 철문뿐이었다. 팝콘 하나를 입에 던지며 일어섰다.

"화장실 어디죠? 속이 좀 안 좋아서."

"저 문으로 나가시면 바로 나옵니다."

"고맙습니다."

역시 여자는 철문을 가리켰다. 담배를 빼물고 하연수의 어깨를 두드린 다음, 자연스럽게 탁자들 사이를 돌아나가 철문을 열었다. 철문 안쪽은 화장실로 이어지는 짧은 복도와 반대쪽으로 올라가는 계단 몇 개였다. 계단은 반 층 정도 올라가는 높이인데 그 끝에는 다시 철문이 보였다.

철문은 안에서 잠겨 있었다. 하지만 돌리는 손잡이라 별다른 도구 없이 카드만으로도 간단하게 열렸다.

내부는 좁은 통로였다. 헌데 담배연기에 찌든 탁한 공기 속에 아주 미세하게 마리화나 냄새가 섞여나왔다.

'응?'

황당하지만 충분히 예상할 수 있는 상황, 통로 끝에는 벽에 붙은 인터폰 옆에 덩치 하나가 접이식 의자를 놓고 앉아 있었다. 20대 후반쯤으로 보이는데 유도 같은 운동을 했는지 옷깃이라도 잡히면 고생 깨나 할 것 같은 거구였다.

'젠장… 힘 안 쓰고 살기 힘드네.'

일단 취한 척 비틀거리면서 발을 들여놓았다. 몇 발 걷다가 벽을 짚자 거구가 느릿하게 일어나 투덜거리며 다가섰다.

"씨발, 저건 또 뭐야? 어이, 여긴 회원제로 운영되는 클럽이야, 내려가."

"어…뭐?"

벽에 기대 서 있다가 내미는 놈의 손을 잡아채 손가락을 꺾으면서 사타구니를 정확하게 걷어올렸다.

"컥!"

무너지는 놈의 머리를 잡고 턱에다 강력하게 무릎을 박았다. 놈은 비명도 지르지 못하고 뒤로 넘어갔다. 그걸로 끝이었다. 완전히 정신을 잃은 놈을 어렵게 끌어다 의자에 앉히고 복도 끝의 문을 열었다.

내부는 스폿 조명이 난무하는 작은 홀이었다. 들어서자마자 귀를 막아야 할 정도로 엄청난 굉음, 원인 제공자는 작은 무대 위에서 희한한 복장을 한 4인조 밴드인데 무대 앞에 선 20여 명도 길길이 뛰며 같이 악을 쓰고 있었다. 그런데 홀 좌우에 불규칙하게 배치한 테이블에 앉은 몇 명은 이 시끄러운 와중에 조는 것 같았다.

'미친놈들….'

테이블들을 천천히 지나치면서 여자들의 얼굴을 하나하나 확인했다. 일단 춤을 추는 사람들 중에는 한세희가 없었다. 홀을 가로질러 무대 왼쪽으로 가자 소파에 모로 쓰러져 담배를 문 여자가 보였다. 한세희였다. 자연스럽게 다가가 소파 팔걸이에 걸터앉으면서 한세희의 귀에 대고 소리를 질렀다.

"한세희!"

한세희는 손을 어지럽게 휘저으면서 다른 손으로는 연신 코를 만지작거렸다. 뺨을 두드리면서 주변을 살폈다. 신경 쓰는 사람은 아무도 없었다.

'나가야겠군.'

조용히 부축해서 복도로 나왔다. 한세희는 여전히 인사불성, 벽에 대충 기대앉히고 덩치가 앉아 있던 의자 밑에서 생수를 집어 머리에 부어버렸다.

"아… 씨발, 어떤 새끼야!"

한세희의 입에서 거친 욕설이 튀어나왔다. 혀가 완전히 꼬였지만 욕은 제대로 나왔다. 귀찮아져서 가볍게 따귀를 때렸다.

"정신 차려, 한세희."

"어… 이거 뭐야?"

"박민지 어디로 데려갔나?"

"박… 뭐? 그게 누구야? 몰라… 너 누구야?"

다시 따귀를 올려붙였다. 이번엔 고개가 픽 돌아갈 정도로 세게 때렸는데도 꼬인 혀는 풀리지 않았다.

"박민지 어디 있어? 어디로 데려갔지?"

"씨발, 내…가 어떻게 알아, 지가 가겠다고 해서 간 거야. 난 몰라."

문득 독한 향수냄새가 느껴졌다.

'마리화나가 아냐?'

한세희의 손에 꼭 쥐고 있는 가방을 뒤집어 내용물을 바닥에 쏟았다. 한세희는 결사적으로 달려들어 가방 내용물을 정신없이 끌어당기면서 몸으로 가렸다. 화장품 사이에 숨겨놨는지 직접 보지 못했지만 약이 있다는 뜻이었다.

"경찰 부를까?"

"아… 안 돼! 안 돼! 잘못했어요, 뭐 물었죠? 다… 다 이야기할게요."

"박민지 어딨어?"

"이… 이 부장이 입 다물라고 해서 그랬어, 말하면 나 죽어. 진짜 난 그 새끼가 데려오라고 해서 데려간 것뿐이야, 니미… 크흑… 난 잘못한 거 없어. 잘못한 거 없다고! 나보고 어쩌라고! 크흑."

한세희는 갑자기 울음을 터트리면서 격렬하게 몸을 떨었다. 이 여자가 박민지를 이 부장이라는 놈에게 데려간 건 사실로 확인된 셈이었다.

"이 부장이 누구야?"

"이… 이명식, 우리 회사 이… 명수 부장."

"블루 큐빅?"

한세희는 다급하게 고개를 끄덕였다. 대충 그림이 나왔다.

"그날 이명식하고 어디서 만났지?"

"코나… 클럽 코나, 그 새끼 맨날 죽치는 VIP룸…."

"거기서 뭐했는데?"

"모… 몰라, 난 바로 집에 왔어. 그게 끝이란 말야… 크헝… 컥…."

한세희는 울다가 말고 급기야 토하기 시작했다. 차명석은 반사적으로 토사물을 피하면서 일어섰다. 급한 대로 소기의 목적은 달성했고 더 털어도 나올 게 없다는 판단, 우선 이명식이라는 놈을 만나야 했다. 되짚어 계단을 내려오면서 김석진에게 전화를 걸었다.

—넵!

"이명식이라는 놈 주변 뒤져서 사진하고 프로필 보내, 블루 큐빅 부장인 거 같은데 사장 친동생이다. 사람, 회사 전부 종합적으로 털어봐라. 여기저기서 시궁창 냄새 심하게 난다."

—옛썰! 분부대로 합죠, 나리!

최대한 자연스럽게 카페로 돌아와 지폐 두 장을 맥주병 옆에 내려놓고 하연수의 어깨를 짚었다.

"가자."

"언니 안 만나도 돼요?"

"가면서 이야기해, 나와."

손을 잡아끌자 하연수는 고개를 갸웃하면서도 말없이 따라나왔다. 카페를 나서면서 다시 주변을 살폈다. 아직 기도가 기절한 걸 모르는지 특별한 움직임은 없었다. 천천히 차 쪽으로 이동하면서 물었다.

"클럽 코나라고 알아?"

"알아요. 제니스 호텔이 운영하는 클럽인데 연예인들도 많이 드나든다더라고요, 유명해요."

"유명 클럽 VIP룸이라… 점점 더 지저분해지네, 이명식은? 블루 큐빅 부장이라던데?"

"나 그 사람 알아요, 사진도 봤는데 사장 동생이고 지독한 꼴통이라 민지가 맨날 욕하는 사람이에요."

"보면 알 수 있나?"

"알아볼 수 있을 거예요."

"그럼 됐고… 거기 뭐하는 회사야? 엔터테인먼트?"

"네, 포탈에도 나와요. 여자 아이돌 한 팀 포함해서 데뷔한 소속 가수만 열 명이 넘고 연기자하고 모델도 몇 명 있다고 들었어요. 그런데 이명식은 왜요? 그 사람이 관련된 거예요?"

"뻔하잖아, 그리고 한세희 그 여자 중독이야. 그것도 치즈."

"네? 치즈…가 뭔데요?"

코카인 계 혼합물인 속칭 '치즈'는 주로 호흡기를 통해 흡입하는 강력한 마약이었다. 가격이 싸고 구하기 쉬운 반면 환각효과는 강해서 최근에는 갈수록 늘어나는 추세였다.

"보통 중증 코카인 중독자들은 몸에서 식초냄새가 많이 나기 때문에 강한 향수를 쓰는데 한세희가 그랬어, 그 여자 식초냄새 아주 심하고 향

수도 독했다. 코가 헐어서 코를 자주 만지는 것도 특징 중 하나인데 그랬고."

하연수는 꿀꺽 침을 삼켰다. 보통 사람이 마약중독 같은 이야기는 상상하기 어려웠을 터, 당황한 기색이 역력했다.

"일단 마약이 끼어들면 그때부터는 이야기가 많이 달라져, 그쪽은 지금부터 빠지는 게 좋겠어."

하연수는 한참을 말없이 걷다가 갑자기 돌아서더니 그를 똑바로 바라보며 잘라 말했다.

"그럴 수 없어요, 민지는 내 가장 친한 친구고 나도 내 한 몸 정도는 얼마든지 지킬 수 있어요."

"어릴 때 격투기 도장 좀 다녔다고 건방떨지 않는 게 좋아, 밑바닥 싸움질은 차원이 다르니까."

하연수는 조금 놀라는 것 같았다. 의뢰한 자신의 뒷조사도 했다는 생각을 한 모양이었다. 그러나 잠깐뿐이었다.

"상관없어요, 무슨 일이 있어도 내 눈으로 직접 볼 거야."

초지일관 고집스런 대답이라 바로 설득을 포기했다. 성격상 말싸움으로 여자를 이길 재간은 없고 앞으로는 현장에 부르지 않으면 그만이었다.

유명세를 타는 클럽답게 코나는 주차장부터 넓고 화려했다. 큼직한 3층 건물 하나가 전부 클럽인데 다소 이른 시간인지 손님은 그리 많은 것 같지 않았다. 일단 클럽 출입구가 직접 내려다보이는 건너편 패스트 푸드 식당 2층으로 올라가 자리를 잡았다. 대형 클럽이니만큼 기도들의 면면부터 확인하면서 기다릴 생각이었다.

햄버거 세트메뉴 두 개를 들고 올라온 하연수가 나란히 앉았다.

"드세요."

말없이 고개만 끄덕이고 햄버거 포장을 뜯어 한입 베어물었다. 다음은 어색한 침묵이었다. 마땅히 할 말도 없어서 클럽에 시선을 고정한 채 먹는 일에만 집중했다. 침묵이 길게 이어진 뒤, 하연수가 먼저 입을 열었다.

"고맙습니다."

"뭐가?"

"도와줘서요, 착수금도 못 드렸는데."

"돈은 돈 많은 놈들한테 뜯으면 돼."

짧은 대답 후에 다시 침묵, 하연수는 그의 옆모습을 빤히 쳐다보더니 햄버거를 내려놓고 말을 이었다.

"하나 물어봐도 돼요?"

"뭘?"

"강 경장님도 그렇고 그쪽도 나보다 잘해야 서너 살 많은 거 같은데 강 경장님은 무슨 베테랑 형사처럼 폭력조직 생리에 대해서 굉장히 잘 알고… 그쪽도 돈을 벌려고 하는 일 같지 않고… 솔직히 이해가 잘 안 돼서요."

"서너 살은 아냐, 그쪽한테 반말해도 괜찮을 나이야."

이번에도 쳐다보는 게 느껴졌다. 애써 무시하고 콜라 스트로를 슬쩍 입에 대며 말을 이었다.

"그리고 어차피 그쪽이 사는 세상과는 완전히 다른 동네니까 굳이 이해하려고 하지 마."

"뭐가 다르죠? 어차피 내가 사는 세상도 하루하루가 지옥이에요, 어떻게든 살아내는 거죠, 다를 거 있나요?"

하연수의 목소리에 은은한 분노가 깔렸다. 어차피 다들 죽지 못해 사는데 뭐가 다르냐는 뜻일 터, 사실 '헬조선'이라는 유행어까지 나도는 판이니 여기나 저기나 크게 다를 것도 없을 것이었다. 지그시 입술을 깨무는 하연수의 옆모습을 힐끗 돌아보고 햄버거로 시선을 돌렸다. 할 말이 마땅치가 않아서였다. 때마침 주머니 속에서 전화기가 부르르 떨었다.

"잠깐."

김석진의 전화였다. 필요 이상의 대화를 피할 수 있다는 생각에 서둘러 전화를 받았다.

"나온 거 있냐?"

―다 보려면 시간 좀 걸릴 거 같은데? 대충 봐서는 회사 그럭저럭 적자 없이 운영되는 거 같고… 소속 가수나 배우들도 비교적 깨끗해, 일단 이명식 컴이랑 SNS계정들 찾아서 먼저 뒤지고 있어.

"쓸 만한 거 있냐?"

―멍청한 건지 자신감이 넘치는 건지 그 인간 장부를 하드에다 세이브해놨더라고, 기본적으로 한 달에 서너 번씩 3년 넘게 뭉칫돈이 오가는데… 일부는 해외에서 달러로 송금된 것도 있어. 보통 한 번에 천에서 일억 사이고 일부는 형인 이정식에게 현금으로 전달한 것으로 기록되어 있음, 나머지는 나간 기록만 있고 받은 사람 이름은 없어.

"냄새 심하네."

―당근이지, 이 자식 블루 큐빅에서도 특별히 하는 일이 없는데 그만한 돈이 현금으로 지속적으로 들어올 수 있는 일이 뭘까? 여기서 힌트, 자주 접속하는 SNS계정에 여자 연예인이랑 연습생들 사진 수백 장이 올라가 있어, 블루 큐빅 소속이 아닌 여자 연예인들도 다수 포함이야. 물론 요즘 잘 나가는 연예인은 없어.

"답 나왔네."

―글치, 돈 준 사람 이름을 별명으로 기록해놔서 특정할 수 없는데… 액수 크고 지속적인 사람도 있어, 돈 흐름 파볼까?

"다시 한 번 이야기하지만 은행 해킹하지 마, 그럴 시간 있으면 이명식 그 자식 개인자료나 더 털어라. 사진은 어떻게 됐어?"

―보냈는데 알아보기 어려울 거야, 자기 사진이 몇 장 안 되는데다

전부 멀리서 찍은 거고 해상도 최악임.

"일단 알았다, 이따 그놈 전화 복제할 거니까 모니터해."

─엥? 당장 치려고? 너무 급한 거 아냐?

"다른 건이라면 며칠 시간 갖고 신중하게 움직이겠지만 몸값 요구 없는 납치는 달라, 시간이 생명이다. 집에서 보자."

─옛썰.

전화를 끊고 이명식의 사진을 띄웠다. 김석진의 말대로 확대를 해도 얼굴 윤곽은 알아보기 어려웠다. 앞머리가 없어서 이마가 머리 중간까지 올라갔고 살이 좀 쪘다는 정도였다.

"가자."

곧바로 일어섰다. 마냥 기다리면서 불편한 대화를 하느니 들어가서 직접 뒤질 생각, 눈에 확 띄는 미녀와 동행한 이상 입구에서 잡힐 이유도 없었다. 그런데 다른 이유로 제동이 걸렸다.

"오늘 컨셉은 써머 샴페인 샤워파티입니다, 젖어도 괜찮으십니까?"

기도의 말에 재빨리 하연수와 자신의 옷을 훑어보았다. 풀 사이드 파티 같은 이벤트라면 곤란하긴 했다. 둘 다 비교적 간편한 복장이라 옷은 상관없는데 신발은 문제였다.

"신발 사러가기는 싫고… 2층은 괜찮겠지?"

기도는 두말없이 옆으로 비켜섰다. 룸을 잡으면 돈이 좀 들겠지만 상관없었다. 어차피 2층이나 3층을 뒤져야 할 형편이었다.

"호동아! 두 분 2층으로 모셔라!"

"네! 이쪽입니다!"

중앙 홀은 1층부터 3층까지 모두 뚫린 거대한 놀이터였다. 홀 오른쪽은 허리까지 차는 작은 수영장과 침대 형태의 테이블 10여 개가 자리 잡았고 왼쪽은 수십 개의 입석 테이블, 여기저기 설치된 작은 무대와 봉들에는 서커스인가 싶을 정도로 격렬한 춤을 추는 반라의 여성들이 보였다. 손님들도 대부분 수영복이라고 해도 무방한 헐벗은 옷차림이었다.

조명은 보통의 클럽들과 마찬가지로 지독하게 어두웠지만 미러볼과 사이키 조명이 난무하는 형편이라 앞이 보이지 않을 정도는 아니었다. 홀 입구를 통과하는 순간, 거대한 함성이 터져나왔다.

"와아아!!"

천장에서 내려온 노즐이 무언가를 무지막지하게 분사해서 홀 전체를 안개처럼 휘감기 시작했다. 디제이가 악을 썼다.

―웰컴 투 더 써머 샴페인 파티!! 샴페인이 무제한으로 쏟아집니다!! 샴페인!!

두 사람은 잠시 홀 초입에 서서 구경했다. 이런 파티가 있다는 말은 들었지만 실제로 보는 건 처음이었다. 웨이터도 잠시 홀에 시선을 주다가 돌아섰다.

"가시죠, 저쪽입니다."

뒤따라 2층 계단으로 걸음을 옮겼다. 마지막 계단에 빌을 올리면서 웨이터가 다시 가까이 달라붙어 손으로 입을 가렸다.

"넣어드릴까요?"

"필요할 거 같아?"

녀석은 어깨너머로 하연수를 슬쩍 훔쳐보더니 바로 수긍하는 눈치였다.

"그럼 3층 어떠십니까? 스포츠마사지 받으면서 편안하게 쉬실 수 있습니다, 욕실 겸비되어 있고 안쪽이 통유리로 되어 있어서 홀은 어디서나 내려다보이죠. 코나의 자랑입니다, 하하."

"단골들은 보통 어디서 놀지?"

"VIP룸 말씀이면 3층에 있습니다, 오늘은 다 찼습니다."

차명석은 만 원짜리 두 장을 꺼내 웨이터의 윗주머니에 꽂아주며 다시 물었다.

"이명식이라고 알지?"

"네?"

"알잖아, 매일 여기서 죽치는 양반인데?"

"손님 신상에 대해서는 말씀드릴 수가 없어서…."

이번엔 5만 원짜리 한 장을 더 꽂아주고 하연수에게 눈길을 보냈다.

"쟤 데뷔 시켜야 돼, 무슨 소린지 알지? 너한텐 절대 피해 없어."

"저기… 그럼 전 모르는 일입니다."

"당연히, 너도 우리 본 적 없는 거야."

"감사합니다, 올라가서 왼쪽 두 번째 방이고 이름이 '엑시트 투 헤븐'입니다."

"일 봐, 조용히 만나고 사라질 테니까."

"알겠습니다, 그럼 즐거운 시간 보내십시오."

웨이터를 내려보내고 자연스럽게 3층으로 올라갔다. 여전히 엄청나게 시끄럽지만 돌아다니는 사람은 확실히 줄어든 것 같았다. 음식을 든 웨이터와 마주친 다음, '엑시트 투 해븐' 명패가 붙은 화려한 문을 찾아냈다.

"들어가면 험한 꼴 볼 수도 있다, 저것들한테 니 얼굴 보여서 좋을 것도 없고."

"할래요, 겁 안 나요."

하연수는 단호했고 그의 입장에서도 이명식의 얼굴을 정확하게 아는 하연수가 같이 들어가는 편이 나았다. 내부의 조명은 보나마나 어두울 터, 같이 들어간다고 해도 하연수의 신분이 노출될 일은 없을 것 같았다.

"그럼 이렇게 하자."

쓰고 있던 야구모자를 줄여 하연수에게 씌우고 마스크도 건넸다.

"써."

그리고 전화기도 하나 손에 쥐어주었다. ESN(고유넘버) 복제프로그램이 깔린 전화기였다.

"이건 뭐죠?"

"상황 봐서 그놈 전화기 빼앗아줄 거니까 1미터 이내에 놓고 1분만 기다려."

"들고만 있으면 되는 거예요?"

"보이지 않게 뒷짐 지고 있으면 더 좋겠지."

"알았어요."

잔뜩 긴장해서 상기된 표정이지만 떨지는 않는 것 같았다. 하연수의 모자를 푹 눌러 씌운 다음, 자신도 마스크로 얼굴을 가리고 문에 가볍게 노크를 했다.

똑똑!

손잡이를 돌렸지만 안에서 잠긴 상태였다. 카드로 간단하게 따버리고 즉시 들어갔다. 누군가 짜증스런 목소리를 냈다.

"뭐야?"

방은 꽤 넓었다. 30평 남짓한 크기인데 노래방 기기는 기본이고 최고급 침대와 대리석 욕조까지 설치된 호텔 스위트룸 분위기였다. 얼핏 보기에 세 커플이 침대와 욕조, 소파에 흩어져 뒤엉킨 모습인데 그중에서 이명식을 찾아내는 건 그리 어렵지 않았다. 머리 벗겨진 돼지는 이명식 하나뿐이었다.

일단 문을 닫고 플래시부터 연속해서 터트렸다. 같이 있는 놈들 입을 막으려면 꼭 필요한 수순이었다. 이명식이 다급하게 일어섰다.

"이봐! 당신 뭐야? 카메라 치워!"

달려드는 이명식의 손을 가볍게 끌어당겨 꺾으면서 콧등에다 가볍게 주먹을 박았다.

"컥!"

놈은 큰대자로 뻗어버렸다. 팔을 꺾어 뒤집고 뒷목을 지그시 밟으면서 나직하게 물었다.

"이명식?"

"으…윽, 너 누구야?"

"묻는 말에 대답만 해, 박민지 어딨나?"

"이… 이런 개자식, 너… 이 새끼 뒈졌어. 알아! 넌 뒈진… 큭!"

발끝에 힘을 주자 놈의 길길이 뛰던 고함소리가 잦아들었다. 그리고 엉거주춤 일어나는 나머지 두 놈과 차례차례 눈을 마주치며 전화기를 들어보였다.

"니들은 여기 찍힌 사진 유포되는 꼴 보고 싶지 않으면 그냥 하던 일이나 해, 이놈이 열심히 불면 딱 3분 있다가 조용히 사라질 거다."

두 놈은 털썩 주저앉았고 여자들은 새파랗게 질려서 꼼짝도 하지 못했다. 이어 그의 발목을 잡은 손에서 새끼손가락을 잡아끌어 뒤로 완전히 젖혀버렸다.

"크어…."

목이 눌려서 비명은 크게 지르지 못했다. 관자놀이에 핏줄만 바짝 튀어나온 상태, 잇달아 약지손가락도 틀어잡자 이명식이 다급하게 신음소리를 냈다.

—우으… 왜… 왜 이러는 거냐? 나… 잘못한 거 없어.

"딱 한 번만 묻겠다, 박민지 어디 있나?"

—그… 그게 누구야?

즉시 발끝에 힘을 주면서 쥐고 있던 손가락을 부러트렸다.

"커억…."

"아직 여덟 개 더 남았다, 이번에도 한 번만 묻겠다. 박민지 어디 있나."

눌렀던 발에서 힘을 살짝 빼자 비명이 튀어나왔다.

"크아… 컥!"

다시 힘을 가해 비명을 죽인 다음, 하연수와 눈을 마주치면서 놈이 앉아 있던 자리에 놓인 전화기를 가리켰다. 하연수가 재빨리 전화기를 집어들었다.

"자, 이제 상황파악이 됐을 거 같으니까 본론으로 가지, 박민지 알지? 니네 회사 보컬 트레이너잖아."

"아…알아."

"어디 있나?"

"나… 나도 몰라, 난 그냥 소…소개만 했을 뿐이야. 그년 돈, 돈 벌겠다고 자진해서 간 거다."

"웃기고 있네, 소개 받은 놈은 누구야?"

"그… 그건 말 못해."

"여덟 개 남았다고 했지, 손목, 발목까지 하면 열두 개 더 있네."

세 번째 손가락을 잡자 놈이 기겁하며 필사적으로 소리를 밀어냈다.

"으악! 그만! 말하면 될 거 아냐! 그만! 그만! 장, 춘만이 파티하는 데 몇 명 보내라고 해서 보낸 거야! 그냥 1박2일짜리 알바야!"

"알바 나간 직원이 돌아오지 않으면 무슨 일이 생겼는지 확인해야 하는 거 아냐? 몇 명이나 보냈어?"

"네, 네 명!"

"네 명이라… 여자들 데리고 난교 파티라도 한 거냐?"

"그… 그건 몰라, 그냥 파티걸 역할만 하면 된다고 들었다."

"박민지만 남겨두고 나머지는 돌아온 거냐?"

"다… 다 돌아온 걸로 알고 있다."

"지가 보내놓은 직원이 실종됐는데도 넌 모르겠다? 이거 쓰레기 맞네."

"누, 누가 마음에 든다고 해서 합의하에 남은 거라고 들었다, 내… 내가 일부러 그런 거 절대 아냐, 저… 정말이다."

"웃기고 있네, 합의해서 남았는데 집에 연락도 안 하냐? 뭐, 좋아. 마지막으로 묻겠다. 이번 대답이 마음에 들지 않으면 뼈란 뼈는 다 부러지는 거야, 박민지 어디로 보냈지?"

"이… 인천… 으윽! 나 죽어! 병원 좀…."

"인천?"

"와…왕산 마리나, 더는 몰라. 거기서 개인 요트에 태웠다고 들었다."

"요트 이름."

"모…몰라, 정말이야."

"모른다? 그럼 남춘만은 뭐하는 놈이야?"

"제, 제니스 호텔 부사장."

'젠장!'

저절로 욕이 튀어나왔다. 제니스 호텔이라면 국내에서 다섯 손가락 안에 꼽는 굴지의 호텔체인인데 그런 회사 부사장이 주최한 파티라면 참석자들도 만만치 않을 터, 말로만 듣던 연예계 성상납 고리에 발을 들여놓은 느낌이었다. 잠시 말을 멈추고 놈의 뒤통수를 노려보다가 놈의 무릎관절 측면을 툭 걷어차버렸다.

"크어어…."

예상 외로 큰 비명, 발목 부분이 소파 한쪽에 붙어 있었는지 딱 한 방에 무릎이 안쪽으로 완전히 꺾여버린 것 같았다.

'이런.'

몇 대 더 패고 싶었지만 여기서 더 하면 시체를 치워야 할 판이었다. 계속 비명을 지르는 놈의 목젖을 눌러 소리를 죽이며 말했다.

"오늘은 이 정도만 하고 가겠다, 대신 마지막으로 충고 한마디만 하지. 앞으론 포주짓 때려치워, 또 하다 걸리면 정말 평생 환자로 살게 해주겠다. 꼭 기억해둬. 그리고 오늘 일은 없던 일이다, 만일 여기저기 떠들고 다니면 저기 있는 친구들 사진까지 포탈 메인에 걸릴 거야. 알아들었나?"

"아… 알았어, 알았으니 이 목… 좀… 나 죽어…."

기를 쓰고 발버둥치는 놈의 경동맥을 더 압박했다.

"하나, 둘, 셋…."

일곱까지 세자 놈의 손발이 힘없이 늘어졌다. 느릿하게 일어나 나머지 두 놈을 향해 목소리를 깔았다.

"조금 있으면 깨어날 거다, 니들은 조용히 사라지든지 119 불러서 이 쓰레기 병원에 보내든지 알아서 해. 나라면 조용히 옷 입고 사라지겠다."

대답은 없었다. 하연수가 들고 있던 이명식의 전화기를 돌려받아 지문을 깨끗이 지우고 놈의 배 위에 던져버렸다.

"가자."

클럽을 빠져나와 뒷골목에 세워둔 차에 도착할 때까지도 앰뷸런스의 사이렌 소리는 들리지 않았다. 경찰이나 119에 신고하지 않았다는 뜻, 이명식과 같이 있던 두 놈은 그냥 도망간 모양이었다. 이면도로를 통해 클럽 반대편으로 차를 몰자 하연수가 걱정스런 얼굴로 물었다.

"지금 인천으로 가나요?"

"우선 정리 좀 하자, 돼지 놈 말대로라면 박민지 씨는 돈을 받기로 하고 자진해서 요트에 탔어. 그런데 사고가 난 거지."

"사고요?"

"제니스 호텔 부사장 정도 되는 놈이 직접 나서서 여자를 고르고 개인 요트에서 파티를 했다면 참석자들의 레벨은 더 높다는 뜻이야, 그런 파티에서 문제를 만드는 건 무조건 피하고 싶었을 텐데 참석했던 여자 하나가 실종이다… 이런 경우는 사고가 났다는 이야기가 돼."

"무슨 뜻이죠?"

"생각하고 싶지 않은 일이지만 어쩌면 이미 죽었을 수도 있다는 이야 기야, 거물들이 모인 자리에서 문제가 생겼다면 경호조직에서 어떤 방식으로든 확실히 처리했겠지."

하연수는 입술을 지그시 깨물더니 잠시 침묵을 지키다가 가라앉은 목소리를 냈다.

"늦었다는 소리는 하지 말아요, 포기 못해요."

"서두르면 안 된다는 뜻이야. 관찰하고 준비할 시간이 필요해, 대책없이 밀고 가다가는 우리가 다쳐. 일단 집에 데려다줄 테니까 전화할 때까지 기다려, 이제부터 혼자 움직이겠다."

"너무하는 거 아니에요? 몸값 요구가 없는 납치는 시간이 생명이라면서요? 민지가 거기 있다는 건 확인됐고 죽었다는 증거 어디에도 없잖아요, 당신 안 가면 나 혼자라도 가요. 가서 해양경찰에 신고하고 도움을 청할 거야."

"안 돼."

"아, 씨. 좀 도와줘요, 나 그렇게 멍청한 애 아니고 뭐든 할 각도도 돼있어. 멀리서 망이라도 볼게."

흥분했는지 말이 마구 짧아지고 있었다. 강민태가 성격 만만치 않을 거라는 이야기를 했는데 그렇게 판단한 이유를 알 것도 같았다. 안 된다고 다시 강조하려는데 복제한 전화기가 반짝였다. 이명식이 전화를 쓰는 모양이었다.

"스피커로 돌려."

"네."

처음 듣는 트로트 음악이 끊어지자마자 이명식이 길길이 뛰면서 우는 소리를 했다.

―씨발! 좆같은 일이 생겼어.

―뭔데?

―나 지금 병원 가는 중인데, 어떤 개새끼가 그년 찾고 있어.

―연고지 없다며?

―없어, 그 친구 년이 어디서 깡패 새끼 하나 불러들인 거야.

―깡패?

―한 방 쓰는 년이 있다고 했어, 경찰서 가서 들쑤시는 거 겨우 단도리해놨는데 결국 사고를 치네. 그년 잡아다 족쳐서 그 씨발 새끼 찾아! 오늘 손님이 공중파 PD들이라 그 새끼 못 잡으면 너랑 나랑 다 죽는 거야! 씨발! 사진 찍힌 거 찾아야 돼! 급해!

―남 부사장한테 알리는 게 더 급한 거 아냐?

―씨발, 그냥 죽여달라고 비는 게 빠르지. 그 인간이 얼마나 지독한 놈인지 몰라?

―그럼 어쩌자고?

―어차피 지금 요트 찾아가봐야 아무것도 없어, 우리가 해결한다. 애들 전부 불러.

―알았다. 친구 년 이름하고 사진, 주소 보내.

―기다려! 씨발. 손가락도 두 개나 부러졌어! 네미럴!

전화는 이내 끊겼다. 그리고 다른 번호에 전화를 걸었다. 회사 직원이 받은 것 같은데 하연수의 사진과 주소, 전화번호를 보내라는 지시를 하고 끝이 났다.

'너무 쉽게 생각했나?'

하연수를 집에 보내지 못한다는 생각이 먼저 뇌리를 스쳤다. 만만하게 생각했는데 따로 조폭이라도 거느린 모양이었다. 신호에 걸려 차를 세우며 하연수의 옆모습을 물끄러미 돌아보았다. 의뢰인 보호를 위해서도 이것들은 따로 손을 봐야 할 것 같았다.

'귀찮아도 정리는 해야겠네.'

하연수는 꼼짝도 못하고 전화기만 내려다보고 있었다. 짧게 심호흡을 하고 김석진에게 전화를 걸었다.

"석진아, 23일, 24일 이틀간 왕산 마리나에서 출항한 개인요트 찾아라. 소형 말고 10인승 이상으로, 제니스 호텔과 관련이 있는 요트일 가능성도 있다."

—왕산 마리나?

"얼마나 걸릴까?"

—봐야 알지, 지금 두들겨봤는데 개장한 지 얼마 안 돼서 리스트 짧을 거야. 한두 시간이면 기본은 내놓을 수 있을 것으로 예상.

"오케이, 시작해."

—응.

신호가 떨어졌다. 가속하면서 하연수에게 눈을 돌렸다.

"어디 가 있을 데 없어? 친구나 친척 집 같은데."

겁먹고 꼬리 내리기를 은근히 기대했는데 하연수의 반응은 완전히 반대였다.

"숨어만 있지 않을 거야, 저 자식들 절대 가만 안 둬."

"불의에 맞서겠다는 용기는 가상한데 계속 이런 식이면 내가 먼저 집어치울 수도 있어."

"친구 집에 숨어 있다가 들키면 친구한테 해가 될 거예요, 그렇게는 못해요."

"할리우드 영화를 너무 많이 봤네, 여긴 한국이야."

"엄청 위험하다면서요, 다른 사람 끌어들이기 싫어, 직접 하게 해줘요."

차명석은 다시 길게 한숨을 내쉬고 고개를 가로저었다. 여자랑 말싸움하는 건 역시 불가능했다.

"일단 니 전화 배터리부터 빼."

"네?"

"사람 찾는 가장 쉬운 방법이 전화 위치추적이야, 배터리 빼. 꼭 필요하면 이거 써."

차명석은 글로브박스를 열어서 2G폰 하나를 꺼내 하연수에게 건넸다.

"어… 그럼 알바하는 데다 며칠 못 간다고 문자 하나씩만 하고요."

하연수는 즉시 문자 하나를 작성해서 몇 군데에다 한꺼번에 날린 다음, 두말없이 전화기 배터리를 뺐다.

"이제 뭘 하죠?"

"집에 가서 당장 입을 옷가지하고 꼭 필요한 것만 챙겨, 당분간 지낼

데를 찾아보자."

신호가 떨어지고 앞차를 따라 고가차도 아래를 천천히 통과했다. 도로 주변이 더 밝아졌고 차량도 차츰 많아지기 시작했다. 속도를 올리지는 못하지만 위험지역은 완전히 벗어난 셈, 멀리 동대문 용마루가 반사하는 화려한 불빛이 눈에 들어왔다. 한숨 돌리고 오디오를 켰다.

어제 듣던 CD가 그냥 돌아갔다. 얼마 전에 나온 여자 아이돌 가수의 싱글 앨범인데 제목보다 음색이 더 음울한 것 같았다. 후드득 빗방울이 지붕을 때렸다.

헌터

"여기가 집이에요?"

하연수는 계단을 올라가면서 계속 코를 킁킁거렸다. 상봉동 재개발 구역 한복판에 있는 허름한 분식집 건물 2층인데 바로 옆이 시장이라 냄새가 좀 나는 게 사실이었다. 하지만 건물주가 지인이라 임대료가 거의 없었다. 60평 가까운 2층 전체와 옥탑방을 같이 빌렸는데도 보증금 없는 월세 50만 원이고 그나마도 안 받는다는 걸 억지로 내는 형편이었다.

더 좋은 건 주변 이면도로에 주차공간이 많고 시장통에 배달되는 식당도 많다는 점이었다. 골목을 나가면 바로 지구대여서 비교적 안전한 지역이기도 했다. 물론 주차하고 좁은 골목을 한참 걸어야 하는 불편함이 있지만 그의 입장에서 더 좋은 장소는 없었다.

"불만이면 친구 집에 가."

"나도 울집 곰팡이하고 자주 싸워서 뭐 별로…."

2층 계단 중간의 CCTV 카메라에 손을 흔들자 철컹 소리와 함께 계단 끝의 철문이 열렸다. 뒤따라 올라온 하연수가 집에서 가져온 캐리어를 내려놓으며 웃었다.

"여긴 곰팡이는 없잖아요, 후후."

곧장 바로 앞에 있는 문 두 개 중 하나를 열었다. 일하는 공간으로 꾸며놓은 방인데 책상 하나와 소파 하나, 모니터 세 개가 살림살이의 전부였다. 소파에 누워 있던 강민태가 기지개를 켜며 일어났다.

"어! 왔냐?"

"여긴 왜 왔어?"

"누구 만져줬다면서? 그래서 왔지."

"고소당할 일은 없을 거다, 앉아."

강민태 건너편에 하연수를 앉혀놓고 책상 뒤로 돌아가 털썩 주저앉았다.

"세미 누나는? 내려갔나?"

윤세미는 한때 의뢰인이자 건물주였다. 이혼하고 초등학교 4학년짜리 딸과 단둘이 사는 싱글인데 3년 넘게 부대끼다 보니 이제는 식구나 마찬가지였다.

마흔이라는 적지 않은 나이임에도 불구하고 30대 초중반으로 보이는 미모여서 누나라는 호칭이 전혀 어색하지 않은 여자, 오래 집을 비울 때는 사무실에 신경도 써주는 중요한 구성원 중 하나였다. 특히 두 사람에게 배달음식이 아닌 집밥의 기회를 자주 제공해서 앞으로도 윤세미를 빼고 사무실 옮기는 일은 없을 것 같았다.

"인마, 지금이 몇 시인지는 아냐? 여기 있을 이유가 없잖아."

"그럼 오늘은 우리집에서 재우고 내일 누님한테 이야기하자, 석진아!"

큰소리를 내자 모니터 하나가 툭 켜지면서 헤드폰을 꽂은 김석진의 얼굴이 나타났다.

—넵!

"이명식이하고 통화한 놈 누구냐?"

—전화기 명의는 여자야, 김자영 37세, 주소는 회기동. 남편 이름은 정운기, 44세, 더 뒤질까?

"아냐, 놔둬. 민태야 그쪽은 니가 좀 맡아라. 범죄에 연루된 게 확실하니까 규정위반까지는 아니잖아."

"그래, 박민지 씨 사진 보니까 엄청 미인이더라. 내가 또 미녀와 아이들은 무조건 보호해야 한다는 주의잖아, 후후. 출근하면서 서에 들어가 볼게. 서희가 너 좋아해서 알아봐줄 거다, 크크크."

안서희는 본서 정보과에 근무하는 여경이었다. 일 때문에 몇 번 신세진 적이 있는데 얼굴만 보면 대놓고 데이트 요구를 하는 적극적인 여자였다. 직업에 대한 신념도 있고 생각도 깊은 좋은 사람이지만 부담스러워서 계속 피하는 형편이었다. 쓰게 웃으며 대꾸했다.

"쓸데없는 소리 그만해 짜샤. 서진아, 요트는 뭐 좀 나왔냐?"

—응, 당시 이틀 동안 왕산 마리나에서 출항한 크루즈 요트는 '퀸 레이

나' 호 하나뿐이야, 선주는 동일 명칭의 법인인데 남춘만의 사촌동생 장윤만이 등기 이사로 되어 있어. 24일 새벽 01시에 출항했다가 25일 21시에 입항했고 탑승자 기록은 없음. 이후엔 계속 마리나에 접안 중이야.

"선장하고 승무원 명단 찾을 수 있겠냐?"

―당근.

"나오면 보내줘. 그리고 마리나 보안시스템 장악해라. 들어가야 할 것 같다."

―그놈들이 아무것도 없을 거라고 했잖아.

"그건 그것들 생각이고, 직접 봐야 답이 나온다. 의뢰인은 당분간 우리집에서 지낼 거니까 그렇게 알고."

―넵.

화면에서 김석진의 얼굴이 사라진 다음, 두 사람에게 눈길을 돌렸다.

"민태야, 이 친구 짐 풀게 하고 인천 갈 건데 같이 갈래?"

"지금 가려고?"

"사람 목숨이 우선이다, 최소한 확인은 해야지."

"야, 내일 주간이라 좀 자야 돼, 정찰이면 좀 봐줘."

"그럼 니가 방 안내해주고 가."

"그래."

"나간다."

책상 밑에서 장비가방을 꺼내자 하연수가 매섭게 그를 노려보았다. 이미 소파에서 일어난 상태였다. 그녀의 입에서 튀어나올 말은 충분히 예상할 수 있었다. 그런데 강민태가 불쑥 끼어들었다.

"데려가지? 저런 미인을 혼자 남겨두는 거 불안하지 않냐? 흐흐."

강민태에게 인상을 팍 그리면서 그냥 사무실을 나섰다. 녀석까지 거들어버리는 바람에 이젠 대책이 없었다. 평소 입만 열면 '넌 여자 친구가 필요하다'고 잔소리를 퍼붓는 놈이라 새삼스러울 것도 없었다. 하연수가 기다렸다는 듯 재빨리 따라나섰다.

서울을 벗어날 때까지만 해도 무섭게 퍼붓던 빗줄기는 고속도로에 올라설 무렵부터 뜸해지더니 공항구역에 들어서자 거짓말같이 그쳤다. 이제는 와이퍼도 필요 없는 상태, 민박촌을 통해 마리나에서 가장 가까운 오토캠핑장 진입로까지 들어가 차를 세우고 선착장을 훑어보았다.

정박한 배들은 주로 소형 요트들이라 덩치가 큰 퀸 레이나 호는 멀리서도 금방 찾아낼 수 있었다.

"가자."

한밤중인데도 여기저기 산책 나온 커플들이 보여서 두 사람이 나란히 걷는다면 눈을 끌지 않을 것 같았다. 하연수는 바짝 긴장한 표정으로 차에서 내렸다. 우겨서 따라오긴 했지만 막상 실전에 들어가려니 걱정은 되는 모양이었다.

"긴장하지 마, 구경만 하는 거니까."

"네."

먼저 캠핑장으로 들어가 한 바퀴 돌면서 김석진에게 전화를 걸었다.

—CCTV 처리했어, 들어가면 돼.

"오케이, 수고했어."

캠핑장 서쪽 출구로 빠져나와 마리나 철책을 따라 천천히 걸었다. 몇 군데 CCTV 카메라가 보였고 정문의 경비원은 자는 것 같았다. 잠시 남쪽으로 걷자 철책을 고정하는 너트들이 풀어진 칸이 보였다. 아마 동네 아이들의 소행일 터, 뜯어낼 생각을 하고 있었는데 덕분에 시간을 절약한 셈이었다.

곧장 철책을 밀어내고 선착장으로 들어섰다. 퀸 레이나 호까지는 꽤 먼 거리지만 문제될 사안은 없었다. 산책하는 것처럼 조용히 선착장을 통과해 요트 앞까지 직행, 밖에서 배를 둘러보았다. 불은 모두 꺼져 있고 배에서 자는 사람도 없는 것 같았다.

"여기서 기다려, 누가 오면 알리고."

경직된 표정으로 고개만 끄덕이는 하연수의 귀에 이어셋 하나를 꽂아주고 툭툭 두드렸다. 소리는 정상적으로 그의 이어피스에 전해졌다.

"내 말 들리지?"

"네."

요트 그늘에 하연수를 앉혀놓고 선미를 통해 조용히 갑판으로 올라갔다. 가장 먼저 선실 측면에 달라붙어 내부를 살폈다. 안에는 아무도 없지만 선실 입구가 라커로 잠긴 상태였다. 포기하고 선수갑판으로 나와

바닥의 해치를 확인했다. 역시 잠겼지만 아무 데서나 살 수 있는 자물쇠여서 가져온 만능키로 간단히 열었다. 그런데 선실 전체를 차근차근 뒤졌음에도 불구하고 이명식의 말대로 특별한 단서는 찾을 수 없었다. 청소까지 깔끔하게 끝낸 상태라 단서를 기대하는 것 자체가 무리였다.

'역시 헛걸음인가?'

마지막으로 선실 주방을 뒤지다가 서랍에 던져놓은 사진 몇 장이 눈에 들어왔다. 주변 섬 몇 군데와 리전이라는 간판을 단 작은 펜션의 사진이 겹쳐져 있었다. 이름만 기억하고 조용히 되짚어 나왔다. 더 있어봐야 남는 것 없는 장사였다. 차로 돌아가면서 김석진에게 전화를 걸었다.

"리전이라는 펜션 좀 알아봐라."

—왜?

"얼핏 보기에 근처 섬에 있는 펜션 같은데 같이 운영하는 거 같다."

—잠깐만.

김석진의 회답은 차 문을 열기도 전에 돌아왔다.

—찾고 자시고 할 것도 없어, '영종도+펜션+리전' 때리니까 나오네. 마리나 남쪽 3킬로미터에서 바다로 튀어나온 작은 산지에 있는 숙박시설인데 객실이나 비용 같은 구체적인 소개는 없어, 새로 만든 건물인지 네이버 위성사진 상으로는 나오지 않아. 현장 '스트리트 뷰' 없음, 진입로가 하나뿐인데 400미터 넘게 외길이라 안에서 모르게 접근하기는 어려울 것으로 예상.

"참고하지, 위치 진흥하고 민태 깨워라, 상황 봐서 경찰에 신고한다."

—가라고 할까?

"그래야 할 것 같다, 넌 건물 설계도 찾아라. 인천시청 소속이니까 시청 뒤지면 자료 있을 거다."

—이미 뒤지고 있어.

"찾는대로 보내줘."

—응, 조심해.

즉시 이동해서 을왕리 민가를 통과하자 진입로가 나타났다. 해안도로인데 김석진의 말대로 차 한 대가 겨우 지나갈 수 있는 좁은 콘트리트 포장로였다.

초입에 멈춰 김석진이 보낸 지도를 띄우고 잠시 진입로 상태를 확인했다. 딱히 외부인의 출입을 통제하기 위한 장비는 보이지 않았다.

"기다려."

휴지 몇 장을 접어 빗물에 적신 다음, 번호판 앞뒤에 대충 붙이고 곧바로 이동을 시작했다.

비교적 급한 사면 하나를 끼고 돌자 강풍과 함께 조금씩 빗방울이 날렸다. 그리고 빗줄기 속으로 흐릿하게 빛을 내뿜는 통나무 건물이 보였다. 속도를 줄이고 CCTV에 유의하면서 이동했다.

그러나 진입로 끝에 도착할 때까지도 CCTV는 보이지 않았다. 건물 입구에 하나가 달렸지만 무시하고 그냥 건물 앞에다 차를 세웠다.

만일 박민지가 진짜 여기 감금되어 있다면 무조건 속전속결로 끝내고 즉시 빠져나갈 생각, 그런데 딱히 관리실이라고 생각되는 곳도 없고 관리인도 보이지 않았다. 분명히 진입하는 자동차가 CCTV에 잡혔을 텐데도 나와보는 사람은 없었다. 일단 야구모자를 깊이 눌러쓰며 물었다.

"운전할 줄 알아?"

"시내운전도 해봤어요, 아직 초보지만."

"그럼 문 다 잠그고 운전석에서 기다려, 바로 출발할 준비하고 기다리되 내가 출발하라고 하면 즉시 공항 근처로 나가서 석진이한테 전화해. 10분 이상 연락이 되지 않거나 내가 돌아오지 않아도 출발해."

"알았어요."

차에서 내려 건물 현관으로 걷는 사이, 김석진에게서 문자가 왔다.

—지상 1층 건물. 지하 1층의 목조건물, 통로는 건물 뒤편의 계단. 기본도면 첨부.

현관 처마 밑으로 들어가 도면을 띄워 간단히 확인했다. 거실 두 개와 대여섯 개의 방으로 이루어진 팬션인데 지하는 1층의 절반 정도 되는 것 같았다. 어디부터 뒤질까를 잠시 고민하다가 그냥 현관문을 밀었다. 문은 굳게 잠긴 상태였다.

내부를 슬쩍 살폈으나 보이는 건 없었다. 유리문 아래의 자물쇠를 간단하게 따고 로비에 발을 들여놓았다. 문을 열자마자 음식냄새가 코를 찔렀다. 술 냄새도 약간 섞여서 악취에 가까웠다.

'응?'

몇 발 들어서자 아무도 없다고 생각했던 좁은 로비에서 시커먼 그림자 두 개가 나타나 앞을 막아섰다.

"누구냐?"

대뜸 험악한 반말인데 졸다가 깬 목소리였다. 아직 영업을 시작하지 않은 팬션이라고 해도 손님을 맞이하는 태도는 분명 아니었다. 몇 발 더 가가서자 놈들의 면면이 드러났다. 짧게 깎은 머리에 꽤나 큰 덩치, 더 생각할 필요도 없었다.

'답 나왔네.'

일단 최대한 천연덕스럽게 물었다.

"방 있습니까?"

"불 꺼진 거 보면 몰라? 영업 안 해."

"이봐요, 영업 안 하면 안 하는 거지 왜 반말 찍찍 날리는 거요?"

아예 시비를 붙어버렸다. 기왕 이렇게 됐으니 이것들한테 물어보는 편이 쉬울 것 같았다. 역시 놈들은 대번에 떡밥을 물었다.

"이런 미친 새끼, 깔치 끼고 다니니까 뵈는 게 없냐? 좋은 말 할 때 딴 데 가서 빨아달라고 해라, 엉!"

차명석은 놀라는 척 하면서 목을 웅크렸다. 한 놈이 성큼 다가서면서 그의 어깨를 툭 밀었다.

"꺼져, 새꺄."

"왜 이럽니까?"

"어쭈? 이 새끼 봐라? 개겨?"

놈은 한 대 칠 것처럼 겁을 주면서 주먹을 들어올렸다. 순간적으로 놈의 인중에 잽을 날리고 동시에 사타구니를 가볍게 걷어차버렸다.

"켁!"

주저앉는 놈의 뒤통수를 잡고 무릎을 가볍게 안면에 박았다. 비명은 들리지 않았다. 스르르 넘어가는 놈을 그대로 통과하면서 뒤에 멍하니 선 다른 놈의 무릎을 툭 찍었다. 놈은 순간적으로 균형을 잃었고 본능적으로 양손으로 안면을 가렸다.

그러나 그의 주먹은 명치에 작렬했다.

"헉!"

다시 턱에 일격을 가하고 엎어지는 놈의 오른팔을 꺾으면서 무릎으로 등판을 찍었다. 턱을 바닥에 박은 놈은 비명도 지르지 못하고 컥컥댔다.

"힘쓰지 마, 부러진다."

"씨…발, 너… 누가 시켰냐? 독사냐? 여기가 어딘지 알고 설치는 거야?"

"관심 없고, 여자 어딨어?"

"뭐?"

아직은 목에 힘이 들어간 대답, 꺾은 팔을 강하게 밀어올렸다.

"끄악!"

"여자 어딨어?"

"무슨 개소리야? 여자라니?"

"마지막으로 묻겠다, 여자 어딨냐?"

"지랄하고 자빠졌네, 넌 이제 에미 애비까지 모조리 뒈졌어."

"후… 니들은 입조심 좀 해야겠다. 천편일률적인 그놈의 대사도 좀 고치고! 넌 그냥 평생 환자로 살아라."

경동맥을 틀어잡고 꺾은 팔을 무릎으로 툭 쳐올렸다.

우둑!

어깨뼈 탈골되는 소리가 제법 컸다. 발버둥치는 놈의 등을 강하게 찍어누르며 경동맥에 더 힘을 가했다. 놈은 몇 초 만에 정신을 잃어버렸다. 뒤집어 눕히고 턱을 한 번 더 걷어찼다.

턱관절이 멀쩡하더라도 최소한 이빨 서너 개는 날아갔을 터, 입조심하라는 경고의 의미였다. 먼저 쓰러진 놈의 상태를 확인하고 즉시 가까운 방문부터 열어젖히기 시작했다. 그러나 박민지는 어디에도 없었다.

'지하?'

건물 뒤편으로 넘어가 계단을 찾았으나 계단도 보이지 않았다. 김석진이 보내준 도면을 잠깐 떠올렸다. 계단이 있어야 할 자리는 얼핏 보기에 청소용품 창고 같았다. 그런데 청소용품은 별로 없었다. 내부를 신속하게 훑었다.

'여기다!'

바닥 일부가 열리는 구조였다. 청소도구 카트를 밀어내고 바닥을 들어올리자 바로 조명이 켜지고 폭 1.5미터 남짓한 계단이 나타났다. 그 끝은 밖으로 잠긴 문이었다. 곧바로 부숴버리고 들어갔다.

'젠장!'

지하실 안은 악취로 가득했다. 목욕탕에 후줄근한 침대 하나를 가져다 놓은 형국인데 위에는 전라의 여자가 누워 있었다. 재빨리 다가서서 얼굴부터 확인했다. 양쪽 눈두덩이가 엄청나게 부은 데다 시퍼런 멍이 여기저기 남아서 알아보기가 쉽지 않았지만 박민지는 맞는 것 같았다.

몸 상태는 차마 눈 뜨고 볼 수 없을 정도로 심각했다. 오른쪽 발목 부위가 엄청나게 부어오른 상태, 뼈가 부러졌는데 맞춰만 놓은 것 같았다. 가슴과 팔, 허벅지는 새로 생긴 상처와 불에 덴 자국으로 가득했고 몸의 직모들을 전부 완성했는지 직모가 있을 만한 자리는 전부 시뻘겋게 부은 모습이었다. 음부에는 하혈도 보여서 즉시 병원에 가지않으면 회복을 장담하기 어려웠다.

'이 개새끼들 도대체 무슨 변태짓을 한 거야?'

랜턴을 얼굴에 들이댔는데도 눈동자가 움직이지 않을 정도로 전혀 의식이 없었다. 급히 목에 손을 대서 맥박을 확인했다. 다행히도 미약하게 맥은 잡혔다. 눈꺼풀을 들어 동공을 확인했으나 여전히 눈동자에 반응은 없었다. 일종의 쇼크 상태인 것 같았다.

"찾았다. 나간다, 준비해."

—네.

침대 시트를 찢어 대충 몸을 가린 다음, 어깨에 메고 곧바로 계단을 뛰었다. 우선 병원부터 가야 했다.

차명식은 주머니 속 전화기의 진동에 눈을 떴다. 박민지를 중환자실

로 옮겨놓고 병실 밖 벤치에 앉아 잠깐 숨을 돌린다는 게 선잠이 든 모양이었다. 하연수도 바로 옆에서 웅크리고 잠이 든 상태, 잔뜩 긴장한 채 날을 꼬박 샜으니 어쩔 수 없을 터였다.

"어, 민태냐?"

―그 여자분 어떠냐?

"좋지 않아, 여러 명에게 성폭행을 당한 것 같단다."

―젠장, 어쩐지 그럴 것 같더라니. 많이 다쳤냐?

"외상도 심각한데 그건 둘째 문제야, 환각제 오버도스 쇼크라 깨어난다는 보장이 없어."

―의식 없냐?

"필요한 조치는 다 했고 이제는 기다리는 수밖에 없단다."

―지랄이네.

"그 펜션에 경찰 보냈어?"

―가기야 갔지, 남은 게 없어서 문제지.

"뭐?"

―방화로 추정되는 화재로 홀랑 타버렸어, 너 떠나고 1시간쯤 후에 인천 중부서 형사과 애들이 도착했는데 그땐 이미 잿더미나 마찬가지였단다.

"증거인멸이냐?"

―시체 같은 건 없었다니까 그렇겠지. 참고로 그 요트는 수색영장 받기 어려울 거 같다, 지금으로서는 그 요트와 펜션을 연결할 만한 근거가

마땅치 않아. 어차피 아무것도 없었다면서?

"그랬어."

―그럼 넌 이쯤에서 빠져, 정식으로 신고 돼서 조금 있으면 본서 형사들이 병원에 찾아갈 거다.

"빠지긴 해야지, 니가 맡아줄래?"

―니 이름 알려져서 좋을 거 없잖아.

"알았다, 일단 빠진다. 이명식 그놈은 무조건 모르는 일이라고 오리발 내밀겠지?"

―그럴 거다, 대신 당분간은 조용히 지내겠지.

"뒤처리 깨끗이 하자, 정운기란 놈에 대해서 좀 알아봤냐?"

―어… 그 자식 짝패가 알더라. 진성파 중간보스쯤 된다.

"진성파? 서초동?"

진성파는 5년 전쯤 서초동과 압구정의 클럽과 나이트들을 잇달아 인수하면서 급격하게 세력을 확장한 신흥조직이었다. 이미 강남의 절반 이상을 장악했고 이제는 전국구 성장을 노리고 무서운 속도로 타 조직을 병합하고 있었다.

살인 정도는 우습게 생각하는 살벌한 놈들이고 항간에는 정계의 거물이 뒤를 봐주고 있다는 소문도 파다했다.

―그래.

"악연도 인연은 인연인 모양이네."

―웬만하면 말로 해라, 시체 만들면 골치 아파.

"알아, 수고했다."

—남춘만은? 손 안 대고 넘어가?

"거기까진 무리다, 손대기 시작하면 어디까지 확대될지 알 수 없어. 내가 의뢰받은 일은 박민지 씨를 찾아내는 거고 그건 끝났다, 일 끝났으면 빠져야지. 아쉽지만 참자."

—그럼 하연수 씨는?

"그 친구는 왜?"

—지금 그 여자 짐 니네 집에 있어, 그냥 끝내?

"그냥 끝내다니?"

—괜찮은 여자 같던데 이명식이 처리하면서 핑계 삼아 좀 만나봐.

"사귀라는 이야기냐?"

—그만한 여자 찾기 힘들어, 강단 있고 똑똑하고, 무엇보다 미인이잖아.

"됐다, 나랑 다른 사람이야."

—얌마, 뭐가 달라? 너나 나나 이젠 평범하게 살기로 했잖아. 기억 안 나? 글고 그 여자 너랑 공통점이 많아.

"미친놈, 지금 내가 평범하게 사는 거 같냐? 끊어."

퉁명스럽게 전화를 끊어버리고 하연수의 화장기 없는 하얀 얼굴을 잠시 내려다보았다.

'이게 맞는 거야.'

이런 지저분한 사건이 아니었다면 하연수는 그와 눈길도 마주치지 않았을 평범한 여자였다. 반면 그가 사는 세상은 보통 사람들에겐 너무 위험했다. 서로를 위해 인연은 여기서 끝나야 했다.

한동안 지켜보다가 가지고 있는 비상금을 탈탈 털었다. 지갑 속의 만 원짜리까지 모두 합쳐서 90만 원이 조금 넘는 것 같았다. 주로 현금을 사용하기 때문에 항상 많은 현금을 가지고 다니는데 오늘은 평소보다 조금 적은 액수가 남아 있었다.

만 원짜리 몇 장만 빼고 나머지는 전부 하연수의 가방 속에다 밀어넣었다. 얼마 안 되지만 조금이나마 도움이 될 것이었다. 어깨를 가만히 흔들자 하연수기 화들짝 놀라며 눈을 떴다.

"어… 미안해요, 잠들었나 봐."

대충 눈을 부빈 하연수는 정신을 차리자마자 중환자실 출입구로 눈을 가져갔다.

"민지는요?"

"그대로야, 세 시 넘어야 5분 정도 볼 수 있다더라."

"하아… 괜찮겠죠?"

"그럴 거야, 치료비는 낼 수 있어?"

"어떻게 해봐야죠, 일단 오늘 낼 돈은 될 거예요."

"그럼 난 나가봐야겠다."

"볼일 있어요?"

"곧 본서 형사들이 올 거다. 민태도 올 건데… 형사들이 내 이름 물으면 모른다고 해, 흥신소 알아보는 도중에 상대 쪽에서 먼저 연락해서 만났다고 둘러대라, 속아줄 거다."

"네?"

"이명식하고 정운기 두 사람 문제는 일간 해결할 테니까 며칠만 몸 사려, 민태가 시키는 대로 하면 될 거다."

"어… 알았어요."

"또 볼일 없기를 바라자."

차명석은 툭툭 털고 일어나 손을 내밀었다. 얼결에 손을 맞잡은 하연수가 의아한 표정으로 말끝을 흐렸다.

"저기… 돈은 어떻게 하죠? 착수금도 못 냈는데…."

"잊어버려."

가볍게 목례만 하고 돌아섰다. 다시 볼 일은 정말 없기를 바라면서.

"강력팀 정재철입니다, 하연수 씨죠?"

"네."

"이쪽은 여성수사팀 김 형사입니다."

정재철이라고 자신을 소개한 형사는 키가 비교적 작고 살집이 좋은 40대 초반의 남자였다. 수염을 깎지 않아서 좀 지저분해 보인다는 정도가 첫인상이었다. 김 형사라는 여형사도 비슷한 또래인데 피부 관리를 잘했는지 아줌마라고 부르기에는 다소 젊어 보였다.

정재철의 어깨너머로 보이는 강민태와 차분하게 눈을 맞추고 인사말을 건넸다.

"안녕하세요?"

"담당의사를 만나고 오느라 좀 늦었습니다. 피해자 상태가 너무 좋지 않더군요."

"네…."

"전후사정에 대해서는 강 경장한테서 대충 들었는데… 정황상 납치 및 강간치상으로 보입니다. 혹시 범인으로 의심할 만한 사람이 있습니까? 전 남친이나 사이가 좋지 않았던 사람이나… 뭐 그런 거 말입니다."

"남자친구에 대해서는 잘 모르는데… 오래 전에 헤어진 걸로 알고 있어요, 나흘 전 저녁때 회사 이 부장이라는 사람 전화를 받고 나갔다는 것만 알아요."

"그 사람은 따로 조사를 해보겠습니다, 피해자는 어떻게 찾았죠?"

"물어물어 일처리 잘한다는 흥신소 고용했어요, 그분이랑 같이 가서 데려왔고요."

"그게 리전이라는 팬션입니까?"

"네."

"그 사람이 어떻게 거길 찾았는지는 모릅니까?"

"네, 말 안 했어요."

"그 사람 만나야겠습니다. 연락처 가지고 계시죠?"

"몰라요, 연락은 그분이 했고 집 근처에서 만났어요."

"솔직히 말씀해주세요, 숨기는 게 있으면 곤란합니다."

"네?"

"그 사람이 불을 질렀습니까?"

황당하고 뜬금없는 질문, 하연수가 심하게 미간을 좁히자 정재철은 양손을 흔들면서 멋쩍게 웃었다.

"아아, 서운하게 생각하지 마십쇼, 모든 가능성을 놓고 수사하는 것뿐이니까요. 그 사람이 불을 질렀습니까?"

"아뇨, 거기서 출발할 때 아무 일도 없었어요."

"그럼 됐잖습니까, 하하. 그런데… 그 흥신소 어딥니까?"

얼핏 보기엔 베테랑 같지 않은데 눈치는 정말 빨랐다. 사전에 강민태와 입을 맞춰 그럴듯하게 대답했는데도 뭔가 어색한 걸 감지한 모양이었다. 하연수는 최대한 불쾌하다는 표시를 내면서 말을 잘랐다.

"민지는 피해자예요, 난 사비 들여서 경찰이 해야 할 일을 대신 했고요. 그런데 저한테 숨기는 게 있다고 말씀하시는 건가요? 이 부장이라는 사람이 관련됐으니 그 사람부터 불러다 조사하는 게 순서 아닌가요?"

"하하, 그럴 겁니다. 오늘은 경황이 없으실 테니 여기까지만 하죠. 피해자 분 의식이 돌아오면 연락 주십시오, 확인할 것들이 제법 많습니다."

"알았어요."

"또 뵙겠습니다."

정재철은 부담스런 웃음만 남기고 휘적휘적 복도를 건너가면서 어딘가에 전화를 걸었다. 그리고 바로 끊는 것 같았다.

'하아….'

정재철의 뒷모습을 보면서 그대로 벤치에 주저앉았다. 허공을 밟고 있는 느낌이라 서 있을 수가 없었다. 등받이에 기대 한숨을 내쉬자 몇 발 정재철을 따라갔던 강민태가 돌아와 손을 내밀었다.

"가서 뭐라도 좀 먹읍시다. 버티려면 기운 차려야 돼요."

"나중에요, 지금은 토할 거 같아요."

무겁게 고개를 끄덕인 강민태는 멀리 벤치 끝으로 돌아가면서 전화를 걸었다.

"좋지 않다, 담당형사가 너무 빨리 병원에 나타나서 좀 이상하다 싶었는데 저거 지독한 딸랑이다. 느낌상 윗선이 개입한 거 같다."

목소리가 심각해서 귀를 기울일 수밖에 없는 형편, 상대방은 차명석 같았다.

"그리고 보고가 팀장한테 가는 거 같지 않다. 피해자 의식이 돌아오지 않았다는 이야기만 하고 끊었어. 팀장한테 지금 당장 보고할 이유도 없거니와 피해자 의식에 대한 보고만 하는 건 더 말이 안 돼."

강민태는 한동안 상대의 말을 듣다가 알았다는 대답만 하고 전화를 끊었다. 그리고 그녀와 눈을 마주치자 얼른 말을 돌렸다.

"갑시다, 여기 있어봐야 오늘은 들여보내주지도 않아요."

"무슨 일이에요? 좋지 않은 거예요?"

"가면서 이야기하죠, 환자가 깨어나거나 신상에 변화가 생기면 나한테 연락이 오도록 조치해뒀습니다."

"괜찮을까요?"

"꼬마 하나 붙여놨습니다. 여긴 내가 맡을 테니까 가서 좀 자요."

"이 병신새끼들! 그거 하나 못 찾아!? 니들 뭐하는 새끼들이야!! 집이고 알바하는 데고 모조리 뒤지란 말이야!"

정운기는 악을 쓰면서 머리를 숙인 녀석의 따귀를 올려붙였다. 철썩 소리가 났지만 녀석은 우직하게 움직이지 않았다. 보기 좋게 나가떨어져주면 좋으련만 녀석은 버티면서 고개만 숙이고 있었다. 다시 한 대 올려붙였다.

"윽."

조인트를 한 대 더 차고 나서야 녀석은 낮게 신음을 흘리면서 한 발 물러섰다. 탁자에 있던 크리스털 컵을 집어 있는 힘껏 벽에다 집어던져 버렸다.

픽!

유리조각이 사방으로 튀었지만 움직이는 놈은 하나도 없었다. 다리를 절며 일어나는 녀석의 따귀를 한 대 더 치고 물었다.

"뺑 맞은 년 입원한 병원 어디야?"

"경신의료원입니다."

"그년 주위에 얼쩡거릴 거다, 애들 붙여."

"그런데… 거기 정복경찰관 한 놈이 상주하고 있습니다."

"정복경찰? 형사가 아니고?"

"네, 지구대 경찰관으로 보이는데 그년이랑 아는 사이 같습니다.

"씨발, 상관없어. 병원 싹 뒤집어서라도 그년 찾아. 튀어!"

"예! 형님!"

애들이 우르르 뛰어나간 뒤에도 한참을 씩씩거리다 의자에 몸을 던졌다. 도무지 화가 가라앉지를 않았다.

'멍청한 새끼들!'

무려 24시간이 지났는데도 깡패라는 놈은 고사하고 하연수라는 계집은 쌍판도 보지 못했다. 거기다 황당하게도 이명식에게 경찰이 찾아오는 불상사까지 발생한 것, 어찌어찌 수습은 되겠지만 든든했던 돈줄이 단숨에 날아갈 수도 있었다.

열을 식히기 위해 담배를 집으려는데 책상 위에 던져놓은 전화기가 반짝였다. 모르는 번호라 보나마나 스팸이라는 생각을 하면서 전화를 받았다.

"뭐야!"

─정운기?

뜻밖으로 다짜고짜 그의 이름이 튀어나왔다. 그것도 생소한 남자의 목소리였다.

"누구냐?"

─사람을 찾는다면서?

"그래서? 그게 너냐?"

—그렇다고 봐야지.

"이거 미친놈이군, 살려달라고 빌기라도 하고 싶은가?"

—잠깐 보자.

"겁대가리 없는 새끼."

—여기 상봉터미널이다, 딱 15분 기다려주지.

전화는 뭐라고 대답하기도 전에 끊어져버렸다.

'이 개새끼가!'

시간부터 확인했다. 밤 10시 10분, 차가 막히지 않으니 서두르면 아슬아슬하게 도착할 것 같았다.

"이 새끼 뒈졌어, 야! 내 차 준비하고 정일이한테 애들 전부 데리고 상봉터미널로 오라고 해! 당장!"

"네!"

곧장 사무실에서 튀어나와 계단을 뛰었다. 멀리 있는 주차장까지 가서 차를 빼고 사무실 건물까지 오려면 시간이 좀 걸리겠지만 마음이 급했다.

이면도로로 나와서 주차장을 향해 또 뛰었다. 멀리 주차장에서 후진으로 나와 멈추는 자신의 벤츠가 보였다.

"밟아, 상봉터미널."

그가 타자마자 차는 빠르게 가속했다. 그런데 이면도로를 벗어난다 싶은 순간, 갑자기 속도를 줄이더니 급격하게 방향을 틀어 골목으로 들어가 멈췄다. 목소리가 커질 수밖에 없었다.

"왜? 뭐야?"

"이야기 좀 하지."

얼음장처럼 차가운 목소리, 룸미러로 보이는 눈매가 생소했다.

"너 누구냐? 상호는 어떻게 했지?"

"아까 그 친구가 상호인 모양이군, 안됐지만 몇 달은 거동하기 어려울 거다. 앞으론 칼 쓰기도 쉽지 않을 거고."

평소 같으면 당장 주먹이 날아갔겠지만 움직이지 않았다. 그의 차를 운전하는 김상호는 실질적인 경호원이었다. 알아주는 주먹이기도 하고 칼을 기가 막히게 다뤄서 가까이 두는 녀석, 그런 김상호를 조용히 제압했다면 결코 만만한 놈이 아니었다. 호흡부터 가다듬었다.

"너 누구야? 원하는 게 뭐냐?"

놈은 느릿하게 야구모자를 꺼내 눌러쓰더니 룸미러를 조정해서 그의 얼굴에 고정하며 말했다.

"하연수 그냥 놔둬."

"뭐?"

"한국말 못 알아듣나? 하연수 그냥 놔두라고."

"니가 그 미친 깡패새끼냐?"

"미친 건 맞는데 깡패는 아냐."

"미쳤으며 곱게 미쳐, 새꺄. 내가 누군지나 알아?"

놈은 치열을 모두 내보이며 싸늘하게 웃었다.

"내려라, 도망갈 기회는 주지."

"뭐라는 거야, 이 새끼가?"

되는대로 욕설을 퍼부었지만 놈은 신경도 쓰지 않고 천천히 차에서 내렸다.

"호의를 무시하는 건 좋지 않은 습관이야."

"뭐라고?"

꾹 참았던 분노가 한꺼번에 폭발했다. 젊은 놈 같은데 이건 겁이 없는 건지 무식한 건지 정말 답이 없는 놈이었다. 여기서 더 참으면 상봉동 휘발유 정운기가 아니었다. 즉각 문을 박차고 튀어나갔다.

"너 이 개새끼 오늘 뒈졌어."

놈은 차에서 한 발 떨어져서 실실 쪼개고 있었다. 일단 자켓을 벗어 차안에 던지고 크게 심호흡을 했다. 단숨에 끝내버릴 생각, 더 생각할 필요도 없었다. 짧게 전진하면서 가벼운 앞차기를 날렸다.

"탓!

놈은 예상보다 훨씬 더 부드럽게 발등을 걷어내고 그의 디딤발 발목을 노렸다.

'어쭈?'

살짝 뛰어올라 놈의 발을 피하면서 도약한 발로 강력하게 앞차기를 날렸다. 놈은 또 피했다. 하지만 이번에는 뒤로 물러섰다.

'걸렸다!'

뒤로 밀려나면서 그의 연속 발차기에 걸리면 옥황상제도 멀쩡할 수 없다는 소문이 괜히 난 게 아니었다. 잇달아 세 번 발차기를 날리고 마지막 돌려차기로 회심의 일격을 가했다. 그런데 물러나기만 하던 놈의 얼굴이 느닷없이 돌려차기 회전반경 안으로 빨려들어왔다.

'헉!'

숨이 턱 막혔다. 명치를 정통으로 얻어맞았는지 움직일 수도 없었다. 반대쪽 벽까지 밀려나 컥컥거리면서 억지로 숨을 돌렸다.

'제기랄!'

발리송(버터플라이 양날칼)을 꺼내 재빨리 휘저어 칼날을 뽑았다. 맨손으로는 어렵다는 판단, 단 한번 부딪쳤지만 알 수 있었다. 그러나 칼은 휘둘러보지도 못하고 그의 손에서 떨어져나갔다. 놈이 귀신 같이 달라붙어 칼을 잡은 그의 손목을 잡아챈 것, 순간적으로 양발이 모두 허공에 떠버렸다.

"헛!"

세상이 핑글 돌면서 왼쪽 어깨에 무시무시한 충격이 가해졌다. 벤츠 바로 옆에 거꾸로 처박힌 것 같은데 오른팔과 손가락 몇 개에서 지독한 통증이 치솟았다. 어떻게든 움직이려 했지만 고통의 강도만 올라갈 뿐 손가락 하나도 꼼짝하지 않았다. 다음 순간, 발목에서 무언가 부러지는 파열음이 터졌다.

"끄으어어…"

그나마 움직일 수 있는 왼손과 오른발로 바닥을 밀면서 필사적으로 차에 기댔다. 유령처럼 다가서는 시커먼 그림자를 향해 멀쩡한 손을 휘저었다.

"사… 살려줘."

픽!

그가 떨어트린 발리송이 그의 뺨을 스치면서 벤츠의 프론트 펜더에 깊숙하게 박혔다. 들고 찍은 것도 아니고 던져서 1밀리미터짜리 강판을 뚫은 것, 등줄기에 식은땀이 흘렀다.

"워…원하는 게 뭐냐? 돈이라면 얼마든지 주겠다, 살려줘."

"죽이진 않아, 그냥 눈알 두 개 정도는 언제든 뽑아낼 수 있다는 경고다."

"뭐?"

"하연수, 박민지 두 사람 그냥 둬라, 니 눈알이 먼저 뽑히고 싶지 않으면 말이야. 너도 살아야 하니 사건을 덮으려고 기 쓰는 정도는 참아주겠지만 두 사람을 건드리면 그때는 가장 먼저 니 눈알이 뽑히게 될 거다."

"아…알았다."

"기억해, 두 사람이 지나가다 자전거하고 부딪쳐도 니 눈알이 뽑힌다. 집에서 과도에 손을 베어도 니 눈알이 뽑힌다. 그러니 두 사람의 만수무강을 빌어라, 두 사람이 조금이라도 다치면 넌 평생 앞 못 보는 장애인이 될 거니까 말이야. 그리고… 쪽팔려서 어디 가서 깨졌다고 떠들고 다니지는 못하겠지만 혹여 장 사장이 묻거든… 아니, 이건 아니네."

정운기는 와중에도 기겁했다. 분명 '장 사장'이라는 호칭이 나온 것, 보스의 이름을 대놓고 부를 수 있는 인물이라면 다시 생각해야 했다.

'누구지?'

아무리 생각해도 그럴만한 인물은 기억나지 않았다. 놈은 느긋하게 그의 주머니를 뒤져 전화를 꺼내더니 그에게 던졌다. 언제 아이들이 달려올지 모르는데도 마치 자기 집 안방처럼 편안한 모습, 확실히 간이 배 밖에 나온 놈이었다.

"장 사장한테 전화해."

"뭐?"

"한국말 몰라? 장두익이한테 전화하라고, 할 이야기가 있으니까."

정운기는 황급히 패턴을 그리고 1번을 길게 눌렀다. 직접 전화를 걸어본 적도 없고 밤늦은 시간에 거는 전화라 나중에 불려가 깨질 가능성이 높지만 그걸 따질 때가 아니었다. 불안한 시간이 몇 초 흐른 뒤, 무쇠를 긁는 듯한 장두익의 탁한 목소리가 돌아왔다.

"무슨 일이냐?"

"네, 회장님….."

뭐라 변명을 시작하기도 전에 놈이 전화를 채가더니 스피커폰으로 돌리고 예의 차가운 목소리를 냈다.

"헌터요."

지독한 통증이 온몸을 휘감는 와중에도 '헌터'라는 단어는 분명히 귀에 들어왔다. 처음 듣는 이름인데 장두익은 아는 것 같았다.

—아직 살아 있나?

"아직은."

—젠장, 그거 아쉽네. 그런데 뭐야? 그거 우리 식구 전화기 같은데?

"내 주변 사람의 안전에 문제가 생겼거든."

―내 식구가 관련된 일인가?

"몇 달 움직이기 힘들 거요."

―한창 바쁜 타이밍에… 멍청한 놈.

"장 사장님 생각은 어때? 전선을 확대하고 싶진 않을 거 같은데?"

―헌터를 상대로? 됐어, 이번엔 참지.

"그럼 이야기 끝났군. 또 보진 맙시다."

―동감이야, 전화기 주인은 내가 타이르지.

놈은 바로 전화를 끊고 그의 허벅지 위에다 던졌다. 그리고 여유롭게 골목 반대편 어둠속으로 스며들었다.

'저 개새끼가….'

정운기는 이를 갈아붙이며 2번을 길게 눌렀다.

'우선 몸부터… 으윽….'

전화 받기를 기다리면서 이를 악물었다. 이런 개망신을 당했으니 죽을 때까지 얼굴 들고 다니기는 어려울 터, 시간이 걸리더라도, 무슨 짓을 해서라도, 이 치욕에 대한 대가는 받아내야 했다. 그냥 주저앉으면 한때 서울 바닥을 휩쓴 상봉동 휘발유 정운기가 아니었다.

다시 시작

"퇴원 축하해."

"고마워."

박민지의 표정은 많이 밝아진 모습이었다. 이제 다리도 완전히 아물었고 몸의 크고 작은 상처도 다 나아서 몇 군데 작은 흉터만 빼면 온전히 예전으로 돌아온 것 같았다. 물론 미소 한켠에 걸린 짙은 그늘은 여전히 남아 있었다.

"근데… 치료비 모자란 건 어떻게 다 막았니?"

하연수는 애써 모른척하며 밝은 톤으로 말을 받았다.

"신경 쓰지 마. 알아서 했어."

"어떻게?"

"많이 나오지도 않았다니까? 그래서 시골 할머니한테두 이야기 안 했고."

"거짓말하지 마, 입원비만 해도 몇 천만 원은 나왔을 건데."

"그동안 이야기 못했는데… 사실 방 빼고 모자라는 건 강 경장님이 그때그때 보태줬어, 본인은 그냥 준 거라는데 나중에 갚아야지."

강민태의 이름이 나오자 박민지가 갑자기 말을 삼켜버렸다.

"왜? 강 경장님이랑 무슨 일 있어?"

박민지는 한참을 망설이다가 입술을 잘근잘근 씹으며 어렵게 입을 뗐다.

"나… 누굴 좋아해도 될까?"

무슨 뜻인지 알 것 같았다. 박민지가 입원한 10개월이 넘는 긴 시간 동안, 강민태는 거의 매일 출근하다시피 병원에 드나들었다. 이유는 단 하나, 박민지 때문이었다. 의식이 돌아오지 않았을 때도 하루에 한 번은 병원을 찾았고 의식이 돌아온 뒤에는 출퇴근을 병원에서 할 정도로 줄 기차게 드나들었다.

처음엔 거부반응을 보이던 박민지도 어느 순간부터는 그에게 기대기 시작했고 요즘은 무슨 일만 생기면 가장 먼저 찾는 사람이 하연수가 아 니라 강민태였다.

종일 우울해하다가도 강민태의 이름만 나오면 입가에 미소가 걸리는 모습, 솔직히 둘 사이가 호감으로 변했고 연인 사이가 됐다고 해도 전혀 이상할 것이 없었다. 두 사람의 속을 다 알 수는 없지만 서로에게 신경 을 쓴다는 건 확연히 눈에 보였다. 일단 농담으로 말을 받았다.

"너 충분히 예쁘고 매력 있어, 전보다 훨씬 더 날씬하고 섹시해졌다? 우수에 젖은… 음… 뭔가 위험하고 치명적인 매력을 가진 미모의 여인,

맘에 들어? 물론 파산한 미모의 여인이지만, 히히."

"치… 나쁜 년, 그게 할 소리냐?"

하연수는 어색하게 마주보고 웃다가 얼른 말을 돌렸다.

"회사는 연락해봤니?"

박민지는 쓰게 웃으며 고개를 가로저었다. 그동안 회사에서는 단 한 명도 병원에 와보지 않았고 그녀의 상태에 대해 묻는 사람도 없었으니 확실히 괜한 질문이었다. 박민지가 반문했다.

"이명식 그 인간 요즘 뭐해?"

"음… 그 자식…."

하연수는 아차 싶어 말끝을 흐렸다. 말을 돌리려다 대차게 헛발질을 한 셈이었다. 그런데 박민지가 예상 외로 무덤덤하게 반응했다.

"내가 기억을 못해서 방법 없잖아, 나 괜찮아."

불행인지 다행인지 박민지는 그날 일에 대한 기억이 전혀 없었다. 차에 타자마자 누군가 준 음료수를 마신 것까지는 기억이 나는데 그 이후의 일에 대해서는 기억이 없어서 현실적으로 누굴 지목할 방법은 없었다. 경찰 수사도 마찬가지였다. 이명식은 무조건 모르는 일이라고 우겼고 같이 갔던 여자들도 철저히 입단속을 시켰는지 사건 당일 아예 박민지를 본 적 없다고 주장했다.

결국 박민지의 몸에 남아 있을 수도 있는 범인의 DNA가 유일한 희망이었는데 그마저도 나흘 동안 모두 씻겨나가 DNA 검출이 불가능했다. 시간이 흐르면서 수사는 지지부진 제자리를 맴돌기 시작했고, 박민지가 깨어나고 나서 몇 번의 피해자 인터뷰를 마친 후에는 경찰도 더 이상 찾아오지 않았다. 박민지를 찾는 사람은 오로지 강민태 하나였다.

어떻게든 다른 주제로 넘어가기 위해 머리를 굴리다가 이거다 싶어 차명석이 이명식에게 한 일을 입에 담았다.

"사실 그놈 벌은 이미 받았어."

"벌…을 받아?"

"그 사람이 그놈 다리랑 손가락 몇 개 부러트렸거든."

"에? 정말?"

"응, 무릎 관절이 완전히 나가서 아직도 다리 저는 게 티 난다고 들었어."

"깨소금 맛이긴 하네, 후후."

"그 사람이 이명식이 고용한 깡패들도 처리해준 것 같아, 깡패들이 나 찾아다닌다고 들었는데 그동안 하나도 나타나지 않았어."

"그래? 그런데 그 사람이 누구야? 그때 나 찾아준 민태 씨 친구?"

"응, 첫인상은 별로였는데 좋은 사람 같더라."

"고맙다는 말 전해줘."

"기회 되면 꼭 그럴게, 넌 어떻게 할래? 블루 큐빅 그만둘 거지?"

"그래야 할까?"

"말이라고 하니? 이렇게 만들어놓고 치료비는커녕 찾아와보지도 않는 것들이야, 너 알아주는 실력파 뮤지션이잖아, 다른 회사 알아보면 돼. 걱정 마."

"크크, 말이라도 고맙다. 걱정 안 해, 어차피 월급도 몇 푼 안 됐는데 뭐. 이참에 리셋하고 다 새로 시작해야지, 너 언제부터 출근이야?"

"내일… 미안해, 집에 가서 이야기하려고 했어."

그간 마구잡이 아르바이트를 뛰는 와중에도 외교부 인턴은 기회가 있을 때마다 어떻게든 참여했고, 아쉽게 떨어졌지만 7급 외무영사직 시험에도 다시 응시했다. 외교관의 꿈을 포기하고 싶지 않아서였다.

그런데 외국손님 가이드 과정에서 누군가의 눈에 띄었는지 느닷없이 유럽계 다국적 제약회사 '에보티스'의 자회사인 KC케미컬에서 인터뷰 요청이 왔고 혹시나 싶어 응했는데 덜컥 채용된 것이었다.

당장은 인턴이지만 그래도 탄탄한 중견기업이고 연봉도 대기업 신입사원 초봉보다 높았다. 거기에 3개월 후에 정규직으로 전환한다는 조건이 달린 채용이라 기쁠 수밖에 없었다.

소식을 들은 박민지도 자신의 일처럼 뛸 듯이 기뻐했다. 그러나 하연수는 내놓고 좋아할 수만은 없었다. 민지는 불행의 끝에서 힘겹게 버티고 있는데 혼자만 잘 풀리는 것 같아서였다. 박민지가 빙긋이 웃으며 때리는 시늉을 했다.

"내 눈치 안 봐도 돼, 이년아. 너라도 벌어야 먹고 살지, 후후."

"니 밥값은 어떻게 할 건데? 흐흐."

"어쭈, 이야기가 이상해진다?"

몇 마디 더 농담을 주고받다가 킥킥대며 웃음을 터트렸다. 순간, 강민태가 들어오다가 멀뚱하게 서서 두 사람을 번갈아 쳐다보았다.

"뭐 기분 좋은 일이라노 있습니까?"

"오셨어요? 강 경장님."

반갑게 인사를 건넸는데 강민태와 박민지가 눈을 마주치더니 어색하게 웃기만 했다. 와중에 박민지는 한쪽 옆머리를 귀 뒤로 넘겼다. 두 사람의 눈치를 보다가 눈을 가늘게 떴다.

"너… 두 사람…."

박민지는 얼굴만 붉혔고 다가선 강민태가 대신 대답했다.

"그렇게 됐습니다, 우리 어울리죠? 후후."

"진짜야?"

박민지는 대답하지 못하고 새빨개진 얼굴로 웃었다.

"진짜?"

몇 번을 채근하는데도 박민지는 계속 웃기만 했다.

"정말?"

하연수는 진심으로 기뻤다. 그런 일을 당했으니 누군가에게 마음을 여는 건 정말 쉽지 않았을 터, 솔직히 강민태에게 절이라도 하고 싶은 심정이었다.

강민태가 민지의 어깨에 손을 올리며 너스레를 떨었다.

"시도 때도 없이 마구 들이대고 있습니다, 후후. 아시겠지만 꿈속의 이상형을 만난다는 게 사실 엄청 어렵거든요."

"어우, 왜 이래요."

박민지가 질색을 하며 손을 밀어냈지만 진짜 싫은 표정은 아니었다.

"두 분 잘 어울려요."

"고맙습니다, 하하. 근데… 민지 씨가 너무 튕겨서 제가 많이 힘듭니다, 좀 밀어주십쇼."

"흠… 그건 처형으로서 군기부터 잡고 나서 생각해보죠, 후후."

"어라? 이건 아닌데? 흐흐, 잠깐만요."

천연덕스럽게 웃은 강민태는 전화를 받으면서 몇 발 물러섰다.

"어, 나다."

―너 뭐하는 거야?

소리를 크게 키워놨는지 스피커폰이 아닌데도 병실이 울릴 정도로 상대의 목소리는 컸다. 누군지 알 것 같은 목소리였다.

―석진이가 다 불었어, 인마.

"뭘?"

―니 건전치 못한 사생활 간섭할 생각은 없는데 아무리 그래도 이건 나한테 상의를 했어야 하는 거 아냐?

"누님이 오케이 사인 냈는데 너한테 왜 상의를 하냐? 우리의 영명하신 건물주이시자 밥줄이신 세미 누님은 영구 치외법권이야."

―이럴 거야?

"집엔 잠만 자러 오는 놈이 뭘 따져, 넌 빠져주세요."

―죽을래?

"간만에 몸 함 풀어보지, 뭐. 후후, 끊는다."

강민태는 단박에 전화를 끊고 두 사람에게 히쭉 웃어보였다.

"가시죠, 차 빼놨습니다."

"괜찮을까요?"

"뭐가요?"

"지금 전화 차명석 씨 아니에요?"

"신경 쓰지 마세요, 말은 저래도 속으로는 엄청 좋아할 겁니다."

"네?"

"그놈이 책상서랍 제일 윗칸에 뭘 모셔놨는지 알면 놀랄 걸요? 흐흐. 자, 남은 짐 챙기십쇼, 1년 살림이라 산더미네요."

강민태는 뭐가 그렇게 즐거운지 싱글싱글 웃으면서 두 사람의 등을 연신 떠밀었다.

하연수는 밖에서 무언가 부딪치는 소리에 눈을 떴다. 알람시계를 더듬어 눈앞으로 가져왔다. 새벽 6시가 조금 넘은 시간, 창밖은 아직도 캄캄했다. 옆에서 자는 박민지의 숨소리를 확인하고 조용히 일어났다.

최근에는 깊이 잠들지 못해서 작은 소리가 나도 깨는 형편이라 또 잠이 들기는 어려울 것 같았다. 커튼을 살짝 들추자 아무것도 없는 마당이 눈에 들어왔다. 빛은 멀리 담장 밖 가로등이 전부였다.

갑자기 답답해졌다. 예전 집 같은 반지하도 아닌데 사방이 꽉 막힌 느낌이었다. 벽에 걸린 윈드브레이커를 대충 걸치고 밖으로 나왔다. 서늘한 새벽바람이 옷깃을 파고들었다.

'아직 춥네.'

4월 말인데도 아침은 여전히 추웠다. 지퍼를 목까지 끌어올리고 마당 아무 데나 걸터앉아 하늘을 올려다보았다. 곧 밝아지려는지 오래된 처마와 담장 사이로 보이는 하늘은 파스텔 톤 덧칠이 시작되고 있었다.

담장 하나만 넘으면 시장통으로 이어지는 어수선한 길인데 집 안은 확실히 차분했다. 문 바로 옆 콘크리트 칸막이 속의 작은 화단은 언제나처럼 눈길을 끌었다. 포장된 넓지 않은 마당 건너편은 미닫이문으로 막아놓은 깨끗한 마루였다.

낡은 건물임에도 불구하고 그녀가 사는 고시텔과는 비교가 불가능할 만큼 깔끔하게 정돈된 모습, 기분 탓인지 시장에서 건너오는 퀴퀴한 냄새도 사라진 것 같았다.

윤세미는 이번에도 하연수가 지난번 머물렀던 마루 옆에 붙은 큰 방을 내줬는데 마루를 통하지 않고 방에 드나들 수 있고 작은 욕실까지 별도로 붙어 있어서 편안했던 기억이 있었다. 이번엔 쓰던 이불과 옷장까지 준비해줘서 살기는 더 좋아진 셈, 밥만 해먹지 않는다면 둘이 살기엔 나름 쾌적한 환경이었다.

'그래도 여기까지 왔네.'

엄청나게 긴 터널을 빠져나온 기분, 지난 10개월은 정말 악몽 같았다. 처음 박민지를 병원에 데려왔을 때부터 퇴원하는 순간까지 단 1분도 걱정이 없었던 날이 없었다. 민지 의식이 돌아올 수 있을까, 병원비는 어떻게 마련해야 할까, 방을 빼면 당장 어디서 살아야 하나, 모든 것이 막막했고 하루하루가 지옥 같은 생활이었다.

그 시간들을 어떻게 견뎠는지 기억나지도 않았다.

'하아….'

마당으로 내려서면서 크게 기지개를 켰다. 그런데 등 뒤에서 갑자기 남자의 목소리가 들렸다.

"다시 보지 않기로 한 것 같은데?"

황급히 고개를 돌렸다. 다행히 아는 얼굴, 심한 운동을 했는지 땀에 흠뻑 젖은 모습이었다. 이마에 맺혔던 땀이 뺨을 타고 주르륵 흘러내렸다.

"1년 만에 만나서 하는 인사가 겨우 그거예요?"

미소까지 머금으면서 나름 친근하게 인사를 건넸지만 돌아온 차명석의 목소리는 한겨울 얼음장처럼 차가웠다.

"가능한 빨리 방 얻도록 해."

하연수는 미간을 잔뜩 좁혔다. 사실 차명석이 그녀와 거리를 두려고 한다는 정도는 진작부터 느낌으로 알고 있었다. 하지만 아무런 댓가 없이 의뢰를 해결하고 그것도 부족해서 병원비까지 던져놓고 간 부분에 대해서 감사의 인사는 전하고 싶었다.

"그럴 거예요, 그런데 그쪽은 사람이 말을 왜 그렇게 하죠?"

퉁명스럽게 묻고 뭐라도 대답이 나오면 자신을 싫어하는 거냐고 단도직입적으로 물을 생각이었다. 그런데 차명석은 그녀의 말을 깨끗이 무시하고 그냥 2층 계단으로 걸음을 옮겼다.

'뭐야 저 사람?'

인상을 쓰다가 계단을 반쯤 올라간 차명석의 뒤통수에 대고 해야 할 말을 던져렸다.

"도와줘서 고맙습니다, 잊지 않을게요."

꾸벅 인사까지 하고 바람소리가 나게 몸을 돌렸다. 감사인사는 전했고 이젠 내 볼일이 급했다.

이른 출근과 함께 시작된 일주일은 정신이 하나도 없었다. 처음 듣는 이름들을 외우는 것부터 어려운데다 영어와 독일어가 혼용된 문서들에 적응하기가 쉽지 않았기 때문이었다. 물론 하는 일이 단순한 편이어서 그럭저럭 버틸 수는 있었다.

그런데 금요일 저녁에 문제가 터졌다. 한국을 방문한 EU경제인 방문단을 따라 본사 기획실 인사들이 들이닥치는 통에 주말을 고스란히 날리고 말았다. 그리고 벌써 월요일 아침이었다. 눈을 반만 뜨고 욕실로 기어가자 박민지가 돌아누우며 말했다.

"출근?"

"어… 인턴이라고 야근수당도 안 주면서 열나 빡세게 돌린다, 으그 그… 월급도 받아보지 못하고 돌아가시겠다."

"킥킥, 열심히 햐. 백수보단 낫잖아, 후후. 나도 오늘부터 나간다, 아는 분하고 신영호텔 로비커피숍에서 노래하는 알바 나가기로 했어."

"정말이야?"

라이브 카페 같은 곳에서 잠깐씩 노래한 적은 있는데 신영호텔 같은 큰 호텔에서 노래하는 알바는 처음인 것 같았다. 감긴 눈이 번쩍 떠질 수밖에 없었다.

"후후, 눈 튀어나오겠다 이년아. 라이브 카페랑 별로 다를 거 없어. 피아노 치는 분이랑 같이 하는데 일주일에 네 번 밤 아홉 시부터 한 시간, 노래는 세 곡 하고 쉬었다가 또 세 곡 하고 이런 식이 될 거 같아. 내 몫은 80."

"몸 괜찮아?"

"똥배 감출 수 있는 옷만 찾으면 오케이."

"그거 말고, 체력 되냐고."

"당근이지, 요즘은 운동도 하잖아. 흐흐."

"좋았어, 화이팅이다."

"너도."

한결 좋아진 기분으로 다시 바쁜 일주일을 시작했다.

회사 도착과 동시에 끌려나가 하루 종일 남대문과 종로 일대의 호텔과 쇼핑센터를 헤매고 다녔다. 쿠벡이라는 매력적인 푸른 눈을 가진 50대 남자와 그 일행을 안내하고 다녔는데 매력적인 푸른 눈이 인간성도 매력적이라는 의미가 아니라는 사실을 몇 번이나 절감했다.

본사 기획실장쯤 되는 사람인데 거만하고 독선적일뿐만 아니라 툭하면 치근덕거려서 더럽게 힘이 들었다. 목구멍이 포도청이라 참았지 이 짓을 계속해야 하나 하는 생각을 한 시간에 서너 번쯤은 한 것 같다.

마지막 스케줄은 명동의 대형호텔 세미나룸에서 개최되는 저녁식사를 겸한 파티였다. KC케미컬 기획실이 주최하는 파티인데 하연수로서는 처음 경험하는 대형 파티여서 이것저것 구경거리가 많았다. 하지만 파티는 금방 지루해졌다. 구경하는 입장에서는 같잖은 농담에 황당한 칭찬이 난무하는 어색한 단어들의 잔치였기 때문이었다.

그런데 깔끔한 40대 중반의 사내를 만난 뒤부터 쿠펙의 표정이 달라졌다. 사내가 하연수를 힐끗 쳐다보더니 쿠펙을 한쪽으로 끌어당기며 말했다.

"어떻게 되어갑니까?"

"시점만 결정되면 돼."

"언제가 될 것 같습니까?"

"곧, 특별한 문제가 생기지 않는다면 생산은 8월 이전에 필요한 수량을 맞출 수 있을 거요. 거기에 맞춰서 준비하세요."

사내는 잔뜩 긴장한 표정으로 고개를 끄덕였다.

"알겠습니다. 오늘, 내일 일정은 어떠십니까? 파티 끝나고 특별한 계획 있으십니까?"

"없어요."

쿠펙은 씩 웃더니 그녀를 힐끗 돌아보았다.

"이야기해보겠습니다."

사내는 급히 뷔페 테이블로 걸어가면서 누군가에게 손짓하기 시작했다. 하연수는 느낌이 별로 좋지 않아서 들고 있던 접시를 슬그머니 식탁에 내려놓고 조용히 화장실로 건너갔다. 그런데 언제 나타났는지 담당 과장 제이슨이 사내와 함께 그녀를 불렀다.

"하연수 씨?"

"네?"

"이야기 좀 하지, 나 부사장 김성일이오."

"아… 네."

하연수는 얼른 고개를 숙였다. 멀리서 봤을 땐 몰랐는데 가까이서 보니 면접 때 면접관으로 나왔던 사람이었다.

"자네 오늘 나 좀 도와줘야겠어."

"네?"

"어디 조용한 데 가서 이야기하지."

김성일은 조용히 세미나실 바로 옆의 회의실로 하연수를 데리고 갔다. 그리고 목소리를 낮추며 말했다.

"미스터 쿠펙이 자네를 무척 잘 본 모양인데… 오늘 저 양반 말동무를 좀 길게 해줘야겠어. 우리 회사의 명운이 바뀌는 아주 중요한 시점이라 자네 도움이 꼭 필요해. 내일 바로 정규직으로 전환해주고 보너스도 넉넉하게 챙겨주겠네."

"무슨 말씀이신지…."

"거참, 다 알면서 왜 이래. 여독을 좀 풀어드리란 이야기야. 잘하면 자네 인생이 달라질 걸세. 프랑스로 가게 될 수도 있어."

하연수는 화들짝 놀라 두 사람의 얼굴을 빤히 쳐다보았다. 황당해서 아예 말이 나오질 않았다. 그녀의 표정이 심상치 않자 제이슨이 슬쩍 끼어들었다.

"방에 올라가도 조용히 술 한 잔 하고 집에 가면 돼, 별 일 없을 거고. 물론 안 해도 불이익은 없을 거야. 하연수 씨 결정에 따르지."

"안 할래요."

단호하게 고개를 가로저었다. 말도 안 되는 제안이라 상대하고 싶지도 않았다. 그러자 김성일이 오만상을 찌푸리며 언성을 높였다.

"저 양반 우리 회사 목줄을 쥐고 있는 사람이야, 하연수 씨가 어떻게 하느냐에 따라 우리 식구 수백 명이 길거리에 나앉을 수 있어. 그런데 안 하겠다는 거야?"

"싫어요."

"다시 생각해봐, 이런 기회는 다시 없어."

"싫습니다."

"아…나 뭐 이런…."

"그런 말씀하시는 거 자체가 성희롱이라는 거 아십니까?"

"뭐? 뭐 이런 정신 나간 년이 다 있어! 회사에 중요한 손님하고 술 한 잔 하고 접대하는 게 뭐 어때서? 그것도 못하면 어떻게 사회생활을 하겠다는 거야?"

"전 해외영업 파트에 채용된 걸로 알고 있어요, 술 접대가 아니라요."

"젠장, 앞으로도 한 달 가까이 저 양반 따라다녀야 하는데 그래가지고 픽이나 일 제대로 되겠다. 너 내 말 한마디면 바로 모가지야, 알아?"

하연수는 입을 꾹 다물었다. 대답은 이미 충분하다는 생각, 김성일이 들고 있던 술잔을 집어던지며 고함을 질렀다.

"이런… 씨팔, 거기에 금테라도 둘렀나? 지랄염병하고 자빠졌네."

김성일이 길길이 뛰며 회의실을 나가버리자 제이슨이 나름 수습을 시도했다. 꼭 영화에서 본 '굿 캅, 배드 캅' 놀이 같았다.

"미스터 쿠펙은 네덜란드인이라 섹스에 관해서는 대단히 개방적인 사람이야, 그래서 나온 이야기니까 오해는 하지 마. 내일 이야기하지, 오늘은 퇴근해."

하연수는 대답 대신 심호흡만 했다. 열이 너무 받아서 도무지 가라앉지를 않았다. 제이슨이 일어서며 다시 채근했다.

"어서, 집에 가서 쉬어."

"네."

씩씩거리며 호텔을 나와 곧장 명동거리로 나섰다. 이미 밤 9시가 훌쩍 넘은 시간, 짜증이 하늘을 찔렀다. 하루 종일 말을 많이 해서 그런지 입도 바짝 말랐고 머리까지 지끈지끈 아파왔다.

'후… 어쩐지 잘 풀린다 했다.'

아무 생각 없이 인파에 휩쓸려 계속 걷다가 멈춰서서 주변의 얼굴들을 둘러보았다. 모두가 밝고 생기 넘치는 표정들, 지친 그녀와는 아주

먼 다른 세상 사람들 같았다. 몇 걸음 더 걷다가 길가의 화단에 대충 걸 터앉아 전화기를 꺼냈다.

사람에 휩쓸려 다니는 것도 힘들고 발도 너무 아팠다.

'민지나 보러갈까?'

신영호텔은 가까웠다. 을지로 쪽으로 나가서 길만 건너면 바로였다. 1년 넘게 듣지 못했던 음색깡패 박민지의 노래를 듣게 되면 위로가 될 수도 있을 거라는 생각에 함께 술 한 잔 하고 집에 가는 소소한 즐거움 도 다시 만끽할 수 있을 것 같았다.

카톡을 보내놓고 힘을 내서 다시 걷기 시작했다.

연한 핑크색 이브닝드레스를 걸친 박민지는 'Only Hope'라는 외국 노래의 마지막 소절을 부르고 있었다.

I'm giving it back, So I lay my head back down And I lift my hands And pray to be only yours, I pray to be only yours….

음색은 여전히 매력적이었다. 살짝 허스키한 목소리인데 예전보다 더 음울하고 몽환적으로 바뀐 느낌이었다. 노래가 끝나자 손님들 사이에서 적지 않은 박수가 나왔다. 노래 실력 하나는 자타공인 끝내주는 녀석이 니 당연히 그럴 수밖에 없었다. 커피숍과 로비 사이에 선 히연수노 같이 박수를 쳤다.

―감사합니다. Thank you!

고맙다는 말을 몇 번 더 한 박민지는 무대를 내려와 피아노를 치던 남자와 간단하게 인사를 나눈 다음, 곧장 커피숍 건너편에 있는 화장실로 들어갔다. 뒤따라 들어가 문에 기대서며 말했다.

"살아 있네, 박민지 양."

"어머? 웬일이야?"

"카톡 못 봤니?"

"어, 미안. 일했잖아."

"니 첫 무대인데 와서 봐야지, 후후. 배고프다 뭐 먹으러 가자."

"좋지, 금방 갈아입을게."

박민지가 평상복으로 갈아입자마자 가까운 뒷골목의 주점으로 직행했다. 술이라도 한잔 하지 않으면 속이 풀릴 것 같지가 않았다.

자리를 잡자마자 소주 몇 잔을 연속해서 들이키면서 하소연을 늘어놨고 대충 상황을 파악한 박민지는 당장 신경질부터 냈다.

"그래서? 그냥 나왔단 말야? 그 자식 따귀라도 한 대 올려붙여야지!"

"야야, 파리목숨 인턴이 어딜 부사장씩이나 되는 넘한테 덤비냐?"

"에라이… 그렇다고 '네'하고 그냥 퇴근했어?"

"당황해서 뭘 어떻게 할 생각도 못했다 야, 후… 오늘이야 그렇다 치고 내일부터가 더 문제다, 어쩌지?"

"어쩌긴 뭘 어째? 또 그런 소리하면 직방 성추행으로 신고해버려, 이따 민태 씨랑 만날 건데 이야기할까?"

"아서라, 민폐 그만 끼쳐야지. 휴… 술이나 마시자."

단숨에 잔을 비우고 다시 술을 따랐다. 그리고 파전 한쪽을 떼어 입으로 가져가며 중얼거렸다.

"이년의 팔자는 어케 갈수록 꼬이냐."

"일단 내일 어떻게 나오는지 보고 결정해, 또 그럼 때려치워야지 뭐."

"그래, 내일 생각하자."

신세한탄을 하면서 소주 두 병을 해치우는 사이, 몇 번 전화가 왔는데 박민지는 받지 않았다. 그녀의 눈치를 보는 것으로 보아 강민태 같았다.

"받아, 걱정하겠다."

"아냐, 이따 가면서 전화하면 돼."

"에효… 애인 없는 년 서러워서 살겠나, 이거 비우고 가자."

남은 잔을 비워버리고 곧장 거리로 나섰다. 이미 12시가 가까워서 뒷골목의 인적은 뜸했다. 그런데 골목을 벗어나 샛길로 들어서는 순간, 어디서 시커먼 그림자 두 개가 앞을 가로막더니 건물 사이의 비좁은 공간으로 두 사람을 밀어붙였다.

"왜 이래요!"

"어이, 아가씨."

절대 잊어버릴 수 없는 목소리, 이명식이었다. 어두운데다 역광이라 확실치는 않지만 윤곽도 확실히 놈이었다. 놈이 어깨너미로는 험상궂은 얼굴이 두 개나 보였다. 둘 다 평범한 체격인데 인상이 워낙 더러워서 누가 봐도 폭력배일 수밖에 없는 얼굴이었다. 일순 굳어버린 박민지를 등 뒤로 끌어당겨놓고 앞을 막아섰다.

"니가 날 다리병신 만든 년이냐?"

이명식의 입술이 비틀려 올라갔다.

"무슨 소리죠?"

일단 오리발을 내밀었지만 이명식이 그녀를 못 알아볼 이유는 없었다.

"내가 빚지고는 못 사는 성질머리라 말이야, 그 반반한 쌍판에 칼집 몇 군데 내주면 화가 좀 풀릴까?"

"당신 미쳤군요, 민지 남자친구가 경찰이라는 거 몰라요?"

"짭새 쫄따구가 뭘 어떻게 할 수 있는데? 몇 번 그어주고 빡센 변호사 고용하면 그만이야, 잘해야 집행유예 떨어질걸?"

이명식은 낄낄대고 웃더니 뒤에 있는 놈에게 손짓했다. 한 놈이 몇 발 다가서면서 공업용 커터 칼을 머리 위로 들어올리고 날을 주르륵 뺐다.

"살짝만 그어줄게 가만있어, 반항하면 더 다친다."

하연수는 슬쩍 박민지를 뒤로 밀어내면서 신발을 확인했다. 자신은 편한 단화고 박민지도 운동화여서 건물 사이의 좁은 공간을 벗어나기만 하면 달아날 방법을 찾을 수 있을 것 같았다.

그러나 이 좁은 공간에서 칼까지 든 남자 셋을 밀어내는 건 불가능에 가까웠다.

어떻게든 시간을 끌어야겠다는 생각에 말을 걸었다.

"우리가 여기 있는 걸 어떻게 알았죠?"

"이 바닥 엄청 좁아, 알아? 니들이 뛰어야 벼룩이라는 뜻이야. 집밖에만 나오면 니들은 내 손바닥 안에 있어. 흐흐흐."

"원하는 게 뭐죠?"

"우리랑 잠깐 가줘야겠어."

커터 칼을 든 놈이 징그럽게 웃으며 왼손을 내밀었다. 목을 잡고 오른손의 칼을 쓰려는 동작 같았다. 하연수는 반사적으로 가방을 들어올리면서 다른 손으로는 놈의 왼손을 쳐내고 옆구리에다 발차기를 날렸다.

픽!

그런데 옆구리를 잡고 건물 벽에 몸을 부딪친 놈의 얼굴이 느닷없이 일그러졌다.

"으어어…."

놈의 몸에는 등 뒤에서 날아온 전선 두 개가 박힌 상태, 손끝에서 번쩍하고 정전기가 작렬했다. 얼마 전에 박민지가 자랑했던 고출력 스턴건 같았다. 놈은 경직된 팔다리를 벌벌 떨면서 뻣뻣하게 선 채, 머리를 바닥에 처박았다. 기회는 지금밖에 없었다.

"따라와!"

나직하게 중얼거리고 이명식의 턱에다 전력으로 앞차기를 차올렸다.

"켁!"

떨어지면서 발바닥으로 다시 가슴팍을 찍었다. 스턴건을 맞은 놈 내문에 놀랐는지 이명식은 예상 외로 쉽게 밀려났고 뒤에 선 놈도 엉겁결에 건물 밖으로 밀렸다. 따라붙으면서 비틀거리는 이명식의 사타구니를 차올리고 골목 밖으로 박민지를 밀어냈다.

"뛰어!"

"이런 씨발년이!"

밀려났던 다른 놈이 손잡이에 천을 감은 칼을 뽑아들고 욕설을 내뱉었다. 영화에서나 보던 회칼. 이제는 진짜 목숨 걸고 싸워야 한다는 생각에 가방을 앞으로 잡았다. 그런데 골목 밖으로 뛰어나간 박민지의 비명이 들려왔다.

"사람…읍!! 놔요!!"

힐끗 눈동자만 돌렸다. 박민지가 다른 놈의 손에 잡혀 발버둥을 치고 있었다. 망을 보고 있던 놈 같은데 덩치가 꽤 컸다.

'젠장!'

다행히 골목 어귀를 지나가던 사람의 시선이 돌아왔고 놈은 얼른 칼을 허리춤으로 숨겼다. 신고가 부담스러운 모양이었다. 그러나 그뿐이었다. 목격자가 될 수도 있던 사람은 황급히 지나가버렸고 놈은 비릿하게 웃으며 다가왔다.

가방을 방패로 쓰면서 조심스럽게 한 발 물러서는 순간, 박민지를 잡고 있던 덩치가 느닷없이 비명을 지르면서 허리를 뒤로 꺾었다.

"어…어… 아! 어떤 새끼야!"

손가락 몇 개를 잡혔는지 놈은 오른손으로 잡힌 왼팔을 잡고 주춤주춤 물러서다가 갑자기 픽 주저앉았다. 그리고 정말 반가운 얼굴이 쓰러지는 박민지를 끌어안으며 윙크를 했다. 강민태였다.

"이런 정신 나간 새끼들을 봤나, 감히 어디다 손을 대."

나직하게 중얼거린 강민태는 주저앉은 놈의 얼굴 한복판에다 가차 없이 발등을 박았다.

"컥!"

놈이 벌렁 뒤로 자빠지자 강민태는 다른 곳에는 눈길도 주지 않고 박민지의 허리를 끌어당겨 머리를 쓰다듬었다.

"괜찮아요? 다친 데는?"

박민지가 대답 대신 울음을 터트렸고 강민태는 그녀의 등을 두드리며 달래는데 여념이 없었다. 다른 사람에게는 눈길도 주지 않았다. 허탈하게 웃은 하연수는 칼을 든 놈을 경계하면서 조심스럽게 물러섰다.

"이봐요, 나도 여자거든요?"

하연수가 신경질적인 반응을 보였지만 여전히 강민태는 그녀에게는 눈길조차 주지 않았다. 그에게 얻어맞고 자빠졌던 놈이 다급하게 골목 안으로 기어들어가도 마찬가지였다. 대신 박민지의 이마로 흘러내린 머리칼을 정리해주며 복장 긁는 소리를 했다.

"거긴 여자 아닌 걸로 알고 있는데요?"

"아이씨! 빨리 저것들 좀 어떻게 해보라고!"

빽 소리를 지르고 나서야 강민태는 목에 매달린 박민지의 눈물을 닦아주면서 눈길을 돌렸다.

"여기서 잠깐만 기다려요, 저기 성별이 분명치 않은 분 좀 도와드리고 올게요."

다시 소리를 지르고 싶었지만 참았다. 어이가 없어서 할 말도 없었다. 그런데 강민태를 마주한 놈들의 반응이 신기했다. 그냥 맨손으로 마주 섰는데도 심상치 않다고 느꼈는지 잔뜩 긴장한 모습이었다. 놈이 칼을 위협적으로 돌려잡으며 말했다.

"씨팔, 배때기에 바람구멍 나기 싫으면 꺼져. 너하곤 상관없잖아."

"아가, 칼 버려라. 팔 병신 되고 싶지 않으면."

"이 미친 새끼가 뭐래? 뒈지고 싶냐?"

강민태는 피식 웃더니 팔을 가볍게 돌려 몸을 풀었다.

"나 경찰이거든? 분명히 신분 밝혔다? 당장 칼 버리고 튀지 않으면 폭행 및 공무집행방해 혐의로 검거할 거야. 칼 들었으니 살인미수 정도로 해줄까?"

"씨팔, 뻥치지 마 새꺄. 니 배때기엔 칼 안 들어가냐? 뒈질래?"

"허… 참 나, 이것들 간이 배 밖으로 나왔네."

쓰게 입맛을 다신 강민태는 주변을 훑어보더니 길바닥에 떨어진 플라스틱 숟가락을 집어들었다.

"니들이 칼을 들었으니 나도 뭐 하나는 들어야지, 이거 딱 좋네."

숟가락을 던졌다가 받으며 손가락을 까딱하자 한 놈이 버럭 소리를 지르며 달려들었다.

"이런 씨발놈이!"

강민태는 칼을 든 손을 부드럽게 잡아채면서 엄지손가락으로 숟가락 끝 안쪽을 받친 상태로 놈의 옆구리를 쿡 찍었다.

"컥!"

허리를 꺾는 놈을 밀어내면서 뒤따라 달려드는 덩치의 무릎 안쪽을 발꿈치로 찍었다. 덩치가 무릎을 꺾으며 밀려나가자 칼 든 놈의 팔을 완전히 꺾어 담벼락에다 처박고 덩치의 목과 가슴 사이에다 발끝을 찍어버렸다.

그리고 물 흐르듯 자연스럽게 횡으로 움직여 담벼락을 짚고 일어서는 놈의 목과 명치를 숟가락 끝으로 연속해서 찍었다. 놈은 털썩 무릎을 꿇고 꺽꺽거리며 먹은 걸 토하기 시작했다.

'저… 저 사람… 경찰 맞아?'

전부 눈 깜짝할 사이에 벌어진 일이었다. 너무 빨라서 제대로 보지도 못했는데 이미 둘 다 길바닥에 널브러져 사경을 헤매고 있었다. 숟가락 하나로 시퍼런 회칼을 든 깡패 둘을 간단히 제압한 셈인데 영화도 아니고 평범한 지구대 경찰관이 저렇게 싸움을 잘할 리가 없었다. 이건 그냥 잘하는 정도가 아니라 가지고 논다는 느낌이었다.

'이 사람들 뭐지?'

잘은 모르지만 저건 무술이 아니라 사람을 죽이는데 최적화된 간결하고 치명적인 살인기술이었다. 절묘하게 힘조절을 해서 기절만 시키는 것뿐, 전력으로 상대하면 숟가락 하나로 사람을 죽이는 것도 얼마든지 가능할 것 같았다.

두 사람이 어떤 사람이며 어떻게 친구가 됐을까를 생각해보는 사이,

강민태는 마지막으로 허리를 꺾은 놈의 머리를 밟아 토한 자리에 처박아버리고 새파랗게 질려 주저앉은 이명식에게 다가갔다.

"넌 이리 좀 와봐."

토하던 놈은 완전히 기절해버렸고 이명식은 앉은 채 뒤로 기면서 말을 더듬었다.

"어…어… 너… 누구야?"

"경찰이라고 했잖아, 새끼야. 이명식, 널 살인교사 및 공무집행 방해 현행범으로 체포하겠다. 대가리 박아."

"뭐…뭐? 난 아무 짓도 안 했어."

"말이 되는 소리를 해라, 그럼 저 똘마니들은 하늘에서 뚝 떨어진 거니?"

"야! 너… 너 내가 누군지 알아?"

"이 자식 아직도 정신을 못 차렸네."

강민태는 뒤로 물러나다가 벽에 막혀 멈춘 이명식의 따귀를 연속해서 후려갈겼다. 고개가 픽픽 돌아갈 정도로 심하게 때렸는데 놈은 비명도 지르지 못했다.

좌우로 돌아가면서 몇 대 더 팬 다음, 머리채를 잡아 코를 땅바닥에 처박았다. 그리고 등 뒤로 팔을 꺾어 깔고 앉으면서 나직하게 귓속말을 했다.

"정운기랑은 휴전이 된 걸로 알고 있는데 이건 뭐냐? 죽고 싶어?"

"뭐?"

"누가 시켰냐고."

"무슨 소리냐?"

"말이 짧군."

강민태는 다시 한 번 머리채를 잡고 들었다가 턱부터 바닥에 처박았다.

"못 들었나본데… 누가 시켰냐고."

"시킨 사람 없어…요."

"잘 들어, 내가 직업이 경찰이다 보니 사람을 아무 데서나 막 죽이기는 어렵고… 대신 쥐도 새도 모르게 콘크리트 양생작업 첨가물로 만들어줄 수는 있어. 대답 잘해야 할 거다."

"그… 그게…."

"마지막으로 묻겠다, 누가 시켰나?"

"시… 시킨 사람 없습니다. 요즘은 정 사장이랑 통화도 잘 안 합니다."

"정운기 족칠 이유 없다는 거냐?"

"그…그렇습니다."

"이게 어디서 약을 팔아, 팔다리 다 부러지고 나서 불 거냐? 나 어디 부러트리는 거 아주 잘하거든?"

"정말입니다! 맹세합니다."

"좋아, 일단 서초동이랑 휴전은 유지되는 걸로 하고… 그럼 여기 나타나서 껄떡댄 이유나 들어볼까?"

'서초동과 휴전'

두 난어를 입에 담자 이명식은 확실히 꼬리를 내렸다. 겁을 잔뜩 먹은 것 같았다.

"저기… 신영호텔 주말 공연에 우리 아이들 집어넣으려고 호텔 매니저 만나러왔는데 벌써 저년이 채갔더라고…요."

말이 끝나기도 전에 강민태가 머리채를 콱 잡아채면서 인상을 그렸다.

"주둥이 조심하라고 했지."

"죄… 죄송합니다."

"니네 데뷔한 아이돌 팀도 있는 기획사라며? 근데 호텔 커피숍에서 노래하는 짜잘한 알바에 왜 손을 대?"

"요즘 신영호텔 주말공연에 출연하는 팀들이 족족 뜨는 분위기여서… 죄송합니다."

"그건 더 말이 안 되는 거 같은데?"

"신영호텔 주말공연에 출연하는 팀들이 뜨는 건 진짜입니다, 유튜브에서는 지속적으로 강세고 몇 팀은 공중파에도 데뷔했습니다."

"그래서?"

"다음 주에 신영호텔에서 외국계 기업이 주최하고 정부 고위인사와 국회의원, 병원장 등 거물들이 대거 참석하는 큰 파티가 있는데 주관사가 에보티스라는 외국회사입니다. 유명 아이돌 가수들 출연하고 케이블 TV 중계도 예정되어 있는데 거기에 호텔 공연 팀 두 개가 참여하는 걸로 알고 있습니다. 그래서…."

"그 자리를 뺏고 싶었다?"

"네, 죄송합니다."

"그럴싸한데… 그 거짓말 믿어도 돼?"

"저… 정말입니다, 믿어주십시오."

"좋아, 그건 내가 따로 알아볼 수도 있으니까… 그러면 오늘 니가 한 짓에 대한 처분만 결정하면 될 것 같은데… 그건 저기 숙녀 분들께 물어보는 게 맞겠지?"

"네?"

강민태는 대답도 듣지 않고 놈의 머리를 다시 한 번 들었다가 바닥에 처박고 돌아앉았다.

"저기 하연수 씨."

"네?"

"고소할 겁니까?"

"네?"

"이놈 형사고소할 거냐고요, 고소할 거면 체포해서 이쪽 지구대에 넘기고… 아니면 한 군데만 병신 만들고 집에 가자고요."

"고소할래요, 저 자식 이번엔 벌 받아야 돼요."

"난 적당히 넘어가는 걸 권고합니다, 저기 똘마니들이야 빵으로 직행하겠지만 이 자식은 빡센 변호사 고용해서 바로 나올 겁니다. 물론 합의 안 해주면 한동안 고생하겠지만 우리가 귀찮은 거에 비해 만족스런 결과는 아닐 겁니다. 불쌍한 똘마니들만 고생하는 거죠. 그냥 다시 달려들지 못하게 하는 정도로 끝내는 거 어때요? 넌 어떻게 생각해? 그럴 거지?"

강민태는 틀어쥔 이명식의 머리채를 들어올리고 빤히 내려다보았다. 이명석이 다급하게 고개를 끄덕였다.

"네… 네!"

"이렇다는데?"

"그래도 할래요."

"그렇다면야, 뭐… 체포하죠."

심드렁하게 대답한 강민태가 주머니를 뒤적여 케이블타이를 꺼내자 이명식이 버둥거리며 악을 썼다.

"저기… 아가씨, 살려주십쇼. 다시는 가까이 안 가겠습니다."

"당신 정말 악질인데 당신 말을 어떻게 믿죠?"

"저도 먹고살기 위해 어쩔 수 없이 한 겁니다, 저 애가 셋입니다."

"그게 나랑 무슨 상관이야, 당신 잘못에 대한 죗값은 치러야죠."

"신문에 나면 회사 식구들도 전부 활동에 문제가 생길 겁니다, 제발 살려주십쇼. 다시는 이런 일 없을 겁니다."

이명식은 정말 비굴하다싶을 정도로 싹싹 빌었다. 약자에 강하고 강자에 약한 비겁한 인물의 전형, 나쁜 놈이라는 사실은 분명해보였다.

하지만 이래저래 고민은 됐다. 가뜩이나 쿠펙이란 놈 때문에 고민이 많은데 또 다른 번잡한 문제를 만드는 상황은 피하고 싶었다. 일단 골목 끝에 앉은 박민지와 눈을 맞췄다.

"민지야, 넌 어떻게 할래?"

"난 민태 씨가 하자는 대로 할 거야."

"좋아요, 그럼 그만하죠, 대신 다시는 안 봤으면 좋겠네요."

"고맙습니다! 절대 가까이 가지 않겠습니다! 감사합니다!"

이명식은 버둥거리면서도 열심히 고개를 끄덕였다. 강민태가 잡고 있던 머리채를 툭 놓으며 나직하게 말했다.

"오늘 이후엔 저기 두 숙녀 분들 앞에는 무슨 일이 있어도 나타나지 마라, 우연히라도 만나게 되면 꼭, 그리고 어떻게든 멀리 돌아가라. 저 두 분이 널 봤다고 하는 순간, 넌 콘크리트 양생 과정에 첨가되는 거다. 그러지 않으려면 신영호텔 주변에도 얼쩡거리지 말아야겠지?"

"알겠습니다!"

"그럼 처분은 결정됐고… 남은 건 어느 쪽 다리를 부러트리느냐네, 내 여친은 용서했는지 몰라도 남친 입장에서는 아니거든."

"살려주십쇼, 절대 딴생각 품지 않겠습니다."

"너 같은 놈들은 기억에 남는 게 하나는 꼭 있어야 돼, 다리는 좀 그렇고…"

강민태는 등 뒤로 꺾어놓은 오른쪽 손목을 놔주는 것 같았다. 그러나 손이 땅에 닿자마자 가차 없이 밟아버렸다.

"크악!"

"기억해라, 언제 어디서든 저기 저 숙녀 분들의 눈에 뜨이면 항상 이렇게 될 거다, 참고로 이건 니가 혼자 넘어져서 다친 거야, 맞시?"

"으어어… 네… 네!"

"오늘 이후, 더 이상의 용서는 없다. 다시 한 번 강조하지만 저 두 사람 눈에 뜨이면 넌 그 즉시 콘크리트 속에 들어가는 거다. 또 보지 말자."

"네… 크윽."

강민태는 마지막으로 근처에 떨어진 무기를 한군데로 모아 사진을 찍고는 곧바로 박민지한테 뛰어가 짜증스런 '쓰담쓰담'을 시작했다. 여우 같은 박민지도 그냥 안긴 채 약한 척하면서 강민태의 손길을 즐기는 것 같았다.

"참 나, 이럴 거예요?"

"가요, 민지 씨."

강민태는 여전히 그녀를 본체만체 박민지를 부축해서 일으켜 세우더니 앞장서서 걷기 시작했다. 그것도 마치 한 몸이라도 된 것처럼 바짝 붙어서였다. 덕분에 뒷모습을 보는 건 더럽게 힘이 들었다. 물론 기분은 나쁘지 않았다.

'쩝… 부럽네.'

샛길을 빠져나와 인적이 뜸해진 큰길로 나온 뒤, 나란히 보조를 맞추며 물었다.

"두 분은 어떻게 친구가 되셨어요?"

"저랑 명석이요?"

"네, 솔직히 두 분 다 평범한 사람은 아닌 것 같아서요."

"어… 고딩 때부터 지금까지 줄곧 붙어다녔네요, 동창에 동기에… 뭐 친해질 수밖에 없는 사이죠."

"근데 한 사람은 법을 지키는 경찰관이고 한 사람은 불법적인 일도 밥 먹듯이 하는 어둠의 해결사예요?"

"이야기가 그렇게 됩니까? 후후."

"싸움은 또 둘 다 왜 그렇게 잘해요? 군대나 그런 곳에서 전문적으로 훈련 받은 사람들 같아요."

"그런가요?"

강민태는 심드렁하게 대답하면서 지나가는 택시를 향해 손을 들었다. 택시는 그냥 지나가버렸다.

"그리고 경찰이 저렇게 사람 패도 돼요?"

처음으로 강민태의 시선이 그녀에게 돌아왔다.

"우리나라에 쓰레기 종류가 얼마나 되는지 아세요?"

"네?"

"보통 사람들 등골 빼먹는 쓰레기의 종류 말입니다."

"글쎄요?"

"일일이 떠들면 숨차고… 그중에서 최악의 쓰레기가 정치에 빌붙어 먹는 놈들인데 쟤들이 아주 비슷합니다, 냄새는 더 심하게 나는 것들이죠. 기회 될 때 한 대라도 더 패야 대한민국 사회가 쬐끔이나마 정화됩니다, 후후."

"저런 사람들 무섭잖아요, 복수하겠다고 고소라도 하면 어쩌려고 그래요?"

"옷 벗게 되면 벗는 거죠, 뭐. 딱히 사명감이 있다거나 애국심이 불타

오르거나 뭐 그런 부류는 못되니까요."

"너무 무책임한 거 아니에요?"

"우리 원래 그래요, 그래서 짤렸는데 뭐. 후후."

"짤려요?"

"그런 거 있습니다, 알면 다쳐요. 후후, 저기 빈 택시 오네요. 탑시다."

강민태는 다시 손을 들었고 택시 한 대가 빠르게 다가와 멈춰섰다.

위험신호

김석진의 첫인상은 기대와 많이 달랐다. 안경잡이에 왜소한 체격의 범생이를 연상했는데 생각보다 키도 크고 건장한 체격의 20대 청년이었다. 그리고 꽤나 장난스러웠다.

―그러니까 그 쿠펙이란 놈이 형수님한테 그런 개소리를 했다는 거유?

화면 속의 김석진은 연신 키보드를 두드리며 막대사탕을 빨고 있었다. 하연수는 '형수'라는 단어에 화들짝 놀랐지만 내색하지 않고 김석진을 물끄러미 쳐다보기만 했다. 강민태가 말을 받았다.

"KC케미컬 그거 뭐하는 회사냐?"

―의료기구 및 약품 수입과 판매, 에보티스와 스미모토 케미컬이 공동투자한 법인인데 국내 대형병원과 약사회가 수입하는 약품의 20퍼센드 이상을 장악하고 있는 회사임. 작년 기준으로 직원 197명, 매출

290억 원, 순수익 없음, 자본잠식 시작.

"직원이 197명인데 매출이 딸랑 290억?"

—최근에 물류 쪽에 대규모로 투자하면서 계속 인력을 확충하고 있어. 사업을 확장할 계획이라고 봐야지.

"특별히 이상할 건 없네, 쿠펙이라는 친구는 뭐야?"

—체코인 이름 같은데 스펠링을 몰라서 에보티스 본사에 들어가도 찾질 못하겠네, 출입국 기록 뒤져볼까?

"아니, 그럴 거까진 없어. 또 지랄하지 않으면 넘어가자."

—그럼 끝?

"그래, 자라."

—내가 벌써 잘 사람으로 보여? 크크. 수고해, 형.

모니터는 이내 꺼져버렸다. 하연수는 전화기를 꺼내 시간을 확인했다. 벌써 새벽 1시, 내일 출근하려면 빨리 자야 했지만 대답이 필요한 단어가 있었다.

"저기, 민태 씨."

"네?"

"금방 석진 씨가 형수라고 했는데 무슨 뜻이죠?"

"에? 들었어요?"

"무슨 뜻이냐니까요."

"아마 그렇게 되길 바란다는 뜻일 겁니다, 명석이가 그렇게 반응하는 건 저도 처음 봤으니까요."

"무슨 반응요?"

"그놈 보기보다 따뜻한 놈입니다, 하지만 고객에게 필요 이상의 친절은 절대 베풀지 않죠. 그런데 하연수 씨에게는 그러지 않았습니다. 무리해서 청소까지 했으니까요."

"청소요?"

"그런 게 있습니다, 굳이 아실 필요는 없고요."

하연수는 잠시 강민태의 눈을 바라봤다. 싱글싱글 웃는 눈이지만 거짓말은 아닌 것 같았다.

"사실 민지 씨가 오지 말라고 했는데도 제가 급히 명동에 간 것도 그 자식 덕분입니다, 민지 씨가 퇴원한 날부터 이명식의 전화를 계속 모니터링했더군요."

"무슨 말을 하는 건지 모르겠는데요?"

"그냥 그렇다고요, 더는 묻지 마십쇼. 솔직히 그놈 시커먼 속을 제가 어떻게 압니까? 그냥 안 하던 짓을 하니까 하는 이야기입니다. 만나면 직접 물어보세요, 전 민지 씨랑 밀당 하는 것만으로도 벅차니까요. 후후."

의미심장하게 웃은 강민태는 무릎을 베고 잠든 박민지의 머리를 부드럽게 쓰다듬었다. 그리고 다시 말했다.

"내려가시죠, 이놈 오늘 안 들어옵니다."

"어디 갔는데요?"

"부잣집 바람둥이 엉아 살리러 갔습니다, 요즘 한참 시끄러운 모델 토막살인 사건 용의자라 며칠 걸릴 겁니다."

"토막살인이요?"

"임마는 걔가 범인 아니라고 생각하더군요, 그 엉아 수준이 바닥이긴 한데 토막살인까지는 아니랍니다."

"아… 네, 어쨌든 오늘 너무 감사했습니다."

"감사는요, 찾는 동안 시간 끌어주신 덕분에 민지 씨도 무사했습니다. 많이 놀라셨을 텐데 이만 내려가 주무세요, 무슨 일 있으면 즉시 전화주시고요."

"네, 그럼…."

자리를 털고 일어나 박민지를 깨우려 하자 강민태가 급히 손을 내저어 만류했다.

"깨우지 마세요, 내가 안고 가겠습니다."

그리고 아주 조심스럽게 박민지를 안아들었다.

같은 시간, 차명석은 성남 모란시장 뒤편의 새로 지은 오피스텔 8층 끝 방의 초인종을 누르고 있었다. 두 번 더 누르자 걸쭉한 목소리가 돌아왔다.

—누구요?

"나다."

—누구?

"나라고 인마."

―아, 형님.

문은 바로 열렸다. 30평 남짓한 꽤 큰 오피스텔인데 들어서자마자 독한 방향제 냄새가 코를 찔렀다. 후줄근한 런닝셔츠에 반바지 차림의 빡빡머리가 소파 너머에서 머리를 내밀었다.

"오밤중에 촌구석까지 웬일이래? 앉으슈."

양재필은 별을 여섯 개나 단 전과자였다. 정확한 나이는 모르지만 3년 전에 빵에서 나온 뒤부터 일종의 경매 사이트를 운영하는 놈이었다. 합법적인 사이트는 아니지만 그렇다고 단속대상도 아닌 황당한 오타쿠 사이트였다. 그가 건너편에 앉자 양재필이 발 밑에서 캔맥주를 꺼내 그의 앞으로 밀어냈다.

"뭘 도와드릴깝쇼? 내 물건 사겠다고 오진 않았을 거 아뇨."

양재필이 거래하는 건 연쇄살인범들의 물건이었다. 이를테면 살인범이 범행할 때 입었던 옷이나 흉기를 비롯해 피해자의 옷가지나 장신구, 모자, 신발, 손톱, 머리카락, 하다못해 이빨조각까지 경매로 팔았다. 웃기는 건 그런 물건들이 상상을 초월하는 거액에 거래된다는 사실이었다.

"너 김윤탁 알지?"

"어, 알죠."

"애들 풀었냐?"

김윤탁은 최근 발생한 모델 토막살인 사건의 용의자로 체포된 상태였다.

경찰의 발표대로라면 늘씬한 인기모델만 두 명을 데려다 약을 먹이고 강간한 다음 망치로 때려죽였는데 살해 후 잔인하게 토막을 내 유기한 사건이라 양재필에게는 확실히 큰 건수였다.

"당근이죠."

"그 껀 제껴라, 그놈 그냥 바람둥이야."

"형님이 그걸 어떻게 알아요?"

"의뢰라 뒷조사를 좀 했다, 여러모로 의심스런 정황이 감지됐고."

"형님이 맡았으면 어떻게든 풀어주겠쥬, 난 그래도 상관없수. 그 작자가 진짜 '다마'가 아니라도 고객이 '다마'라고 생각하면 돈은 내니까, 흐흐."

'다마'는 살인범을 칭하는 그들만의 은어, 팔고 나면 그뿐이라는 이야기였다.

"지금까지 챙긴 물건들 좀 내놔봐."

"씨불… 졸라 힘들게 구한 건데…."

"내가 손대면 어차피 못 팔아, 내놔."

"네미럴."

놈은 궁시렁거리면서 대형 TV모니터 뒤로 들어가 금고를 열더니 작은 상자 하나를 꺼내 가지고 돌아왔다.

"이거유."

상자 안에는 비닐 팩에 별도로 포장한 피 묻은 여자 상의 한 벌과 가

죽표지 다이어리 그리고 굳은 피가 달라붙은 망치가 들어 있었다.

"이게 못 찾았다는 살해도구 중 하나냐?"

"그런 거 같수. 손 망치로 머리를 때려서 죽인 다음에 메스 같은 날카로운 칼로 관절들을 잘랐다더만요. 칼은 김윤탁 그 새끼 차 안에서 발견됐잖수."

"여자 옷은 누구 거냐?"

"먼저 죽은 모델인데 이름이… 최민영일 거유."

"어디서 구했어?"

"황학동 왕발한테서 200에. 그 새끼 가게 앞에다 누가 기념품이라고 대문짝만하게 써놓은 쪽지 하나랑 같이 놓고 갔답디다."

"언제?"

"지난 주말인 거 같은데… 어… 5월 2일이네."

5월 2일이면 김윤탁이 체포된 바로 다음다음날이었다. 또 조작의 냄새가 솔솔 났다.

"그 말을 믿냐?"

"알아볼 만큼 알아보고 샀지 그냥 샀겠수. 옷은 확실히 그 여자 거유."

"다이어리는 누구 거냐?"

"그게 혼모노유, 다마 거니까."

"그래?"

김윤탁의 다이어리라면 상황을 파악하는데 도움이 될 것 같았나.

"장갑 하나 줘봐."

녀석이 건넨 비닐장갑을 끼고 다이어리를 꺼내 열었다. 약속이나 생일 같은 일상적인 기록을 해둔 고급 다이어리인데 모델들이 실종된 날과 사체가 발견된 날, 사망일로 추정되는 날짜에 전부 빨간색 펜으로 동그라미 표시가 되어 있었다.

너무 노골적이라 의심스러울 수밖에 없는 물건인데 그래도 이 다이어리가 경찰의 손에 넘어갔다면 정말 빼도 박도 못할 확실한 증거였다.

"이거 며칠 빌리자."

"에이… 농담 마슈, 하나에 최소 오백짜립니다."

"민태 데려올까?"

"아… 띠불, 이럴 겁니까? 이거 빨리 팔아야 돼요."

"일주일 내에 돌려줄게."

"그러지 말고 내가 쓸 만한 정보 줄 테니까 이건 빼고 갑시다, 이거 형님한테 도움 안 돼요."

"왜?"

"형님도 알아봤겠지만 김윤탁이 아버지가 김성철이라고 조달청 국제물자 국장이잖수, 그런데 그 양반 졸라 깐깐해서 여기저기 적이 많은 것 같습디다. 증거를 누가 심은 거 같다는 이야기유."

"그건 나도 알아."

"나라면 그 양반이 시설사업국 있을 때 서리 맞은 회사들 뒤져볼 거유. 특히 KC건설."

"KC건설이 왜?"

"철거용역 엄청 동원해서 상봉동 어디 재개발 밀어붙이다 몇 사람 죽어나가는 통에 김성철이 조달청 사업 전체에 대한 참여자격을 영구적으로 차단시켰다고 들었수, 개인적인 고소고발까지 가서 아직도 해결 안 됐답디다. 그리고 왕발 말이 이거 가져다 놓은 새끼들이 창신물산 똘마니들이라더만, 창신물산이 사람 죽인 거기잖우."

"근거 있어?"

"그날 CCTV에 찍혔답디다. 세 놈."

"이름은?"

"세 놈이 왔는데 한 놈만 안답디다, 김상호라고 칼 잘 쓰는 놈이랍니다."

"김상호?"

"아는 이름이우?"

"그런 거 같다."

창신물산이라는 이름이 나왔을 때부터 신경이 쓰였는데 김상호란 이름도 익숙했다. 그의 기억이 맞다면 정운기의 운전기사 겸 경호를 맡았던 놈 같았다. 일단 진성파가 개입됐다면 일이 귀찮아질 가능성이 높았다.

"그럼 잘 됐네, 그 자식 족쳐봐요. 그놈이 칼질했다는 설이 유력하답디다."

"근거 있어?"

"그거 찾는 거야 형님 일이고, 난 정보민 제공. 흐흐. 어쨌든 이 정도면 봐줄 수 있지 않수? 내가 팔고 난 다음에 압수하게 하면 되잖우."

"미친놈, 그럼 사진이나 몇 장 찍자, 누구한테 팔았는지 잘 적어놔."

"거 반가운 소리네, 흐흐. 얼마든지 찍으슈."

차명석은 다이어리를 처음부터 끝까지 하나하나 찍은 다음, 망치와 옷도 몇 장 찍고 녀석의 집을 나섰다. 머릿속이 복잡했다. 김윤탁이 무죄라는 증거는 하나도 없고 일만 커져가는 느낌이었다. 차에 시동을 걸면서 김석진에게 전화를 걸었다.

—예, 형.

"창신물산이랑 KC건설 사이에 거래가 있었는지 알아보고 정운기 그놈도 요즘 뭐하는지 알아봐라. 그리고 일전에 내가 손봐줬던 놈 중에 김상호라는 칼잡이가 있다. 20대 후반쯤 되고 정운기 운전기사였는데 그놈 주소랑 사진 필요해, 기억력이 별로라 이름만 생각난다. 후후."

—형도 이제 늙은겨, 크크. 지난번에 정리해놓은 자료 있음, 최근 동향은 시간 좀 걸릴 거야.

"알았다."

말은 시간이 걸린다고 했으나 김석진은 그의 차가 서울 방향 간선도로에 올라서기가 무섭게 회신을 내놨다.

—창신물산 하는 짓은 그때나 지금이나 비슷해, 주로 건설사 경비용역, 철거용역 그런 일인데… KC건설하고도 지속적으로 거래가 있어, 정운기는 최근에 자기 이름으로 인천공항 물류단지에 창고 두 개를 1년간 대여했어.

"얼마나 큰 건데?"

―이백 평 규모 두 개야, 주소 보낼게.

"김상호는?"

―그 사람도 지난달에 영종도 신도시 게스트 하우스 하나를 빌려서 입주했고 주소도 옮겼어, 사진이랑 같이 보낼게.

"오케이, 수고했다. 이따 너 필요할 일 있을지도 모른다, 대기해."

―6시까진 안 자, 암때나 전화해.

"그래, 나중에 보자. 아웃."

전화를 끊는 즉시 차를 돌려 인천으로 방향을 잡고 이번엔 의뢰인의 번호를 눌렀다.

―여보세요.

의뢰인은 새벽 시간인데도 바로 전화를 받았다. 김윤탁의 친누나 김윤서인데 바람둥이 동생과는 달리 자타공인 실력파 의사로 겨우 서른일곱 살에 벌써 감염병의 최고권위자로 알려진 경신의료원 감염내과 과장이었다.

"접니다, 통화 괜찮으십니까?"

―말씀하세요, 진전이 있나요?

"아직은 나쁜 소식만 나옵니다, 폭력조직 개입의 정황이 나왔고 때문에 사건이 지저분해질지도 모릅니다."

―장 변호사님이 최고라고 했으니 그쪽 믿어요. 돈은 얼마가 들든 상관없으니 어떻게든 무죄라는 증거를 찾아주세요, 그 녀석 여자관계가 복잡해서 그렇지 사람 죽일 아이는 절대 아니에요. 지난번에도 말씀드

렸듯이 사람 관절을 그렇게 깔끔하게 자르는 건 전문가 아니면 못해요.

"내일은 어느 정도 상황을 파악할 수 있을 겁니다, 그런데… 혹시 아버님과 KC건설의 관계에 대해 아시나요?"

—아뇨, 일 이야기는 잘 안 하시는 분이라.

"자리를 만들어주시겠습니까?"

—직접 만나도 되나요?

"직접 만나도 제 얼굴을 보실 수는 없을 겁니다."

—좋아요, 해보죠. 내일 저녁 여덟 시 용산 조달청 앞 어때요?

"나가겠습니다, 그럼."

전화를 끊고 곧장 인천공항으로 직행했다. 창고 근처에 도착한 시간은 새벽 2시10분. 창고를 한 바퀴 돌고 그대로 통과해서 도보로 5분 남짓한 거리에 차를 세워놓고 CCTV카메라를 피해가면서 천천히 걸었다. 창고가 가까워지면서 카메라가 제법 많아졌지만 피하는데 어려움은 없었다. 더구나 특별히 감시하는 인원도 보이지 않아서 접근은 쉬웠다. 그러나 창고에서 건진 건 전혀 없었다.

'뭔진 몰라도 아직 준비단계라는 건데….'

창고 두 개는 모두 텅 빈 상태였다. 내부에는 카메라가 잔뜩 달려 있는데 상대적으로 외부에는 카메라도, 경비도 없었다.

곧장 신도시로 넘어와 김상호가 얻었다는 게스트하우스를 찾았다. 2층짜리 독채건물인데 제법 커서 20명 정도는 충분히 숙소로 쓸 수 있을 것 같았다.

일단 다세대 주택 단지 안으로 들어가 게스트하우스가 보이는 이면도로 초입에 차를 세우고 창문을 조금 열었다. 이대로 감시하면서 밤을 샐 생각이었다. 그런데 몇 분 지나지 않아 이면도로 반대쪽에서 만취한 취객 여럿이 시끄럽게 떠들며 게스트하우스로 다가왔다.

얼핏 보기에도 조폭 똘마니들인데 대충 여섯 명 정도였다. 양손에 비닐봉지를 든 놈도 있는 것으로 보아 술을 사들고 들어오는 모양이었다. 재빨리 야시경을 꺼내 하나하나 면면을 확인했다. 김상호는 가장 뒤에 있었다. 그때 박살낸 양쪽 발목 관절이 아직 완치되지 않았는지 아직도 조금씩 발을 저는 모습이었다.

놈들은 게스트하우스 건물로 들어간 뒤에도 계속 떠들어댔다. 들려오는 소리로 보아 제법 액수가 큰 포커판을 벌인 것 같았다. 그리고 새벽 다섯 시쯤 두 놈이 담배를 피우러 나왔다들어간 뒤에야 불이 꺼졌다. 차명석은 30분쯤 더 기다렸다가 차에서 내리며 김석진에게 전화를 걸었다.

—왜, 형.

"들어간다, 컴퓨터에 니 USB 꽂으면 되는 거지?"

—꽂기만 해, 알아서 패스워드 풀고 이쪽으로 전송할 거야.

"알았다, 준비해."

—전화 끊지 마.

전화를 브루투스로 돌리고 모자를 푹 눌러썼다.

현관문은 잠겨 있지 않았다. 문단속은 아무도 신경 쓰지 않는 모양새,

어차피 조폭 소굴에 감히 발을 들여놓을 미친놈은 없을 것이었다.

놀음판을 벌렸던 큼직한 거실은 난장판인 상태 그대로였다. 두 놈이 널브러져 잠이 들었고 나머지는 보이지 않았다. 거실에 붙은 방문을 전부 열어 확인했지만 1층에는 김상호가 없었다.

조용히 2층으로 올라가 첫 번째 방부터 차근차근 뒤져 세 번째 방에서 잠든 김상호를 찾아낼 수 있었다. 일단 벽에 걸린 옷가지를 뒤져 전화기를 찾아내 복사하고 침대 옆에 놓인 노트북에다 USB를 꽂았다. 언제나처럼 몇 초 지나지 않아 팬 돌아가는 소리가 나직하게 들렸다. 노트북을 열어놓지도 않았는데도 벌써 알아서 전원 켜고 패스워드 크래킹을 시작한 모양이었다.

'또 기다려야겠지?'

창문 옆 어둠속으로 스며들어 팔짱을 끼고 벽에 기댔다. 또다시 지루한 기다림, 패스워드는 금방 풀겠지만 데이터 전송에는 시간이 제법 걸릴 것이었다.

―전화랑 노트북엔 별거 없었어, 지워진 데이터에서 찾았지, 흐흐.

"원본 하드가 없는데 그게 가능해?"

―난 하드를 통째로 복사하잖아. 흐흐, 깔끔하게 복구했지.

"쓸 만하냐?"

―김윤탁이 여자들이랑 스리섬 하는 영상하고 죽은 여자들 토막 내는 영상 두 가지야. 화질은 별로인데 여자들 토막 내는 놈은 김윤탁이 아니라는 건 확실해. 우비에다 고글하고 마스크 써서 누군지 특정할 수 없고 덩치 크고 한쪽 다리 절뚝여.

"정말 김상호가 직접 한 모양이네."

―어⋯ 김윤탁 이 삽자루는 우비 입은 놈이 여자들 토막 내는 동안 옆에 쓰러져 있는 게 화면에 잠깐 잡혔어, 술인지 마약인지 잔뜩 취해서 아예 맛이 갔네. 유리창이 없는 걸로 봐서 장소는 지하로 보이고 특정할 수는 없어.

"김윤탁 체포된 곳이 타나타 호텔이지?"

―맞아. 스리섬 영상에 나오는 객실 구조가 타나타 호텔하고 같아, 그 런데 토막사체가 유기된 아라뱃길 둑에서는 거리가 좀 멀어. 차로 한 시간, 그러니까⋯ 사건 전체를 요약하면 약에 잔뜩 취한 김윤탁이 마찬가지로 약에 쩐 여자 둘과 스리썸 찐하게 한 다음, 둘을 태우고 최소 한 시간을 운전해서 어딘가로 갔다는 거지. 그리고 거기서 사체를 토막 내서 유기한 뒤 또 한 시간을 운전해서 호텔로 돌아왔고 그 방에서 12시간을 퍼지게 잤다는 건데⋯ 솔직히 처음부터 끝까지 말이 하나도 안 돼, 거기에 토막 내는 놈이 다른 놈이고 김윤탁은 그동안 약 먹고 뻗은 게 확인됐으니 법정에서 'Reasonable Doubt'는 충분히 성립, 흐흐.

"수고했다, 일단 보내줘."

―이번엔 시간 많이 걸렸어, 눈도 왕창 베렸고. 비용 더 쳐줘.

"돈은 니가 제일 많이 벌잖아, 인마."

―그건 그거고, 일을 시켰으면 대가는 지불하셔야지. 크크.

"시끄러."

―됐고! DC 코믹스 액션피규어 하나, 내가 지정하는 거.

"미친놈, 알았다. 딜."

―오케이, 흐흐. 영상 보낼게, 끊는다.

"그래."

생각보다는 손쉽게 사건이 종료된 셈, 영상을 넘기기만 하면 뒷일은 장 변호사가 알아서 처리할 것이었다. 형사사건 변호사 중에서는 자타 공인 최고라고 불리는 사람이니 더는 신경 쓸 필요가 없었다. 모자를 다 시 눌러쓰고 길 건너편 조달청 농협이 보이는 도로변으로 나왔다.

김윤서는 병원에서 잠깐 나왔는지 손에는 가운을 들고 불안한 눈빛으 로 주변을 둘러보고 있었다. 차명석은 길 건너편에서 농협 앞을 천천히 통과하면서 지켜보는 사람이 있는지부터 다시 확인했다. KC 정도 되 는 덩치가 끼어든 사안이라면 사람을 붙였을 가능성도 없지 않기 때문 이었다. 사실 별 의미 없는 습관적인 루틴이지만 안 하면 왠지 불안해서 어쩔 수 없었다.

어쨌거나 딱히 걱정스러운 움직임은 보이지 않았다. 골목으로 돌아와 김윤서에게 전화를 걸었다.

―네, 어디세요?

"지금 길 건너서 횡단보도 앞 골목으로 들어오십시오."

—네.

길을 건넌 김윤서가 골목으로 들어설 때까지도 뒤에 따라붙는 사람은 없었다. 일단 안심하고 건물 사이에서 벗어나 앞서 걷는 김윤서에게 다가섰다.

"일찍 나오셨군요."

등 뒤에서 말했는데도 김윤서는 당황하지 않고 돌아서서 목례를 했다. 아래위로 훑어보는 시선이 느껴졌지만 신경 쓰지 않았다. 김윤서가 다시 말했다.

"아버지는 다음 블록에 있는 카페에서 만나기로 했어요."

"조용히 이야기할 곳이 필요합니다, 차라리 조달청 경비실 안 어디에서 뵙는 건 어떻습니까?"

"그러죠, 가요."

김윤서는 곧바로 김성철에게 전화를 하고 되짚어 길을 건넜다. 정문 앞에서 잠시 기다리자 왜소한 체격의 60대 남자가 빠른 걸음으로 다가오며 손을 흔들었다.

"아빠!"

"어, 그래. 잠깐만."

김성철은 인사만 하고 곧장 경비실로 들어가 경비원에게 간단하게 지시를 한 다음, 경비실 내부의 숙직실 같은 작은 방으로 두 사람을 안내했다. 그리고 앉자마자 먼저 인사를 건넸다.

"장 변이 소개한 분인가?"

"그렇습니다."

"날 보자고 했다던데… 무슨 일입니까?"

"우선 아드님 문제부터 이야기하죠, 무죄 추정이 가능한 증거 찾았습니다."

"정말이오?"

"사건 당시 아드님은 약이나 술에 취해 자고 있어서 기억을 못하는 게 당연합니다. 모델 두 사람을 죽인 놈은 따로 화면에 잡혔으나 신원을 확인할 수는 없었습니다."

"화면이라면… 동영상을 구한 거요?"

"지금 드릴 겁니다, 장 변에게도 전달할 거고요."

"당장 좀 봅시다."

"아버님께서만 따로 보시길 권합니다, 잔인할 겁니다."

김성철의 시선이 돌아가자 김윤서가 여유롭게 대답했다.

"어떤 영상인지 알 것 같은데… 아마 우리 수술실이 한참 더 심할 걸요? 그냥 보죠."

어깨를 으쓱해 보인 차명석은 바로 태블릿에서 다운받은 영상을 재생했다.

23분이나 되는 긴 영상인데 몇 분 안 되는 것처럼 금방 지나갔다. 김석진의 설명대로 여자 시체 둘을 올려놓은 테이블 아래로 잠든 김윤탁의 얼굴이 아주 잠깐 지나가고 이후에는 우비를 입은 덩치 큰 남자가 시체의 팔다리 관절을 잘라내고 분리된 팔다리를 더 잘게 자르는 섬뜩한 장면이 길게 이어졌다.

'지랄이네.'

영상이 끝났지만 두 사람은 한동안 말을 잇지 못했다. 1분 넘는 긴 침묵이 이어진 뒤에야 김성철이 처음으로 입을 열었다.

"이걸 다행…이라고 해야 하나?"

"돌아가신 모델 두 분의 가족에겐 최악의 장면이겠지요. 일단 김윤탁 씨가 모델 두 분과 성관계를 가진 건 사실입니다. 이 영상 말고 파일 하나가 더 있는데 그게 세 사람의 성관계 장면을 촬영한 겁니다. 호텔방인데 세 사람 다 약에 취한 모습이고 명백히 합의하에 성교가 진행된 것으로 보입니다. 같이 보내드리겠습니다."

"이 빌어먹을 노무 새끼, 나오기만 하면 그냥 다리몽뎅이를 몽창… 어휴, 이 자식을!"

"참으세요, 아빠."

김성철은 한참을 씩씩거리다가 호흡을 가다듬었다.

"다른 용무가 또 있다고 했죠? 그건 뭡니까?"

"혹시 KC건설과는 관계가 어떠십니까? 혹시 연락 없었습니까?"

"KC건설이 왜?"

"사건의 흐름상 KC건설이 관련된 것으로 보아야 할 것 같습니다. 만일이지만 그게 사실이라면 어떤 방식으로든 국장님께 그들의 요구사항이 전달됐어야 합니다."

"글쎄… 일전에 한 번 만나자고 전화가 온 적은 있는데 내가 거부했어요, 그거 말고는 없었소."

"언제쯤입니까?"

"한 두 달쯤 됐는데?"

"그럼 조만간 연락이 올 겁니다, 그때까지는 경찰에 이 영상 제출하지 않는 게 좋을 것 같습니다. 장 변하고 상의해보십시오."

"그러지."

"이걸로 의뢰는 종결입니다, 재판 잘 마무리하시고 당분간 신변안전에 유의하시기 바랍니다."

"정말 고맙소, 수고했어요."

"감사합니다, 고생 많으셨어요. 조금 더 넣었습니다."

미리 준비를 하고 있었는지 김윤서는 얼른 봉투 하나를 꺼내 그에게 건넸다. 성공보수를 500으로 했는데 거기서 더 넣었으면 액수가 꽤 될 것 같았다. 몇 번씩 인사말을 건네는 두 사람을 뒤로하고 홀가분한 마음으로 경비실을 나섰다.

찜찜한 구석이 없지는 않지만 시간을 더 투자할 생각은 없었다.

집에 도착하자마자 밥도 건너뛰고 그냥 침대에 누웠다. 이틀 연속 날밤을 새고 하루 종일 돌아다닌 형편이라 눈꺼풀이 천근만근이었다.

잠시 눈을 감았나 싶었는데 잠에서 깬 시간은 다음날 오후 다섯 시였다. 한꺼번에 열여덟 시간을 넘게 잔 것, 정말 오래간만에 긴 숙면을 취한 셈이었다. 뻐근한 팔다리를 몇 번 풀어보고 샤워기 아래에다 머리를 박았다.

'긴장이 풀린 탓인가?'

목표를 잃어버린 생활이 길어지면서 그럭저럭 유지되던 자신에 대한 통제력의 끈이 하나둘 끊어지는 것 같았다. 처음엔 돈 잔뜩 모아서 차 사고 집 사서 1층에 카페 같은 거 하나 운영하는 평범한 미래를 생각했지만 사실상 실현은 어려운 이야기였다.

배운 게 도둑질이라고 10년 넘게 사람을 속이고 감시하고 죽이는 법만 배웠고, 또 그게 가장 잘하는 일인 놈이 가질 수 있는 직업은 한계가 있었다.

'생각할 시간은 또 있겠지.'

잡생각을 털어버리고 대충 샤워를 끝냈다. 정신이 돌아오면서 배가 고파진 것, 종일 식사를 건너뛰었으니 나가서 뭐라도 먹어야 했다. 냉장고엔 당연히 먹을 게 없을 터였다. 편안한 옷으로 갈아입고 1층으로 내려가려는 데 안채 마루에서 고개를 내민 윤세미가 소리를 질렀다.

"명석아! 밥 먹었니? 우리 밥 먹는데 같이 먹자!"

"그래도 됩니까?"

"안 그래도 깨우려다 말았어! 숟가락 하나 더 놓는 거야! 얼른 와!"

"넵."

새삼 향긋한 된장찌개 냄새가 허기를 자극했다. 집밥 먹을 기회를 마다할 이유는 없었다. 그러나 마루로 올라서다 말고 발길을 멈출 수밖에 없었다. 친숙한 얼굴들이 진수성찬이 차려진 큼직한 밥상에 둘러앉아 있었다.

"어여 와라, 웬수."

입 안에 밥을 한가득 문 강민태가 손을 흔들었다. 박민지와 하연수, 거기다 얼굴 보기 힘든 김석진까지 내려와 윤세미의 10살짜리 딸 은혜를 무릎에 앉힌 모습, 이 집에 사는 모든 사람이 한자리에 모인 셈이었다. 윤세미가 재빨리 밥그릇을 가져다 하연수 옆자리에 놓으며 그의 어깨를 눌렀다.

"앉아."

얼결에 앉아 수저를 받자 강민태가 그의 눈앞에다 밥공기를 불쑥 내밀었다.

"한 공기만 더… 누님 음식솜씨는 역시 명불허전입니다, 흐흐."

"후후, 입에 발린 소리 안 해도 돼. 인석아, 많이 먹어."

"넵."

윤세미가 밥공기를 들고 주방으로 가자 강민태가 실실 웃으며 그와 눈을 마주쳤다.

"하연수 씨는 주말 내내 일해서 오늘 일찍 퇴근, 민지 씨는 식사하고 출근. 흐흐."

옆자리의 하연수를 힐끗 돌아보고 얼른 수저를 들었다. 빨리 먹고 일어나야겠다는 생각이었다. 말없이 반 공기쯤 비웠을 때 윤세미가 말했다.

"명석이 오늘 뭐하니?"

"별일 없어요."

"그럼 밥 먹고 은혜랑 디자인 플라자 좀 갈래?"

"네?"

"이거 맨입에 대접하는 거 아니거든? 넌 보통사람들 사는 법을 좀 배워야 돼."

"무슨….."

"거기서 아이들 상대로 하는 공연이 있는데 은혜 학교에서 꼭 보게 하라는 가정통신문이 왔어, 공연 티켓도 같이 왔는데… 난 오늘 아버지 병원에서 밤 꼬박 새야 되거든, 어쩔 수 없어서 부탁하는 거야. 연수 양도 같이 가기로 했으니까 너무 걱정 말고."

"에?"

"부탁해, 밥 더 먹을래?"

윤세미는 의미심장하게 웃으면서 윙크를 했다. 밥 한 끼에 제대로 미끼를 문 셈, 포기하고 음식에 집중했다. 기왕지사 이렇게 된 거 평소엔 절대 먹어보지 못하는 맛깔스런 집밥이나 실컷 먹어둘 생각이었다.

공연은 생각보다 지루하지 않았다. 만화영화 캐리터들이 여럿 등장한 일종의 오페라인 셈인데 두 시간 조금 안 되는 공연이 금방 끝나버렸

다. 아이스크림 하나를 든 은혜를 사이에 두고 밤바람을 맞으며 느긋하게 동대문 방향으로 걸었다.

디자인플라자 주차장에 들어가면 나오는데 시간이 걸릴 것 같아서 차를 사설주차장에 넣어둔 탓이었다. 큰길을 하나 건넌 뒤, 오가는 사람들의 숫자가 조금 줄어들자 하연수가 지나가는 말처럼 질문을 던졌다.

"몰아가는 거 같지 않아요?"

차명석은 대답하지 않았다. 자신도 느끼고 있는 부분이었다. 하연수가 미소를 머금으며 다시 말했다.

"친구 분들 좋은 사람들이에요, 그리고 고맙게 생각하고 있어요."

"…."

"명석 씨도 그래요, 아무 상관없는 나한테 너무 잘해주잖아요."

"착각이야."

퉁명스럽게 대답했지만 하연수는 미소를 거두지 않았다.

"미녀와 아이들은 필수 보호대상이라면서요? 거기 끼어 있어서 다행이네요."

보나마나 강민태가 흘린 이야기일 터, 피식 웃어버렸다. 그의 웃음을 훔쳐본 하연수가 다시 말했다.

"조금 더 잘 해줘봐요, 그럼 넘어가줄 수도 있으니까."

다시 웃었다. 여자와 이런 평범한 대화를 한 것이 언제였나 싶어서였다. 그런데 하연수가 예고도 없이 훅 치고 들어왔다.

"여자 사귄 경험 별로 없나 봐요?"

그는 꿀꺽 말을 삼켰다. 필요에 의해 여자 다루는 법을 체계적으로 배우긴 했지만 사실 누굴 진짜 좋아했다거나 사랑한 경험은 없었다. 실제로는 대학 다닐 때 미팅으로 만났던 여학생과 가졌던 몇 번의 잠자리가 여자 경험의 전부였다.

"너보단 많을 거야."

성의 없는 대답에 즉각 반격이 돌아왔다.

"그걸 어떻게 확신해요? 미모가 이런데?"

하연수는 상체를 앞으로 숙이고 얼굴을 돌려 그를 빤히 마주보며 한쪽 손으로 꽃받침을 만들었다. 차명석은 반사적으로 턱을 끌어당기면서 눈을 가늘게 떴다.

"알바하느라 바쁜 거 아니었나?"

"아무리 바빠도 쫓아다니는 남자들이 없어지지는 않거든요? 덕분에 수청들라고 지랄하는 외국놈들도 풍년이랍니다."

"이야기 들었다. 그 회사 그만두는 게 좋겠다."

"어머? 그럼 나 먹여살릴 거예요?"

"뭐?"

"나 좋아하는 거 맞죠?"

또다시 예고 없는 직설적인 공격, 이번엔 그로서도 놀랄 수밖에 없는 단어들이었다.

"자신에 대한 과대평가는 별로 좋은 습관이 아냐."

최대한 차갑게 대답했지만 하연수는 신경 쓰지 않는 것 같았다. 그의 옆모습을 빤히 쳐다보더니 흘러내린 머리카락을 뒤로 젖히면서 미소를 머금었다.

"난 솔직해지기로 했어요, 힘들고 외로울 때 손 내밀어준 사람에게 마음을 여는 건 아주 자연스런 일이잖아요. 그죠?"

"넌 내가 누군지 몰라."

"뭐하는 사람인데요? 어둠의 해결사?"

그는 대답하지 않았다. 마땅히 대답할 말도 생각나지 않았다. 잠시 미소를 머금은 채 대답을 기다리던 하연수가 다시 말했다.

"나는 뭐 달라요? 직원은 '1'도 생각하지 않는 외국계 중소기업 인턴 사원인데?"

"최소한 미래를 생각하고 계획할 수는 있겠지."

"앞이 캄캄하긴 마찬가지에요, 오늘 살기도 벅차니까 힘들고 외로운 사람끼리 의지하면서 지내자는 거예요."

"…"

"그리고 지난번엔 큰소리 땅땅 쳤는데 나 돈 없어서 당분간 방 구하기 어려워요, 배 째요. 후후."

하연수는 폭탄선언을 하고는 칭얼거리는 은혜를 들어올려 안았다. 그리고 그가 대답하지 못할 거라는 걸 알고 있다는 듯 말을 이었다.

"은혜 피곤한 모양이네요, 사실은 민태 씨가 여자 둘만 나가 사는 건 절대 용납 못한다고 우겨서… 핑계김에 당분간 빌붙어 지내기로 했어요, 헤헤. 세미 언니도 여윳돈 생길 때까지 마음 편하게 지내라고 하셨어요."

"나 빼고 다들 한통속이 된 건가?"

"안 잡아먹어요, 그렇게 고슴도치처럼 바늘 세우지 않아도 돼요."

하연수는 몇 발 앞으로 나가더니 대답을 기대하는 얼굴로 그를 빤히 마주보았다. 평소와 달리 화장을 했는지 더 환해진 느낌, 다행히 어깨너머로 그의 차가 보였다. 줄기차게 이어지는 융단폭격을 피할 수 있다는 생각에 얼른 주머니 속의 키를 눌렀다.

"타지."

그러나 오산이었다. 하연수는 뒷자리에 앉아서도 집요하게 대답을 요구했다.

"아직 대답 못 들었는데요?"

"무슨 대답?"

"겁먹지 마요, 우선은 그쪽 집에 빌붙어 지내는 거나 허락하세요."

"내 대답 필요 없는 거 아닌가?"

"필요해요, 나 그쪽이랑 자주 볼 생각이니까요."

서둘러 시동을 걸고 오디오를 켰다. 일단 피할 생각이었다. 그런데 파킹을 푸는 순간, 건물 사이에서 빠져나온 시커먼 그림자 하나가 운전석으로 다가와 창문을 두드렸다. 창문을 조금 내리자 사내가 유리창 높이로 고개를 숙이며 말했다.

"데이트 중인가? 헌터."

앞머리가 희끗희끗한 40대 후반의 뿔테안경, 이름 이재준, 가능하면 기억 속에서 지워버리고 싶은 짜증스러운 얼굴이었다.

"내게 볼일이 남았습니까?"

"오랜만에 만난 친구에게 너무 박하군, 난 자네가 먼저 손 흔든 걸로 알고 있는데?"

"무슨 뜻입니까?"

"자네가 내 구역에서 얼쩡거렸거든."

"말장난 빼고 본론으로 가시죠."

"후후, 그럴까? 지난 이야기도 하면서 술이나 한 잔 하고 싶지만 자네가 부담스럽다니 어쩔 수 없이 길바닥에서 잠시 이야기해야 할 것 같구만, 잠깐 내리지? 뒤에 탄 아가씨들 연루돼서 좋을 거 없잖아?"

그는 두말없이 차에서 내렸다. 그리고 차 문을 닫자마자 목소리에 날을 세웠다.

"시간 없습니다."

"너무 서둘지 말게, 자넨 항상 그게 탈이야. 후후, 우선… 자네 김윤서 박사 알지? 김 윤 서."

'응?'

가능한 무표정을 유지하고 싶었지만 표정에 의문부호가 붙을 수밖에 없었다. 최근에 손댄 사건이 김윤탁 건이니 그 인간에 관련된 문제일 거라고 예상은 했는데 거론된 이름이 엉뚱했다.

나름 고관이라고 할 수 있는 김성철 대신 김윤서의 이름이 튀어나온 것, 상황이 뭔가 기묘하게 돌아갔다.

"그 여자 일에 왜 당신들이 관여하죠?"

"작전지역에서 나가."

"작전지역이라고 했습니까?"

"상황이 그렇다고만 알아둬, 규정 들먹거리지 않아도 되겠지?"

"난 김윤서 박사의 동생을 도와줬을 뿐입니다, 이미 손 뗀 의뢰이기도 하고."

"검찰 수사 끝나는 시점인데 손을 뗐다는 건.… 포기했다는 건가? 아니면 뭘 해줬다는 뜻인가?"

"해달라는 걸 해줬다고 해야겠죠."

"해준 게 뭐지?"

"이 바닥에도 상도덕이란 게 있습니다."

"의뢰인을 보호하시겠다?"

"나도 먹고 살아야죠."

"그러다 다쳐."

"강요하지 마십쇼, 거꾸로 매달아도 원하는 대답이 나오지 않을 거라는 정도는 알지 않습니까."

"그거야 알지, 하지만 여친이 다치는 건 싫을 거 아냐?"

"막말 함부로 하는 거 아닙니다."

"자네들이 실전훈련에서 최고였다는 건 인정하지만 그렇다고 선배들 전체를 감당할 수 있다는 뜻은 아냐."

"회사와 싸울 생각 없습니다, 난 빼시죠. 돌아가는 폼이 누가 멍청한

동생을 담보로 잡은 것 같은데 그게 회사는 아니길 빌겠습니다. 난 이미 손 뗐고 신경 쓰고 싶지도 않습니다."

"역시… 눈치 일격필살이야, 후후. 나도 일반인 손대고 싶진 않아, 그러니 손 뗐다는 말이 사실이기를 기대하지."

이재준은 차 지붕을 툭툭 두드리고는 히죽 역겨운 웃음을 흘렸다. 그리고 여유롭게 다시 건물 그늘 속으로 들어갔다.

'젠장!'

차에 올라타 거칠게 문을 닫았다. 저 보기 싫은 얼굴을 또 봤으니 3년은 재수 없을 것 같았다. 그가 씩씩거리며 앉아 있자 뒷자리의 하연수가 손끝으로 가만히 어깨를 잡았다.

"누구예요?"

"이전 직장 상사."

"거기… 어딘지 물어봐도 돼요?"

"모르는 게 좋아, 기억하고 싶은 직장도 아니고. 은혜는 자?"

"네, 한밤중이네요."

"가자, 나중에 이야기할 기회가 있겠지."

나름 즐거웠던 하루의 마지막이 갑자기 무거워졌지만 그것도 나쁘지 않았다. 덕분에 하연수의 집요한 공세에서 자유로워졌다는 안도감이 더 컸기 때문이었다. 따지고 보면 김윤서의 신상 문제는 눈앞의 하연수에 비해 우선순위가 한참이나 뒤였다.

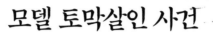

모델 토막살인 사건

"너 뭐하는 놈이야?"

회사로 돌아온 하연수는 곧장 김성일의 방에 불려가 벌부터 섰다. 호텔방으로 올라오라는 쿠펙의 요구를 거절했기 때문이었다.

"근무시간이 끝난 이후라 올라갈 이유 없다고 생각했습니다."

"뭐가 어째? 그 양반 우리 목줄을 쥐고 있어, 그런데 잠깐 올라가서 말상대도 못하겠다는 거야?"

"여직원 혼자 호텔방으로 오라는 요구는 부당하다고 생각합니다."

"니미, 이년 이게 얼굴 반반하고 몸매 빵빵하니까 눈에 뵈는 게 없나? 너 할 줄 아는 게 영어, 프랑스어밖에 없잖아. 그런데 그거 잘 하는 연놈들은 쌔고 쌨어, 알아? 너 같은 건 당장 짤라도 상관없다는 이야기야, 씨발. 나가. 정규직은 꿈도 꾸지 마, 당장 나가!"

결재판을 집어던지는 김성일을 힐끗 노려보고 꾸벅 인사만 하고 돌아나왔다. 더 상대할 기운도 없었다. 그러나 제자리로 돌아온 순간부터 또다시 제이슨과 담당 대리의 압박이 이어졌다.

"정말 미안한데 가서 말동무라도 해줘라, 그래야 기획실이 살아."

하연수는 대답하지 않고 조용히 가방만 집어들고 고개를 숙였다.

"내일 뵙겠습니다, 좋은 저녁 되세요."

담당대리가 따라오면서 계속 말을 시켰지만 애써 무시하고 회사를 벗어났다. 버스정류장으로 가는 동안, 눈물이 나오려는 걸 필사적으로 참았다. 겨우 이런 회사에 채용됐다고 그렇게 기뻐했나 싶어 기분도 최악으로 치달았다. 솔직히 소설이나 드라마에서나 보던 황당한 경우라 어떻게 행동해야 할지 감도 잡히지 않았다. 부당한 요구라는 건 확실했고 따라갈 생각이 없으니 그대로 했을 뿐이었다.

버스를 기다리면서 결국 참았던 울음을 터트렸다. 그러나 오래는 아니었다. 얼른 손등으로 훔치고 크게 숨을 가다듬었다.

'나쁜 새끼들, 다 덤비라 그래. 나 하연수야.'

몇 번이고 이를 갈아붙이면서 이를 악물었다. 그런데 버스가 오지 않았다. 집 방향으로 가는 버스의 종류가 많아서 평소 같으면 5분 이내에 탈 수 있었는데 오늘은 아니었다. 10분 넘게 기다려 겨우 탔지만 사람까지 많아서 선 채로 20분 넘게 시달리고 나서야 해방될 수 있었다.

버스에서 내린 뒤에는 힘이 더 빠져서 어깨까지 늘어지는 것 같았다. 종일 시달린 형편이라 눈을 뜨기 힘들 정도로 피곤하고 배도 너무 고팠다. 가로수를 짚고 잠시 쉬려는데 검은색 대형 세단 한 대가 스르르 다가와 멈춰섰다. 그리고 조수석 창문으로 고개를 내민 정장의 사내가 말을 걸었다.

"하연수 씨?"

"누구시죠?"

"잠깐 타시죠."

"네?"

그녀가 방어적으로 물러서자 뒷좌석 창문이 열리면서 머리를 밝게 염색한 30대 중반의 남자가 얼굴을 내밀었다.

"내 얼굴 모르나?"

"알아야 합니까?"

"나 당신 회사 대표야, KC케미컬 대표이사 김동혁이라고."

발음은 어눌했고 얼핏 듣기엔 교포 같았다. 하연수는 기억 속에서 회사 브로셔에 나온 대표이사의 사진을 떠올렸다. 당시엔 대표가 젊다는 생각만 한 것 같았다. 일단 한 발 다가서서 고개를 숙였다.

"말씀하세요, 여기서 듣겠습니다."

"역시… 부사장 지시도 단칼에 날려버렸다더니 콧대가 하늘을 찌르네, 후후."

"자기 직원에게 몸을 팔라고 강요하는 상사는 자격 없다고 생각합니다, 계속 강요한다면 녹음할 것이고 사표 내라면 내겠지만 소송은 각오하셔야 할 겁니다."

"오호, 이거 갈수록 마음에 드는데? 크크."

김동혁은 낄낄대며 웃더니 조수석 헤드레스트를 툭툭 쳤다. 조수석의 사내가 얼른 차에서 내려 다가섰다. 얼굴을 보려면 고개가 자연스럽게 들릴 정도로 거구여서 비서라기보다는 경호원인 것 같았다. 사내가 정중하게 말했다.

"타시죠."

"싫다면요?"

"대표님께서 장기간 해외출장 중이셨습니다, 오늘 귀국하셨고 조금 전에 김성일 부사장과 직접 통화하셨습니다. 앞으론 그런 일 절대 없을 겁니다."

"정말이에요?"

"그렇습니다. 일단 타서 말씀 나누시죠."

사내는 뒷좌석으로 다가가 문을 열고 허리를 굽혔다. 최대한 정중하게 대하려 하는 기색이 역력했다. 떨떠름했지만 최소한 신분은 확실한 사람이다 싶어 그냥 올라탔다.

"출발하지."

차가 움직이기 시작하자 김동혁이 냉장고에서 와인을 꺼내 따르며 말했다.

"한 잔 하겠나?"

"아닙니다, 어디… 가는 거죠?"

"집 앞에 내려줄 거야, 신경 쓰지 마."

"그럼… 하실 말씀 하세요."

"오래간만에 얼굴 보는데 너무 서둘지 맙시다, 후후."

김동혁은 와인을 입에 대며 씩 웃었다. 자신을 안다는 뜻인데 하연수는 사진 이외에는 본 적이 전혀 없었다.

"절 아세요?"

"기억 못 한다니 섭섭하네, 지난 달 프랑스 경제인 방문단 수행할 때 종일 같이 다녔는데 말이야, 그때 너무 수고해서 꽃이라도 보낼까 싶어서 알아보라고 했는데 기획실이 덜컥 인턴으로 채용해놨더군."

"무슨 뜻이죠?"

"그냥 전후사정 설명한 거야."

"전 대표님이 사심을 채우기 위해 저를 뽑았고 회사에 꼭 필요한 인력도 아니라는 뜻으로 들리는데요?"

"아, 꼭 그렇지만은 않아. 회사는 필요 없는 인력은 절대 뽑지 않으니까 말이야, 큰 사업을 앞두고 있어서 인력보강이 절실히 필요한 형편이고 그래서 필요한 사람을 지속적으로 보강하는 과정에 당신이 채용된 거지."

"그랬으면 좋겠습니다."

"그리고… 난 예쁘고 빛나는 건 무조건 손에 넣어야 한다는 지론을 가진 사람이야, 당신은 거기 해당되는 사람이고. 대답이 됐나?"

"칭찬 고맙습니다, 하지만 어렵겠네요, 대표님과 다른 지론을 가진 남친이 따로 있어서요, 그 사람은 아이들과 미인은 보호해야 한다는 시론을 가졌답니다."

"오호, 제법 깡다구 있게 나오는데? 당신 남친이 누군지는 모르지만 나 정도 꽃미남에 능력 있고 집안 빵빵한 남자라면 갈아타는 쪽이 훨씬 낫지 싶은데?"

"그것도 아닌 거 같네요, 싸가지 없기로 따지면 비슷한데… 아무래도 현 남친 쪽이 조금 더 매력적입니다, 차 세워주세요."

"엥? 지금 나한테… 싸가지라고 했나?"

김동혁은 목을 좌우로 꺾더니 섬뜩한 미소를 머금었다. 분명 웃는 얼굴인데 등으로 진땀이 흐르는 것 같았다. 그래도 내친걸음이라는 생각에 단호하게 말을 잘랐다.

"불쾌하셨다면 죄송합니다."

"나 경쟁자 별로 좋아하지 않아, 덤비는 것들은 무슨 짓을 해서든 짓밟아놔야 직성이 풀리거든. 만일인데 말이야 지금 차를 세우면 당신은 물론이고 남자친구한테도 좋지 않은 일이 생길 수 있어."

"해보시던가요."

하연수는 뚱하게 대답해놓고 내심 웃었다. 분명 협박을 받은 것 같은데 왠지 겁이 나질 않아서였다. 당연히 돈 많고 나름 힘도 있겠지만 차명석에게 해코지를 하려면 그것만 가지고는 어림도 없을 것 같았다. 그녀의 반응이 이상하다고 생각했는지 김동혁의 표정이 기묘하게 변했다.

"이거 뭐야? 간이 아예 배밖에 나온 거야? 좋게 봐줄 때 동아줄 잡지? 직장생활 편해지고 앞날도 순탄해지잖아."

"실력으로 인정 받아보겠습니다. 차 세워주세요."

"하! 나 이런 미친… 좋아, 얼마나 능력이 있는지부터 봐야겠네. 어이, 차 세워."

"네."

차는 금방 멈춰섰다. 그런데 선 자리가 중랑천 어딘가의 다리 한가운데였다. 문을 열자마자 밤바람이 세차게 밀고 들어왔다. 그래도 차 안에 있는 것보다는 훨씬 속이 편할 터, 미련 없이 강풍 속으로 나섰다.

김동혁은 하연수의 옆모습이 차창에서 사라지자마자 허탈한 목소리를 냈다.

"저거 미친 거 아냐? 야, 양 비서! 애들이 저거 뒷조사 좀 했다고 했지? 남친이라는 놈 누군지 알아?"

"하연수 씨는 가수지망생 친구하고 같이 상봉동 재개발지구 안에 있는 일반주택에 세 들어 사는 것으로 확인됐는데 친구는 지역 지구대 경찰관과 연인 사이로 보였고 하연수 씨 남자친구는 그 집 2층에 사는 남자일 가능성이 높답니다."

"직업은?"

"확인이 안 된답니다. 주민등록도 동일 주소지에 없습니다."

"일단 찾아, 뭐하는 놈인지 몰라도 손 좀 봐야겠다. 찾는 즉시 보고해."

"알겠습니다."

"아… 씨팔, 저년 너무 좋은데?"

창문을 열고 담배에 불을 붙였다. 처음 본 날에도 아랫도리에 힘이 잔뜩 들어갔고 오늘은 더 심했다. 만만하면 술 몇 잔 먹이고 곧바로 눌러주고 싶었는데 이래저래 여의치가 않았다.

'젠장, 오늘은 어차피 노친네 잔치에 얼굴 디밀어야 하니 참아야겠네.'

이쯤에서 비서실에 발령내고 차근차근 공략을 시작할 생각, 오래 걸리지는 않을 것이었다. 아쉽지만 꿩 대신 닭이라고 오늘은 황 마담 리스트에 있는 영계 두엇 불러서 간단하게 회포나 풀어야 할 것 같았다.

가설무대를 채운 공연은 예상보다 훨씬 더 화려했다. 유명 여성아나운서가 진행을 맡았고 신인 아이돌그룹 몇 팀과 솔로가수들이 교차 출연해서 자신의 히트곡으로 화려하게 무대를 채웠다.

신영호텔 주말공연 팀들은 본 공연이 시작되기 전에 무대에 올라 잠시 분위기를 띄우고 내려갔는데 솔직히 라이브실력은 주말공연 팀이더 나은 것 같았다.

"치… 노래실력은 민지가 갑이다, 뭐."

하연수가 툴툴대며 동영상을 찍던 전화를 치워버렸다. 박민지가 공연에 참여하지 못한 점이 못내 아쉬운 모양이었다.

화려한 가창력을 뽐낸 남자 솔로가수의 무대가 끝나고 최근 신곡을 내놓은 아이돌 그룹이 관객들의 환호를 받으며 올라갔다. 이제 공연의 마지막 순서이자 하이라이트가 시작된 것 같았다. 그런데 갑자기 하연수가 그를 돌아보며 물었다.

"명석 씨도 걸그룹 좋아하죠?"

차명석은 얼결에 고개를 끄덕였다. 그는 두 사람의 어깨너머 앞줄에 앉은 VIP 인사들의 면면을 차근차근 훑어보는 중이었다. 하연수가 다시 물었다.

"누구 좋아해요? 갓세정?"

무대에 있는 아이돌 그룹 멤버 중 하나인 것 같은데 누군지 잘 몰라서 그냥 어깨만 들썩였다. 그런데 두 사람은 자기들끼리 마주보고 의미심장한 웃음을 지었다.

"거봐, 남자들 다 똑같다니까."

딱히 쓸 만한 의뢰도 없고 강민태는 근무여서 혼자 따라나섰는데 실수인 것 같았다. 역시 여자 둘 틈에 끼는 건 쉬운 일이 아니었다. 에보티스 관련자 사진 몇 장을 얻기 위해 치러야 할 대가가 정신건강에 많이 좋지 않았다.

"미안한데 솔직히 그게 누군지 잘 몰라."

최대한 무덤덤하게 대답했는데 또 공격이 들어왔다.

"그럼 소시는 알죠?"

"소녀시대는 알아."

"그럼 윤아가 이뻐요, 내가 이뻐요?"

"응?"

"거봐, 이 남자도 당황하잖아. 헤헤."

두 사람은 눈을 초롱초롱 뜨고 그를 빤히 올려다보았다. 마치 그가 당황하는 모습을 즐기는 것 같았다. 그가 뚱한 반응을 보이자 또 둘이 속닥거리면서 웃었다.

대꾸하는 걸 포기하고 눈을 돌렸다. 손발 오그라드는 대화에 끼어드는 건 역시 취미 없었다. 그냥 아직 찍지 못한 에보티스 관련자들의 사진을 확보하는데 집중할 생각이었다. 그런데 마침 주머니의 전화기가 부르르 떨었다. 익숙한 번호라 하연수에게 전화기를 보여주고 돌아서서 받았다.

"여보세요."

―장 변입니다.

차명석은 오만상을 찌푸리며 몇 발 걸었다. 좋지 않은 예감이 현실화되는 느낌, 장 변호사가 전화를 했다면 김윤서에 관련된 일일 가능성이 높았다. 그리고 예상은 맞았다.

―주변이 시끄러운 것 같은데 통화 가능합니까?

"말씀하시죠."

―다른 일 없으면 지금 즉시 신영병원으로 가세요.

"무슨 일이죠?"

―의뢰라고 보시면 될 겁니다, 자세한 이야기는 만나서 직접 들으십시오.

"알겠습니다."

전화를 끊고 다시 무대로 시선을 옮겼다. 이제 두 번째 노래가 시작됐으니 지금 나가지 않으면 차를 빼는데 시간이 꽤 걸릴 것 같았다. 재빨리 돌아가 두 사람 사이로 얼굴을 내밀었다.

"미안하지만 일이 생겨서 먼저 가야 할 것 같은데?"

"데려왔으면 데려가야죠, 금방 끝나요."

"급한 일이야."

"그럼 같이 가요, 나도 일 끝났어요."

"아까 VIP들 통역하는 거 같더니 마무리 안 해도 돼?"

"난 들어올 때 안내하는 역할이에요. 높은 사람들은 높은 놈들이 상대해야지 인턴이 거길 왜 껴요? 인턴이 일요일 밤까지 근무했으면 됐지 뭐, 글고 제일 중요한 점, 나 어리고 예쁜 것들 안 좋아해."

두 사람은 뭐가 좋은지 연신 키득대면서 따라 나섰다. 그런데 무대 뒤를 벗어나 가설 복도로 들어서는 순간 처음 보는 얼굴이 앞을 가로막았다. 머리를 밝게 염색한 30대 사내였다.

"당신이 남자친구야?"

그는 사내의 얼굴을 물끄러미 내려다보다가 하연수와 눈을 맞췄다. 박민지와 나란히 선 하연수가 사내를 향해 가볍게 머리를 숙였다.

"안녕하세요, 대표님."

김동혁이라는 놈인 모양인데 하연수는 확연히 불편한 표정을 짓고 있었다. 그의 시선이 돌아가자 놈이 목에 힘을 주며 다시 말했다.

"니가 이 여자 남친이냐고?"

"그래서?"

"뭐?"

"할 말 있으면 빨리 하고 없으면 비켜."

"이게 뭐래? 겁을 쌍으로 밥 말아먹었나, 뭐라는 거야?"

"비키라고 했다."

"이거야… 원, 나 KC케미컬 대표 김동혁인데 너 이름 뭐야?"

"당신하고 안면 틀 생각 없어, 자기 회사 여직원한테 외국놈 호텔방에 올라가라고 강요하는 몰상식한 인간하고 할 이야기 없다."

"이 자식 뭐라는 거야? 그건 나 아니거든?"

차명석은 더 대꾸하지 않고 하연수의 어깨를 가볍게 끌면서 옆으로 돌아나갔다. 하지만 경호원으로 보이는 정장 두 사람이 앞을 가로막았다.

"대표님께서 말씀하시잖아."

발을 멈추고 모자를 더 눌러쓰면서 하연수를 뒤로 세웠다.

"여기서 힘이라도 쓰겠다는 건가? 파티장 난장판 되면 좋을 거 없을 텐데?"

"이 새끼가 눈에 뵈는 게 없나."

한 놈이 욕설을 뱉으며 그의 어깨를 툭 쳤다. 어깨를 틀며 말을 받았다.

"난 내 몸에 손대는 거 싫어하는데?"

"이런 씨발놈이 죽을라고!"

놈은 한 발 더 다가서며 거칠게 그의 어깨를 밀었다. 차명석은 밀리는 것처럼 가볍게 어깨를 틀면서 놈의 손목을 잡아챘다. 그리고 새끼손가락을 꺾어 쭉 밀어냈다.

"윽!"

놈은 순간적으로 중심을 잃고 비틀거리며 밀려나 무대 아래 철골 구조물 속으로 처박혀버렸다. 다른 놈이 반사적으로 싸울 자세를 취했지만 김동혁이 급히 손을 들어 제지했다.

"그만."

사방이 카메라인 공연장을 난장판 만들 생각은 없을 터, 아직 하연수를 어찌해보겠다는 생각을 정리한 것도 아니니 볼 성 사나운 싸움은 피하고 싶을 것이었다.

"보내줘."

"네."

경호원들은 아쉬운 표정을 지으며 옆으로 비켜섰다. 차명석은 인사하는 것처럼 모자에 가볍게 손을 대고 경호원들 사이를 천천히 지나갔다. 그런데 김동혁의 바로 앞을 지나치는 순간, 놈이 목에 힘을 주며 말했다.

"어디 동네 깡패 같은데 자기 여자 지킬 능력은 있는지 보겠다."

그는 깨끗이 무시하고 걸었다. 귀찮아졌다는 생각은 들었지만 신경 쓰지 않았다. 여자 때문에 앞뒤 없이 싸움이나 거는 찌질이하고 놀아줄 시간은 없었다.

주차장에서 차를 빼서 도로로 나오자 하연수가 조심스럽게 입을 열었다.

"미안해요, 괜히 저 때문에."

"신경 쓰지 않아도 돼."

무덤덤한 대답 뒤에 박민지가 거들었다.

"약혼자도 있다면서 저거 미친놈 아니니?"

"계속 다닐지 말지 고민 중이야, 아직은 견딜 만한데 계속 저러면 때려치워야지 뭐."

"꽃다발도 매일 보낸다면서?"

"응, 내 남자는 얼굴 보기도 힘든데 싫다는 인간은 계속 들이댄다. 그치?"

뒤통수가 따가웠다. 백미러에 하연수의 곱지 않은 눈초리가 보였기 때문이었다. 애써 무시하고 속도를 올렸다. 약이라도 올리고 싶은지 두 사람은 계속 뒷담화를 이어갔다.

"야, 그냥 즐겨. 오는 남자 막는 거 아니다, 너."

"그럴까?"

"정직원 발령도 난다며?"

"내일자로 발령 낸다더라, 부사장이 직접 찾아와서 이야기한 거니 맞겠지 뭐."

"그럼 버텨야지, 요즘 같은 세상에 정직원 됐는데 사표 내는 바보짓은 참아줘. 대표가 매일 꽃 보내는 공주님한테 감히 덤빌 놈도 없겠다… 버텨, 버텨."

"모르겠어, 지금은 그냥 눈 딱 감고 한 달만 다녀볼까 싶다. 한 달 월급은 받고 그만둬야 억울하지 않을 거 같아서, 휴—."

"그랴, 월급은 받고 그만둬야지. 꽃도 실컷 받아보고 말이야."

"야, 그거 바늘방석이야. 직원들 다 있는 사무실로 꽃다발 매일 가지고 들어와 봐, 쪽팔려 죽는다."

"인정, 팔리긴 하겠다."

"곧장 쓰레기통으로 들어가야 할 물건을 쪽팔림을 무릅쓰고 계속 집으로 가져오는데 내 남자라는 인간은 아는 건지 모르는 건지 얼굴도 안 보여준다, 칫."

뒤통수가 또 따가웠다. 대놓고 그에게 들으라고 하는 소리가 줄줄이 이어졌다.

"그 남자 못 쓰겠네."

"그러게 말야, 주말이면 남들은 놀이공원도 가고 바다여행도 간다는데 난 뭐하고 사는지 모르겠다."

키득거리던 웃음소리와 함께 일순 대화가 끊어졌다 싶었는데 갑자기 룸미러에서 하연수의 얼굴이 사라지고 시트백 사이로 불쑥 튀어나왔다.

"근데 우리 지금 어디 가요?"

"사람 만나러, 민지 씨랑 근처 카페에서 커피 한 잔 하면서 좀 기다려. 금방 끝날 거야, 민지 씨 괜찮죠?"

"그러죠 뭐."

"난 싫어요."

하연수가 갑자기 삐죽 입술을 내밀었다. 또 무슨 소리를 하나 싶어 힐끗 돌아보자 곱게 눈을 흘겼다.

"영화 봐요, 우리."

"응?"

"다음 주 금요일, 우리도 남들 다 하는 거 좀 해보자고요. 저녁 먹고, 영화 보고, 쇼핑도 하고 그런 거요. 약속하면 얌전히 기다릴게요."

"어… 시간이 어떻게 될지 모르겠는데."

대답하면서도 자꾸 우유부단해지는 자신을 탓했다. 평소 같으면 단호하게 거부의사를 밝혔을 텐데 하연수에게만은 도무지 그게 되질 않았다. 말끝을 흐리자 하연수가 기회를 잡았다는 듯 재빨리 다짐을 놓았다.

"시간 되면 가는 거죠? 약속한 거예요."

"어… 그래."

길게 생각하지 않고 고개를 끄덕였다. 오늘 김윤탁 문제로 새로운 의뢰를 받을 가능성이 높은데 주중에 한 건만 더 의뢰가 들어오면 주말에 시간 내는 건 거의 불가능에 가까웠다. 그렇지 않다고 해도 바쁘다고 오리발 내밀면 그만이었다.

신영의료원 근처에 도착하자마자 약국들이 즐비한 뒷골목에 차를 세운 뒤, 글로브박스에서 AID(전파방해장치)를 챙겼다. 이어 가까운 카페에 두 사람을 데려다주면서 김윤서에게 전화를 걸었다.

─김윤섭니다.

"지금 병원 행정동 앞입니다, 잠깐 뵐까요?"

─아… 바로 나갈게요.

김윤서는 의사가운을 입은 채로 허겁지겁 뛰어나왔다. 차명석은 골목 끝에 숨어서 잠시 주변을 살피다가 전화를 걸었다.

─어디세요?

"사찰 입구로 오시죠."

─네.

김윤서가 사찰 진입로에 들어설 때까지 조용히 기다렸다가 따라붙는 사람이 없다는 걸 확인한 다음, AID를 켜고 조용히 다가섰다.

"대략 이야기는 들었습니다, 협박전화가 왔다고요?"

"네, 시키는 대로 하지 않으면 윤탁이가 영원히 감옥에서 나오지 못할 거라고 했어요."

"구체적으로 뭘 하라고 했습니까?"

"'HAG'의 임상실험결과 발표를 한 달 늦추라는 요구에요."

"HAG가 뭐죠?"

"다음 주에 임상실험이 끝나는 신약이에요, 우리 병원과 자인제약이 합동으로 개발하는 H6N1계열의 호흡기 인플루엔자와 유사변이에 대한 종합치료제인데 약 이름은 아직 결정되지 않아서 지금은 그냥 HAG로 부르고 있어요. 국내에서는 최초로 개발되는 신약이에요."

"변종 인플루엔자 바이러스 뭐 그런 건가요?"

"네, 몇 년 전에 남미와 유럽에서 팬더믹 수준으로 유행했던 H5N1 인플루엔자가 재작년부터 급격하게 변이를 일으켰고 이젠 계절적 요인도 사라지는 것으로 보여요."

"여름에도 유행할 수 있다는 뜻입니까?"

"네, 잠복기간도 72시간으로 줄어들었고 공기전염이라 통제가 쉽지 않아요. 치사율은 지난해 기준으로 무려 42퍼센트가 넘어요. 그래서 작년부터는 아예 분류도 H6로 바꾸고 별도로 관리하기 시작했어요. 최근 유럽에서 HAG와 유사한 치료제 개발이 끝나서 양산에 들어갔고 국내는 없어요."

"그걸 왜 박사님에게 연기하라고 하죠?"

"개발단계부터 임상실험까지 전부 맡았거든요, 제가 프로젝트 전체 책임자랍니다."

"발표를 한 달 늦추면 어떻게 되는 거죠?"

"시료 배양부터 양산준비까지 일정 전부 꼬일 거예요, 왜 그렇게 되는지 구체적인 이유는 잘 모르지만 생산개시 시점이 7월이 아니라 내년으로 늦춰질 수도 있어요. 실제 시중에 깔리는 시점이 내년 10월 이후가 되는 거죠."

"예정일은 언제입니까?"

"보고서는 5월 10일 목요일날 받기로 했고 익일 09시에 우리 병원 세미나실에서 발표할 예정이에요."

"나흘… 시간은 없군요, 생산이 연기되면 누가 가장 크게 이익을 봅니까?"

"그건 모르겠어요, 국내에서는 딱히 이익 보는 회사가 없을 거예요."

"KC그룹은 어떻습니까? KC계열에 제약회사가 있는 걸로 알고 있는데."

"모르죠, 신약을 준비한다는 소식 들은 적은 없어요."

그는 멀리 보이는 작은 대웅전을 향해 걸으면서 부지런히 머릿속을 정리했다. 어쩌면 신약을 둘러싸고 벌어지는 대기업 간의 거대한 스파이전쟁에 끼어든 꼴일 수 있었다. 시뻘건 경고등이 머리 전체를 휘젓고 돌아다녔다. 김윤서가 다시 말했다.

"시료를 오염시키거나 데이터를 조작하는 방식으로 발표를 연기할 방법을 찾으라고 하더군요, 내일 다시 연락하겠다더군요."

"장 변은 뭐라던가요?"

"단순하게 재판만을 위해서라면 연기하는 게 좋을 거라는 정도의 코멘트만 했어요, 사회적으로 크게 물의를 일으킨 사건인데… 누군가 조직적으로 증거를 은폐하고 방해하면 무죄를 확신하기 어렵다는 거죠."

"이해합니다, 충분히 가능한 시나리오니까요. 박사님은 어떻게 했으면 좋겠습니까? 당사자의 의사가 가장 중요합니다."

김윤서는 고민하지 않고 즉석에서 대답을 내놓았다. 처음부터 마음을 정하고 그를 찾은 모양이었다.

"진범을 잡아주세요."

"네?"

"위험한 일이라는 거 압니다, 얼마나 드려야 할까요?"

"비용은 누가 지불하는 겁니까?"

"고용주가 누구냐에 따라 달라지나요?"

"물론입니다."

"일단은 저요, 나중에 사건이 해결되고 나면 병원과 자인제약에 관련 비용을 부담하도록 조치할 겁니다. 마음 놓고 부르세요."

"착수금 이백에 성공보수 이천, 일은 모델 토막살인 사건의 진범을 잡는 데까지로 한정합니다."

"좋아요, 시간은 얼마나 걸릴까요?"

"버틸 수 있는 한계가 언제까지입니까?"

"일단 주말까지는 괜찮을 거고… 다음 주 월요일까지는 버틸 수 있을 것 같아요."

"방법을 찾아보겠습니다, 같은 전화가 다시 오면 꼭 녹음하십시오. 앞으로는 증거가 될 만한 말은 하지 않겠지만 유도해보십시오. 또 하나, 진범이 체포되고 동생분이 풀려나게 되면 박사님을 직접 노릴 가능성도 없지 않습니다, 어떤 식으로든 결과가 나오면 그 즉시 정식으로 경찰에 수사 의뢰하시고 신변보호를 받으십시오."

"알겠어요."

"결과발표를 막기 위해 사람까지 죽인 놈들입니다, 무슨 짓을 할지 알 수 없으니 매사 신중하십시오."

"네, 그럴게요."

"착수금은 장 변 만날 일이 있을 때 현금으로 주시면 됩니다, 이제 대웅전 한 바퀴 돌고 병원으로 돌아가세요, 그리고… 이건 꼭 필요할 때만 쓰십시오, 제 번호는 1번에 입력되어 있습니다."

"알겠어요, 잘 부탁합니다."

차명석은 2G 선불폰 하나를 그녀의 손에 건네고 곧바로 발길을 돌렸다. 정운기 똘마니 하나 잡는 건 일도 아니지만 증거까지 확보하려면 이래저래 준비가 좀 필요했다.

"리스크가 큰데? 정운기는 별거 아니지만 뒤에 장두익이가 있어."

강민태는 이야기를 듣자마자 진성파를 입에 올렸다. 김상호를 잡으려면 정운기까지는 자동이고 일의 덩치를 봐서는 장두익도 개입됐을 가능성이 높았다.

"더구나 자백만으로는 안 되고 김상호 그놈이 죽었다는 증거도 필요한 거잖아."

"일단 잡아다 족치는 것부터 시작하자, 용마산 밑에 안가 아직 써도 되지?"

"어휴… 저거 또 시작이네, 일단 알았다. 작전 시작하면 나한베노 알려줘, 혹시 모르니까 장비는 한 세트 꼭 가져가고."

"니가 필요하면 이야기 안 해도 연락할 거야. 위험한 짓 안 하니까 걱정 말고."

"상대는 정운기가 아냐, 조심해."

"알았다."

"근데 연수 씨는 어떻게 할 거야? 그 회사 그냥 다니게 할 거냐? 대표 놈도 그렇고 냄새가 좀 나던데?"

"고민인데 딱히 이거다 싶은 게 없어, 며칠 두고 보자. 작전 들어가면 집 안전문제는 니가 신경 좀 써라, 석진이한테도 이야기해두고."

"그래야지, 일은 언제 시작할 거냐?"

"지금."

"지금? 이 한밤중에?"

"그 자식 노는 동네가 어딘지 아니까 생각보다 쉽게 끝날 수도 있어, 간다."

툭툭 털고 일어서서 시간을 확인했다. 벌써 자정이 가까운 시간, 곧바로 사무실을 나서면서 김석진에게 전화를 걸었다.

—어, 형.

"정운기나 김상호 관련해서 나온 거 없냐?"

—하나 건졌어, 지난번에 복사한 김상호 하드에서.

"뭔데?"

—정운기가 보낸 이메일인데 다운로드 폴더에 남아 있었어. 보통 사람들은 이메일에 어태치 파일 다운받아서 보고 어디 있는지 찾기 귀찮

아서 지우지 않거나 몰라서 지우지 못한 경우가 가끔 나오는데 그런 거 같아.

"내용은?"

―이메일 본문은 남은 게 없고 첨부파일에 주소가 네 개 나오는데 그 중 두 개가 인천에 임대한 창고와 일치해. 나머지 두 개 중 하나는 김해공항 근처의 물류창고고 하나는 덕소에 있는 가건물이야. 버려진 공장으로 판단, 폰으로 날려줄게.

"수고했다."

일단 인천으로 방향을 잡았다. 김상호의 소재 파악이 우선이었다.

밤 10시가 넘었는데도 김상호는 보이지 않았다. 사흘째 차 안에서 쪽 잠을 자면서 버텼는데도 상황은 변화가 전혀 없었다. 종일 똘마니로 보이는 놈들만 간간이 2층 테라스로 얼굴을 내미는 정도가 움직임의 전부였다.

오늘도 아니다 싶어 담배를 물고 차에서 내렸다. 조금만 더 버티다가 철수할 생각, 뒷골목을 따라 잠깐 걸으면서 굳은 팔다리를 움직여볼 생각이었다. 새벽에 잠깐 눈을 붙이고 또 날밤을 깐 탓에 눈꺼풀도 너무 무거웠다. 그런데 골목을 벗어나기도 전에 똘마니 두 명이 게스트하우스 현관에서 허겁지겁 뛰어나왔다.

'타이밍 지랄이네, 맑은 공기에 담배 한 대 피울 시간은 줘라.'

담배를 도로 주머니에 넣고 급히 차로 돌아갔다. 놈들은 게스트하우스 앞에 주차된 밴에 올라탔다. 그리고 검은색 승용차 한 대가 밴 앞에 정지하고 한쪽 발을 절뚝거리는 거구가 모습을 드러냈다. 놈은 곧장 밴으로 바꿔타고 출발했다. 시동을 걸면서 김석진에게 전화를 걸었다.

—어… 왜?

김석진은 자다 깬 목소리로 전화를 받았다.

"지금 게스트하우스 앞에서 출발하는 밴 추적해, 미행한다."

—아…씨, 나 지금 자는 시간이잖아!

"이 시간에 고속도로 원거리 미행은 혼자 무리야. 차량번호 52가 3164. 짙은 회색 밴."

—아 씨… 알았어.

다섯 대쯤을 사이에 두고 도속도로로 올라섰다. 그런데 미행은 생각보다 길지 않았다. 밴은 영종도를 벗어나자마자 고속도로에서 내려가 곧장 아라뱃길을 건넜다. 그리고 어둑한 산지 농로로 들어섰다.

차명석은 농로 입구 도로변에 차를 세우고 헤드램프 불빛이 어디까지 가는지 차분히 지켜보았다. 다행히 멀지 않은 곳에서 빛이 사라졌다. 직선거리로 대략 300미터쯤 되는 것 같았다.

"목적지 여기 같다, 대기."

—민태 형 가라고 할까?

"오라고 해, 최대한 빨리.

빼기 좋게 차를 돌려서 대놓고 구불구불한 농로를 따라 천천히 걸었다. 4분 남짓 걷자 낡은 폐공장 하나가 나타났다. 밴은 폐공장 입구의 공터에 들어가 있었다. 그런데 동일 차종의 밴 한 대가 더 보였다. 다른 놈들이 또 있다는 뜻, 이러면 머릿수부터 확인해야 했다.

무너진 외부 담장 한쪽을 조심스럽게 타넘고 공장 벽에 기대 여기저기 뚫린 구멍 중 하나로 내부를 살폈다. 간단한 스레트 지붕을 얹은 전형적인 폐공장이라 보이는 거라고는 온통 잡동사니들뿐이었다. 다만 한쪽에 밀어놓은 금속제 테이블이 눈길을 끌었다. 다른 물건들은 먼지가 잔뜩 쌓인 반면 테이블은 모닥불 빛을 반사했다.

부검대처럼 생긴 철제 베드인데 사체를 토막 낸 테이블과 비슷했고 우비와 대형 비닐부대도 몇 개 걸려 있었다. 메스나 전기톱은 보이지 않지만 영상에서 본 물건 상당수가 한 자리에 모인 셈이었다. 공장 중앙으로 내려트린 전등도 영상에서 본 전등과 비슷했다.

'여기네.'

공장 안에 있는 사람의 숫자는 전부 여섯 명이었다. 두 놈은 반쯤 떨어져나간 공장 출입문을 가로막았고, 나머지는 한복판의 드럼통에 피워놓은 모닥불 근처에 몰려 있었다. 가장 눈에 띄는 건 김상호의 거구였다. 드럼통 근처에 짝다리를 짚고 선 모습인데 모닥불 불빛의 역광으로 시커먼 실루엣만 보여서 누굴 겁주기엔 최고의 분위기였다.

김상호 앞에는 똘마니들에 둘러싸인 남자가 무릎을 꿇고 있었다. 이미 많이 얻어맞아서 행색도 엉망이고 목소리는 사정없이 떨렸다.

"사… 살려줘, 김 이사."

"이보쇼, 박 사장. 여기가 어딘지 알아?"

"모…몰라."

"여기 내 말 안 듣는 놈들 손보는 곳이야, 가장 가까운 민가가 5킬로 미터 이상 떨어져 있어서 소리 질러봐야 아무도 듣지 못해. 그리고 저기 보이지? 손보다 잘못되면 저기서 토막도 내고 그래, 후후."

"왜… 왜 이러나, 김 이사. 1주일만, 딱 1주일만 시간 주면 다 갚을 수 있다니까?"

"무슨 재주로? 돈 없잖아?"

"다른 사금융 뚫어서 갚겠네, 1주일만 기다려줘."

"당신 사채 못 빌려."

"왜?"

"우리가 다 막아놨거든."

"뭐라고?"

"긴말 필요 없고, 여기다 지장 찍어. 회사 전부 넘기라는 것도 아니잖 아? 당신이 가지고 있는 정수 캐피탈 지분만 넘기면 돼, 괜한 고집 부리 다가는 손주딸년들까지 전부 중국으로 팔려갈 수도 있어."

김상호는 의자 옆에 내려놓은 가방에서 서류 하나를 꺼내 옆에 있는 똘마니의 손에 넘겼다.

'정수 캐피탈?'

그가 고개를 갸웃하는 순간, 갑자기 박 사장이라고 불린 남자의 비명이 터져나왔다.

"으악!"

똘마니 한 놈이 망치로 남자의 손등을 내리친 것 같았다. 남자는 부들부들 떨면서 모로 넘어갔다.

'젠장, 봤으니 그냥 넘어갈 수도 없고….'

똘마니 한 놈이 연신 비명을 지르는 남자의 손을 끌어다 서류에 지장을 찍고는 봉투에 넣어 김상호에게 넘겼다. 놈은 서류를 바로 가방에 넣은 뒤 남자의 얼굴을 툭 찼다.

"진작 찍었으면 험한 꼴 안 보잖아, 씨발아."

"크억!"

남자는 벌렁 누워버렸다. 더 버틸 힘도 없는 모양이었다. 김상호가 다시 말했다.

"변호사, 법, 뭐 이런 소리 나오지 않길 기대하겠다. 그런 소리 나오면 딸년이고 손주딸년이고 다신 못 보는 거야, 알아?"

얼핏 보기에는 돈 빌려주고 그걸 빌미로 뭔가 강탈하는 장면 같았다. 당하는 쪽이 착한 사람이라는 보장은 없지만 김상호가 나쁜 놈이라는 점은 확실해서 그냥 지켜보기는 힘이 들었다.

'다섯 놈이라… 빡세네.'

조용히 코너를 돌아 건물 출입문으로 다가갔다. 문 앞에 있는 두 놈을 먼저 처리하면 나머지는 시간 끌지 않고 간단히 끝낼 수 있을 것 같았다.

출입문 바로 옆에 기대 눈만 슬쩍 내밀었다. 상황은 크게 다르지 않았다. 두 놈은 바로 앞에 등을 보이고 있었다. 가볍게 손발을 풀고 개조한 삼단봉을 뽑았다. 전기충격기 겸용이고 순간적으로 7만 볼트까지 올라가는 놈이라 웬만하면 사용하지 않는데 오늘은 신속하고 확실하게 제압할 필요가 있었다.

'속전속결.'

부서진 문 사이로 들어서자마자 삼단봉으로 한 놈의 목을 쿡 찌르고 돌아서는 다른 놈의 무릎 관절을 발뒤꿈치로 찍었다.

"큭!"

주저앉는 놈의 머리채를 가볍게 잡고 안면에 니킥을 박았다. 놈은 비명도 지르지 못하고 뒤로 넘어가버렸다.

"뭐야! 저 새끼! 죽여!"

고개를 돌린 김상호가 고함을 지르고 두 놈이 한꺼번에 달려들었다. 한 놈은 사시미 칼을 들었고 다른 놈은 알미늄 방망이였다. 그대로 뛰어나가면서 삼단봉으로 칼 든 손목을 내리치고 돌면서 관자놀이에 팔꿈치를 박았다. 놈은 달려들던 속도를 이기지 못하고 한참을 굴러가 기절한 놈 발치에 처박혔다.

"이 새끼가!"

뒤따라 달려든 놈이 대각선으로 휘두르는 방망이를 삼단봉으로 쳐내 머리 위로 흘리고 놈의 품으로 파고들면서 발목을 걸어올렸다. 놈은 허공에 붕 떴다가 머리부터 바닥에 떨어졌다.

쩍!

뭔가 부러지는 소리가 났지만 무시하고 놈의 옆구리에 삼단봉을 찔러 넣었다.

빠직!

놈은 더 움직이지 못했다. 덩치 넷을 제압하는데 정확하게 40초가 걸린 셈, 성적은 나쁘지 않았다. 김상호에게 시선을 돌리자 얼어붙어 있던 놈은 수트와 넥타이를 잇달아 풀어던지고 어깨를 쭉 폈다.

"누구냐?"

김상호는 그를 알아보지 못하는 것 같았다. 처음 놈을 제압할 당시에는 어두운 곳에서 기습적으로 공격했고 그때와 다른 모자와 마스크를 썼으니 알아볼 방법이 없을 것이다. 놈이 뒷주머니에서 칼을 뽑으며 다시 말했다.

"미친 새끼, 여기가 어딘 줄 알고."

그는 말없이 발밑에 쓰러진 놈의 목 언저리에 다시 삼단봉을 찌르면서 손가락을 까딱했다.

"우아악!"

김상호는 아랫배부터 기합을 뽑아올리면서 달려들었다. 잡히면 골치깨나 아플 것 같은 덩치여서 슬쩍 칼을 피하면서 횡으로 비켜섰다. 놈은 덩치에 어울리지 않는 날렵한 동작으로 방향을 틀었다. 그러나 정상이 아닌 한쪽 발 때문에 위협적인 움직임은 될 수 없었다.

현란하게 휘두르는 칼을 피해 한 발 뒤로 빼면서 손목을 내리쳤다.

"윽!"

정타는 아니었지만 놈은 벼락을 맞은 것처럼 발을 멈추고 칼을 떨어 트리면서 무릎을 꿇었다. 다시 한 번 목에다 삼단봉을 찔렀다.

빠직!

김상호는 사지를 떨면서 모로 넘어갔다. 즉시 케이블 타이로 놈의 팔 다리를 묶어버린 다음 다른 놈들도 돌아가면서 묶었다. 마지막으로 드 럼통 근처에 돌아와 박 사장이라는 사람의 상태를 살폈다.

"사… 살려주시오."

손등이 뭉개지고 여기저기 심각한 타박상을 입었지만 당장 죽을 정도 는 아니었다.

"곧 경찰이 도착할 겁니다, 조금만 기다려요."

"겨… 경찰? 경찰은 안 돼요."

"안 되다니요?"

"당신도 경찰이오?"

"아닙니다."

"그… 그럼 날 좀 여기서 벗어나게 해주시오, 내 사례는 충분히 하겠 소."

"왜 경찰이 안 되는 겁니까? 당신 누구죠?"

"나… 박시철이요, EL로지스라고 업계에서는 나름 알짜사라고 할 수 있는 회사 대표입니다. 내 몇 달 전부터 패션 쪽으로 사업을 확장하려고 잠깐 자금을 좀 돌려썼어요. 회사 땅 담보로 대출해주겠다는 지점장 말만 믿고 돈을 돌렸는데 글쎄 며칠 남겨놓고 갑자기 안 된다는 거요."

"지점장을 협박한 모양이군요."

"그랬겠지, 다른 돈 돌릴 구멍도 다 막아놔서 이 지경이 됐어요. 제기 랄, 어쨌든 내가 폭력조직의 자금을 썼다고 말이 돌기 시작하면 회사에 치명적인 타격이 될 거요, 경찰 도착하기 전에 조용히 병원에 좀 데려다 주시오. 부탁이요."

그는 머릿속을 정리하면서 드럼통 옆에 있는 가방을 열었다. 안에는 노트북과 서류 파일 몇 개만 있었다. 역시 박시철의 이름이 들어간 서류 는 '정수캐피탈 지분 양도계약서'였다. 다른 것도 각기 다른 이름의 양 도계약서로 최소 다섯 명으로부터 받은 것 같았다.

"우선 내 일부터 해야겠습니다. 잠깐 기다리시죠."

일단 주변에 널린 김윤탁 사건의 증거가 될 만한 물건들의 사진을 찍 고 강민태에게 전화를 걸었다.

―어, 아직 15분은 더 걸린다.

"내 보기엔 여기가 작업한 데 맞다. 김상호랑 똘마니 몇 놈 묶어놨는 데 뒤처리 좀 부탁하자, 일반인 한 명 병원에 데려다 놓고 오마."

―지역 경찰 데려갈까?

"본 사람 많은 것도 나쁘지 않아, 일단 사진 많이 찍어놔라."

―알았어, 이따 보자.

이어 똘마니들 주머니를 뒤져 맨 두 대의 키를 모두 빼앗은 다음, 박 시철을 일으켜 세웠다.

"일단 갑시다, 가면서 이야기하죠."

"고… 고맙소, 내 이 은혜는 죽어도 잊지 않겠소."

밴 두 대 중 하나에 태우고 널브러진 김상호를 끌고 나와 같은 밴에 실었다. 그리고 출발하면서 조용히 물었다.

"정수캐피탈 지분을 가지고 계신 모양이군요."

"그래요, 사실… 우리 같은 중소업체들은 자금수급에 문제가 생길 때가 많거든. 그래서 7년 전쯤 마음 맞는 업체 사장들 32명이 공동으로 출자해서 나름 독립적인 캐피탈 회사를 만들었소. 그게 정수캐피탈이오."

"그걸 내놓으라는 겁니까?"

"제법 수익성이 좋았거든, 그중에 내 지분이 4퍼센트인데 저 새끼들이 그걸 내놓으라는 거요. 항간에 창신물산이 정수캐피탈 지분을 모은다는 이야기가 돌았는데 그게 사실인 모양이오."

"계약서는 어떻게 할까요?"

"폐기하면 안 되겠소?"

"경찰에는 넘기지 않겠습니다. 당분간 불법적 강압의 증거로 안전한 장소에 보관해놓도록 하죠. 폐기하는 편이 안전하다고 생각하시겠지만 어차피 저 계약서 법적으로 효력 없습니다, 잊어버리셔도 됩니다. 입원하시면 신변안전을 확보할 방법부터 찾으십시오."

"알겠소, 그런데… 젊은이는 누구요? 이름이라도 알아야 보답을 하지."

"모르시는 편이 낫습니다."

"그럼… 내 도움이 필요한 일이 있으면 언제든 연락하시오. 내가 할수 있는 일이라면 뭐든 돕겠소. 비록 지금은 이 꼴이지만 며칠만 버티면회복할 수 있어요."

"기억해두죠."

농로를 벗어나 자신의 승용차 옆에 밴을 대고 김상호를 트렁크에 옮겨 실었다. 그런데 멀리 진입로 끝에 헤드램프가 보였다. 강민태일 거라는 생각에 차로 돌아가려다 멈췄다. 헤드램프의 높이가 승용차보다 조금 높았기 때문이었다.

'응?'

워낙 인적이 드문 지역이라 밤늦게 차량이 진입할 가능성이 별로 없다는 생각, 얼른 강민태에게 전화를 걸었다.

"저거 너냐?"

─뭐가?

"지금 진입로로 나왔는데 차 한 대 들어온다."

─나 아냐, 5분은 더 걸린다.

"알았다, 대기."

─전화 끊지 마.

"알아."

밴으로 돌아와 조명을 전부 꺼버리고 차체 뒤로 몸을 숨겼다.

"숙여요, 누군지 모릅니다."

박시철이 시트 밑으로 기어들어간 직후, SUV는 밴 옆을 그대로 통과해서 반대편으로 사라졌다. 한숨 돌리고 박시철도 승용차에 태우고 시동을 걸었다.

"지나가는 차 같다, 내 차로 진행한다. 밴 키는 운전석 시트에 던져놓겠다, 들어갈 때 가지고 가라."

— 알았어, 곧 도착이다.

"부탁한다, 아웃."

곧장 출발했다. 박시철을 병원에 내려주고 용마산 안가로 직행할 생각이었다.

김상호는 옆구리와 뒷목을 찌르는 강렬한 통증에 눈을 떴다.

"으으… 이런 네미럴."

주변이 문자 그대로 칠흑 같은 어둠이라 시간도, 장소도 감을 잡기 어려웠다. 다만 소리가 울리고 곰팡이 냄새가 지독해서 욕실이나 화장실 같은 밀폐된 장소인 것 같았다. 뒤늦게 꽁꽁 묶인 손발을 움직여봤지만 통증이 너무 심해서 엄두를 내기도 쉽지 않았다. 갈비뼈 한두 개는 부러지고 어깨도 탈골이 된 것 같았다.

"야! 이 시발새끼야! 이거 풀어!"

몇 번 악을 썼으나 대답하는 사람은 없었다. 한동안 용을 쓰다가 포기하고 눈을 감는 순간, 눈을 찌르는 것 같은 강렬한 빛이 망막을 때렸다.

고개를 옆으로 틀면서 눈을 가늘게 떴으나 보이는 건 여전히 없었다. 입에 밴 핏덩이를 밀어내려는데 변조된 기계음이 들려왔다.

"김상호, 너 정운기 밑에서 일하는 똘마니 맞지?"

"누구냐?"

"정운기가 모델들 죽여서 유기하라고 시켰나?"

"무슨 개소리야?"

"김윤탁을 범인으로 모는 것까지는 잘 했는데 마무리가 엉성했어, 니 노트북에 니가 시체들 토막 내는 영상 멀쩡하게 살아 있더만."

"뭐라고?"

"니가 다 뒤집어 쓸 거야? 아니면 누가 시켰는지 불고 감형 받을래?"

"헛소리 집어치워, 씨발놈아. 넌 뒈졌어."

"이거 조폭 전성시대인가? 새카만 똘마니 새끼들까지 간이 배 밖으로 나왔네, 국정원하고 붙어보겠다는 건가?"

"뭐?"

"호텔 보안요원 따위에게 잡히고 뉴스기사에 댓글이나 단다고 국정원 전체를 동네 건달하고 동일시하면 오산이야."

정면의 스포트라이트 속으로 시커먼 실루엣 하나가 유령처럼 나타났다. 모자에 마스크까지 하고 있지만 조금 전에 삼단봉 들고 설치던 놈이 맞았다. 놈은 하얀 가루가 들어 있는 천식흡입기를 그의 눈앞에 보여주며 말했다.

"이건 '악마의 숨결'이라는 물건이다. 정식 명칭은 합성 스코폴라민,

남미산 보라체로라는 식물의 씨를 가공해서 만든 마약성 자백제야. 요즘은 프랑스 조폭 애들이 많이 쓴다더라. 예전엔 CIA 아재들도 자백제로 썼는데 최근엔 사용이 금지됐어. 효과는 확실한데 부작용이 좀 심하거든."

"뻥치지 마, 새끼야. 그런 개소리에 속을 거 같아?"

"어쩔 수 없지."

사내는 그의 머리를 틀어잡더니 흡입기를 그의 코와 입에 대고 하얀 가루를 뿜어냈다.

"니 정신 오락가락할 때쯤 질문을 시작할 거야, 물론 녹음도 할 거다. 니가 아는 건 전부 털어놓게 되겠지."

숨을 참기 위해 기를 썼지만 어쩔 수 없었다. 몇 번 숨을 들이키자 놈이 다시 말했다.

"즐거운 대화 기대하겠다."

그런데 갑자기 통증이 사라진 것 같았다.

'마약인가?'

놈이 몇 발 물러서자 시커먼 실루엣이 흐려지고 빛줄기가 뭉개지기 시작했다.

"쓸 만한 거 나왔어?"

"뭐, 별로… 지가 시신을 토막 냈다는 건 인정했어, 아까 거기 있던 놈들 중에 두 놈 시켜서 여자들 죽인 것도 인정, 그런데 배후는 정운기 밖에 모르는 것 같다. 김윤탁하고 여자들이 마약 먹고 스리섬 파티를 한 건데 잠든 뒤에 들어가서 클로로포름을 썼단다."

"다른 건?"

"그 외엔 딱히 없다. 말이 전부 오락가락하는데… 종합하면 현장에서 여자들 죽여서 혈흔 남기고 김윤탁은 남겨두고 창고로 이동했고 토막 내서 수로에 유기, 다른 건 모르더라. 정운기가 시켰다는 소리만 반복했어."

대충 정리해서 주워섬긴 다음, 길게 하품을 하면서 기지개를 켰다. 48시간 가까이 좁은 차 안에서 비비적거리면서 잠도 제대로 못잔 탓이었다. 강민태가 다시 물었다.

"인천공항 물류단지 창고는 왜 빌린 거래?"

"수입할 물건 적재하려고 빌렸단다, 물건이 뭔지는 모르고."

"쥐뿔도 모르는 총알받이라는 이야기인데… 어떻게 할래? 여기서 저거 경찰에 넘기고 접어?"

"폐공장은 어떻게 됐냐?"

"그것들 네 놈하고 부검대는 현지경찰에 넘겼어, 김상호는 일단 도주로 보고했으니까 나중에 데려다 처넣으면 돼."

"김윤탁 사건과 연결고리는 나올 것 같냐?"

"모르지, 육안으로는 부검대에서 혈흔을 찾을 수 없었는데 현장에 나

온 형사한테 그 부검대에서 시체를 토막 냈다는 진술을 들었다고 귀띔
했으니까 배관이나 배수로 뒤져볼 거다. 거기서 모델 두 사람의 DNA가
발견된다면 잭팟 터지는 거고."

"저 자식 넘기면 일단 김윤탁을 풀어줄 수는 있을 것 같은데…."

"우리 일은 거기까지야, 뒤에 있는 놈들은 신경 쓰지 말자."

"니 말도 맞는데 일단 진범은 정운기야, 그놈을 족쳐야 그 배후에 누
가 있는지 찾을 수 있어."

"그래서?"

강민태는 의자에서 일어나 새삼스럽게 코를 막고 집안을 둘러보았다.

"사람 드나든지 오래됐잖아, 신경 꺼. 인마."

"이놈의 먼지 때문에 내가 먼저 죽겠다, 빨리 결론내고 가자. 그래서
어쩌자는 거야? 전면전이라도 하자는 거냐?"

"의뢰는 진범을 잡아달라는 거였고 녹음한 거 같이 보내면 정운기로
수사가 확대되긴 할 건데… 그놈이 잡힐 거라는 확신이 없다."

"전면전은 안 돼, 그때하고 지금은 달라."

"안다, 지금은 딸린 식구가 많다는 거."

"넘기고 접자, 더는 무리야."

"그래야겠지, 지금 몇 시냐?"

"새벽 6시 10분, 녹화했냐?"

"녹음만 했어, 어차피 법정에선 증거로 사용 못해."

"그렇겠지, 그럼 이제 어디로 가느냐가 문제인데… 어디가 가장 안전

할까?"

"장 변 로펌, 웬만해서는 거기 건드릴 수 없을 거다."

장용민 변호사가 소속된 로펌 '장 앤 조'는 국내에서는 10위권에 들어가는 중형 로펌이었다. 당연히 정부는 물론이고 검찰에서도 함부로 손을 대지 못하는 몇 안 되는 장소 중 하나였다. 강민태가 엄지손가락을 치켜들었다.

"굿 아이디어, 우리 서 강력팀 거기로 오라고 할게. 강력팀장 그 찌질이 신바람내면서 올 거다."

"참아, 공개시점은 장 변이 결정하게 하자."

"왜?"

"느낌상 이거 대형 제약사가 관련된 산업 스파이 사건 같다, 위험하기도 하고… 임상실험 결과 발표시점까지 이틀 남았는데 먼저 터트릴지 동시에 터트릴지 결정해야 돼. 어차피 그날까지 우리가 데리고 있을 수는 없으니까 장 변 로펌 보안팀이 데리고 있게 하면 될 거 같다."

"이의 없음, 당장 보따리 챙겨."

"신경 쓰이냐?"

"아슬아슬해서 죽었다, 근무 빵꾸 내고 개기는 것도 하루 이틀이지 이러다간 진짜 짤린다. 짜샤."

"너 짤리면 나도 불편해서 안 돼. 짤리지 마라, 후후."

"지랄, 자료 사본은 다 만들었냐?"

"원본은 장 변에게 넘길 거고 사본은 석진이한테 갔다, 내가 Go 사인만 내면 전부 온라인에 올라갈 거다."

"그럼 됐어, 가자."

곧장 욕실로 건너가 김상호의 머리에 보자기를 씌우고 다시 트렁크에 실었다. 아직 온전하게 정신이 돌아오지 않은 형편이라 이동하는 동안 문제될 건 없었다. 조수석으로 돌아가면서 강민태에게 키를 던졌다.

"니가 운전해, 졸려 돌아가시겠다."

강민태는 선선히 키를 받아들고 운전석 문을 열면서 말을 받았다.

"너 오늘 집에 들어가서 자, 연수 씨가 너 어딨냐고 매일 갈궈대서 죽을 맛이다. 내일 영화 보기로 했다면서?"

"약속 안 했어, 솔직히 자신도 없고."

"이건 또 뭔 소리여? 천하의 헌터가 여자랑 데이트하는 게 자신 없어? 배운 건 다 어디다 팔아먹고?"

"일할 때야 상대를 객관적으로 지켜볼 수 있지만 이건 달라."

"다르긴 뭐가 달라, 시키야. 당장 결혼하라는 것도 아니고 그냥 만나보라는 거잖아, 겁먹은 거냐?"

"이거 오지랖인 건 아냐?"

"자신한테 솔직해져, 짜샤. 글고 민지 씨 말이 너한텐 여자들이 반할 수밖에 없는 치명적인 매력이 있단다."

"뭔 멍멍이 풀 뜯어먹는 소리야?"

"이거 내가 하는 말장난이 아니고 민지 씨 이론이야. 토씨 하나 안 바꾸고 고대로 전달할 테니까 새겨 들어, 시키야."

강민태는 말을 끊고 실실 헛웃음을 흘리더니 단어들을 떼어가며 또박또박 말했다.

"능력 있고, 멋지고, 지독하게 까칠한 나쁜 놈이, 나한테만 친절하고, 나한테만 잘해준다면 여자들 반응이 어떨까?"

"그 속을 내가 어떻게 알아?"

"여자들은 그런 놈한테 열광한단다, 생긴 거 그럭저럭 멀쩡한 너 같은 놈이라는 전제를 깔고 하는 말이겠지만."

"말이 되는 소리를 해, 미친놈아."

더 대꾸하려다 포기하고 그냥 차에 탔다. 강민태가 시동을 걸며 쐐기를 박았다.

"그러니까 지금 넌 여자 하나 완전 홀려놓고 오리발 내미는 중인 거야, 알아들어? 어쨌든 난 분명히 전달했다, 뒷일은 니가 알아서 하셔."

헤드레스트에 머리를 기대고 그대로 눈을 감았다. 사실 처음 하연수를 처음 만났던 그때부터 머릿속은 복잡했다. 덕분에 나름 평범하고 조용했던 일상마저도 온통 뒤엉켜버린 느낌, 이제 마음을 정해야 할 때가 온 것 같았다.

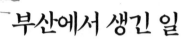

부산에서 생긴 일

하연수는 시뻘겋게 변해버린 눈을 비비고 벽시계를 올려다보았다. 벌써 오후 7시20분, 하루 종일 보고서 번역에 매달린 탓에 머리에 쥐가 날 지경이었다.

아침에 무려 다섯 권이 넘는 두꺼운 원서를 번역하라는 지시를 받았는데 전부 의약품에 관련된 논문이라 고전에 고전을 거듭하고 있었다.

작게 기지개를 켜고 탕비실로 건너갔다. 커피 한 잔 마시면서 책상 정리하고 퇴근할 생각이었다. 그런데 등 뒤에서 누군가의 발소리가 들렸다.

"끝났나?"

반갑지 않은 목소리, 돌아서자 김동혁의 반짝거리는 이마가 바로 눈앞에 있었다.

"네?"

김동혁이 다시 한 발 다가서는 통에 아일랜드 탁자에 기대 허리를 뒤로 젖혀야 했다.

"번역 다 했냐고."

김동혁은 얼굴까지 가까이 들이댔고 하연수는 급히 웅크리면서 빠져나와 꾸벅 머리를 숙였다.

"양이 많아서요, 다음 주에 또 해야죠."

"그거 급한 거야, 빨리 해."

"알겠습니다."

"그리고 내일 아침 아홉 시까지 김포공항으로 나와, 신분증 가지고."

"예?"

"부산 출장이야, 비서실장이 자네 데려가라더군."

"내일 토요일인데요?"

"이 친구 아직 인턴 태를 못 벗었군, 다른 사람들도 내일 다 출근이야. 그나마 시간 있는 사람은 자네뿐이고, 통역 필요하니까 잔말 말고 따라와."

사실 틀린 이야기는 아니었다. 뭐가 그렇게 바쁜지 기획실과 비서실 인원은 전부 정신없이 돌아치는 판이라 그나마 시간적 여유가 있는 건 하연수뿐이었다. 또 주말을 날려먹는 셈이지만 어쩔 수 없었다.

"그리고 하루 잘 준비해."

"네?"

"호텔방으로 부르지는 않을 테니까 걱정 밀고… 내일은 그런 단화 말고 힐 같은 거 신어. 손님 만나야 하니까."

"…"

대답은 하지 못했다. 갑작스런 지적이라 어떻게 반응해야 할지 결정하기가 어려웠다. 김동혁이 커피 테이블 옆에 있는 의자에 앉아 뒤따라온 여비서에게 손을 내밀었다.

비서는 얼른 무릎을 꿇고 앉으면서 담배와 라이터를 건넸다. 담배에 불을 붙이고는 비서의 머리 위로 연기를 내뿜으며 말했다.

"그 깡패 남친이랑은 잘 되나?"

"네?"

"얼빠진 기집애들 나쁜 남자한테 끌린다던데 너도 과^科가 그쪽인 모양이지? 나도 나쁜 남자 코스프레 잘 하는데 그렇게 해줘?"

이야기가 점점 황당해져서 그냥 입을 다물어버렸다. 솔직히 상대하기도 싫었다. 차라리 끝나기를 기다리는 편이 낫다는 생각에 침묵을 지켰다. 김동혁이 기세등등하게 말을 이었다.

"앞날을 생각해, 깡패새끼들 겉보기엔 멋있어도 나중엔 가정폭력 단골손님이야. 그런 놈이랑 어울려서 좋을 거 하나도 없어."

"그런가요?"

"당연하지, 그런 놈들 나이 먹으면 백발백중 술주정하면서 술값 내놓으라고 마누라한테 주먹 휘두른다니까? 사람이 품위를 지키면서 살아야지."

"품위 지키면서 살 생각이에요, 그래서 그 사람이랑 사귀는 거예요."

"이건 또 무슨 궤변이야? 품위를 지키는데 왜 그런 놈이랑 놀아?"

"첩보다는 정실이 품위 지키는데 백번 나을 것 같아서요."

"윽, 이건 무슨 삼국시대 대사야? 너 어느 별에서 왔냐?"

"대표님 사는 별이랑 제가 사는 별은 확실히 다른 것 같네요, 내일 뵙겠습니다."

하연수는 꾸벅 인사를 한 다음, 따라놓은 커피도 그냥 남겨두고 자리로 돌아왔다. 몇 마디만 더 하면 따귀를 올려붙일 것 같아서였다. 낄낄거리며 따라오던 김동혁은 뒤에서 그녀의 모니터를 몇 초 쳐다보더니 대표실로 들어가버렸다.

'씨… 저런 미친….'

내심 욕설을 퍼부으며 책상 위를 정리하려는데 갑자기 사무실이 어수선해졌다. 소음은 곧바로 하연수 앞으로 다가왔다.

"너냐?"

뾰족한 여자의 목소리, 아무도 대답하는 사람은 없었다. 뭐지 싶어 고개를 들었는데 눈앞에 20대 초반의 화려하게 치장한 여자의 얼굴이 그녀를 노려보고 있었다. 앉은 채로 빤히 마주보자 여자가 뒤에 선 비서실장을 돌아보며 어처구니없다는 표정으로 다시 물었다.

"하! 쩡 어이없네, 겨우 이런 년하고 붙어먹은 거야?"

하연수는 한숨을 쉬면서 논문들을 챙겨 책꽂이에 꽂았다. 느낌상 김동혁의 약혼녀 같았다. 옷가지는 물론이고 장신구까지 온통 명품으로 도배했는데 아버지가 대형 보험사 대표라더니 싸가지를 밥 말아먹은 티가 확실히 났다.

'우이 씨, 미치겠네.'

아무리 싸가지가 없어도 명색이 대표이사 약혼녀인데 그런 여자를 상대로 치고받을 수는 없고 이래저래 오늘은 몸을 사려야 할 것 같았다. 비서실장이 안절부절 못하는 사이 여자의 매서운 눈초리가 돌아와 그녀에게 꽂혔다.

"야, 흙수저면 흙수저답게 놀아. 어디다 꼬리를 쳐."

상대하지 않고 가방을 챙겼다. 어차피 약속시간이 가까워서 나갈 생각이었다. 그녀가 눈길도 주지 않자 목소리가 더 뾰족해졌다.

"뭐 이런 년이 다 있어, 야! 너 말이 말 같지 않아? 빨리 안 꿇어?"

하연수는 천천히 의자를 밀어내고 일어나 최대한 무덤덤하게 말을 받았다.

"새파란 기집애가 말버릇 정말 개판이네, 엉뚱한 데 와서 깽판치지 말고 약혼자 관리나 잘해."

"뭐? 이년이 죽을라고 작정했나, 당장 모가지 잘라줘?"

"그러던지, 피곤하니까 금수저 니들끼리 놀아라. 간다."

깨끗이 무시하고 뒷자리의 담당 과장에게 고개를 숙였다.

"먼저 퇴근하겠습니다, 과장님."

"어… 그래, 가요."

담당 과장은 잔뜩 긴장한 표정으로 손을 내저었다. 몇 안 되는 비서실 직원들을 쥐 잡듯이 몰아붙이는 괴팍한 인물인데 이 대목에서는 말 한마디도 하지 못했다. 한쪽은 대표 약혼녀에 한쪽은 대표가 매일 꽃다발을 보내는 여자이니 답이 없을 것이었다.

"야! 너 거기 안 서!! 잡아!"

책상 사이를 벗어나자 수행비서처럼 보이는 곱상하게 생긴 젊은 남자가 재빨리 통로를 막아섰다.

"비켜요."

"죽여버려!"

여자가 악을 썼지만 비서는 바로 달려들지 못했다. 입장이 난처한 모양이었다. 돌아서서 반대쪽으로 걸어가자 남자가 팔목을 잡으며 끌어당겼다.

"놔요."

매섭게 노려봤지만 남자는 놓을 생각이 없는 것 같았다. 한 발 끌려가면서 그대로 콧잔등을 들이받아버렸다.

쩍!

그녀의 눈앞에서도 불이 번쩍할 정도로 강하게 들이받자 남자의 머리가 휘청 뒤로 넘어가고 팔목이 자유로워졌다. 즉시 명치에다 주먹을 박으면서 떨어져나왔다.

"커억!"

주저앉는 사내를 남겨두고 곧장 사무실을 나섰다. 놀란 토끼눈이 된 여자는 하연수가 문을 나설 때까지 입도 뻥끗하지 못했다.

'후….'

엘리베이터 앞에서 아직도 얼얼한 이마를 쓰다듬으며 혈관을 폭주하는 아드레날린이 가라앉기를 기다렸다. 아직도 12층, 포기하고 그냥 계단을 뛰었다. 가능한 빨리 사무실을 벗어나고 싶었다.

완전히 건물 밖으로 나와 목을 좌우로 꺾으면서 숨을 크게 들이쉬었다. 매연을 잔뜩 품은 공기인데도 사무실보다 훨씬 깨끗한 것 같았다. 일단 가방에서 새로 산 하이힐을 꺼내 내려놓고 이마를 쓰다듬었다. 전투장비를 확실히 갖추고 나갈 생각, 바꿔 신고 단화를 챙기려는데 건물 화단 옆에서 익숙한 목소리가 들려왔다.

"불편하지 않아?"

고개를 들자 화단 턱에 기대앉아 손을 흔드는 차명석이 보였다.

"일찍 왔네요?"

단화를 대충 싸서 가방에 집어넣고 건너가 옆에 걸터앉았다. 그리고 길게 한숨을 내쉬었다.

"오늘은 급기야 대표이사 '놈' 약혼녀까지 경호원 달고 나타났답니다, 휴…."

"시끄러웠겠네."

"한바탕 했죠 뭐. 상대 안 하려고 얼른 도망 나왔어요, 그런데 이 와중에 대표이사 '놈'이랑 같이 내일 부산 가야 할 거 같네요."

"부산?"

"넵, 단둘이 1박2일이랍니다. 약혼녀 그 여자 안 쫓아오려나 모르겠어요, 후후."

"괜찮겠어?"

"오옷? 내 걱정하는 거예요?"

"걱정 안 해, 대표인지 뭔지 그놈 아랫도리 걱정하는 거지. 후후."

"칫, 치사해."

하연수는 다가앉으며 슬그머니 팔짱을 꼈다. 그런데 반응이 괜찮았다. 빼지도 않았고 어색하게 밀어내지도 않았다. 기분 좋게 그의 어깨에 머리를 기대며 말을 이었다.

"생전 처음 비행기도 타게 생겼어요."

"비행기 안 타봤어?"

"대딩 1학년 때 엄마 아빠 돌아가시고 그 다음은 민지랑 둘이 버텼거든요, 쌀 살 돈도 없는데 뱅기 탈 돈이 어딨어?"

"미안, 괜한 이야기를 했네."

"뭐가요? 엄마 아빠 이야기요?"

"어."

"괜찮아요, 오래 전 일인데 뭐. 근데 우리 무슨 영화 봐요? 멜로? 액션?"

"뭐 보고 싶어? 난 가서 결정할 생각이었는데?"

"액션으로 해요, 나 스트레스 해소해야 돼. 가요."

영화는 생각보다 큰 재미는 없었다. 대신 차명석과 단둘이 마주앉아 술잔을 기울이는 즐거움은 만끽할 수 있었다. 남들 다 하는 같이 밥 먹기, 영화보기, 같이 술 먹고 잡담하기를 한꺼번에 몰아서 할 수 있기 때문이었다. 그래도 같이 하고 싶은 건 많이 남아 있었다.

"다음엔 놀이공원 가요, 다 같이 야구장도 함 가고."

"야구장? 야구팬이야?"

"민지가 한화 팬이라 끌려다닌 적 많아요."

"민지 씨가 부처님이었어? 몰랐네, 후후."

"근데 나 오늘 이쁘지 않아요? 첫 데이트라고 예쁜 옷 총동원했는데."

흘러내린 머리카락을 살짝 뒤로 젖히면서 윙크를 했다. 평범한 오피스룩이지만 타이트한 브라우스와 치마로 볼륨을 강조해서 나름 섹시하게 입고 나왔는데 그만한 효과는 있었다. 늘상 무표정하던 차명석의 얼굴에 흐릿한 미소가 보였다.

"그래, 예쁘다. 후후."

"어머? 오늘 웬일이래?"

"뭐가?"

"살벌하게 돋쳐 있던 가시가 다 없어진 거 같아서 말이쥐, 막 들이대도 순순히 다 받아주고… 어쩨 알콜의 힘 같다능."

술잔을 내밀자 차명석도 잔을 들어 부딪쳤다. 반만 마시고 잔을 내려놓으려는데 차명석의 입에서 예상을 완전히 뒤엎는 대사가 튀어나왔다.

"예쁜 건 사실이잖아."

"에?"

당황스러웠지만 기분은 좋았다. 그리고 이런 기회를 놓칠 수는 없었다.

"어험… 내가 좀 이쁘긴 하지, 음… 그런데 섹시하지는 않고?"

장난스럽게 허리를 옆으로 꼬면서 왼손으로 오른팔을 쓸어내렸다. 취기가 올라오니 용기가 생기는지 점점 더 과감해지는 것 같았다. 이번엔 차명석의 입가에 조금 더 큰 미소가 걸렸다.

"에이… 뭐야, 재미없게."

비우고 내려놓은 잔에 다시 술을 따르자 차명석이 손가락 하나만 잔에 대면서 말을 받았다.

"솔직히 힘들 거 같았는데 버틸 만해서 다행이다."

"에? 내가 불편해요?"

"저기 이모, 파전 하나랑 소주 한 병 더 주세요."

차명석은 지나가는 아주머니를 잡고 추가로 주문을 했다. 누가 봐도 대답을 피하려는 어색한 행동이었다. 그렇다고 여기서 놔줄 생각은 없었다. 잔을 집어드는 그에게 얼굴을 바짝 들이댔다.

"나 좋아한다고 말해도 그쪽이 믿지는 장사 아니에요, 그래봐야 내가 훨씬 더 많이 좋아하니까."

얼굴이 화끈했다. 너무 깊이 들어갔다는 생각에 재빠른 후퇴를 결정했다.

"그만 시켜요, 나 취했어."

얼른 잔을 집어 차명석의 손에 들린 잔에다 부딪치고 단숨에 들이켠 다음, 농담으로 말을 돌렸다.

"음식점에서 여자들이 음식을 시킬 때 고민하는 이유가 뭔지 알아요?"

"알 리가 없잖아."

다행히도 차명석은 먼저 던진 말을 못 들은 것처럼 선선히 따라왔다. 얼른 답을 내놨다.

"다 먹을까 봐 무서워서 그러는 거야, 그니까 그만 시켜요."

"어… 공감은 되네, 후후. 그런데 나도 너 좋아해."

깜짝 놀라 안주로 가져가던 젓가락을 멈췄다. 매번 들이대기만 했는데 이번엔 진짜 반격이 들어온 셈, 눈을 마주칠 수가 없어서 파전을 파헤치는데 집중했다. 차명석의 얼굴이 가까이 다가왔다.

'어…어.'

턱을 끌어당기며 질끈 눈을 감았다. 그런데 손가락 하나만 입술 옆을 만지고 돌아갔다. 입에 뭐가 묻은 모양이었다.

'우이 씨… 미쳤어, 미쳤어. 무슨 생각을 한 거야?'

창피해서 눈을 뜰 수가 없었다. 꼼짝도 못하고 '어쩌지?'라는 단어만 떠올렸는데 이마에 따뜻한 무언가가 부드럽게 닿았다가 떨어져나갔다.

'응?'

눈을 가늘게 뜨자 차명석의 미소가 보였다.

"뭘 기대한 거야?"

"치… 더 찐한 거."

"겁 없네, 이 아가씨. 다음 진도는 놀이공원 가서 빼는 걸로 하자고."

"음… 난 반댈세, 놀이공원은 건너뛰고 1박2일 어때? 난 준비됐는데, 몸도 마음도."

당했다는 생각에 더 공격적인 도발을 감행했지만 괜한 짓을 한 것 같았다. 차명석이 천천히 손을 내밀어 그녀의 뺨을 쓰다듬었다.

"그만해도 돼, 성공했으니까."

"네?"

"같이 가보자, 많이 힘들겠지만."

머릿속이 뒤죽박죽 엉켜버려서 선뜻 대답하지 못했다. 이게 무슨 횡재인가 싶기도 했다가 공수가 바뀌는 거 아닌가 싶어 연애 주도권까지 생각나고, 말도 안 되는 온갖 잡생각이 사방으로 날아다녔다. 손발 모두 꼼짝도 하지 못하고 한참을 헤매다가 이대로는 안 되겠다 싶어 고개를 들었다.

"뭐가 힘든데요? 느닷없이 사라졌다가 며칠씩 연락 안 되고 어느 날 갑자기 돌아와서?"

"위험한 직업이야, 당장은 미래를 이야기할 수도 없고."

"누가 당장 명석 씨랑 결혼한대? 우리 지금 사귀는 거예요, 서로 간도 보고 밀당도 하고 그러는 단계라구요. 내일 당장 뺑 차버릴 수도 있어."

"너한테 어울리는 좋은 사람 아냐."

"너무 좋은 사람 피곤해요, 또 다른 익스큐즈 있어요?"

직설적인 반격에 차명석은 쓴웃음을 머금었다. 할 말이 없을 터, 이때다 싶어 영화관에서 나올 때부터 준비했던 이야기를 쏟아냈다.

"이거 알아요? 나… 솔직히 보호받는다는 기분이 이런 건지 몰랐어, 정말 힘들고 외로울 때 당신 만났고 정말 눈물 날 정도로 고맙고 행복

했어요, 그래서 당신이랑 어디든 갈 수 있어. 힘들고 무서워도 다 감당할 거라고."

되는 대로 다 쏟아내고 벌떡 일어나 키스를 해버렸다. 어떻게 용기가 생겼는지 모르지만 눈 질끈 감고 그냥 했다. 그리고 버텼다. 식탁 위로 상체만 앞으로 내민 불편한 자세인데도 얼마든지 버틸 수 있을 것 같았다.

하연수는 고민에 고민을 거듭하다가 차명석이 준 전화기를 꺼냈다. 아침에 운동하다 마주치면 난감할 것 같아서 도망치듯 집에서 나왔는데 이제는 목소리가 듣고 싶어서 견딜 수가 없었다.

'어우… 미쳤어.'

다시 몇 분 고민하다가 단축번호를 눌렀다. 차명석은 벨이 다섯 번쯤 울리고 나서야 전화를 받았다.

—무슨 일 있어?

평소나 다름없는 무덤덤한 목소리, 갑자기 섭섭해졌다.

"여친이 남자랑 단둘이 부산 왔는데 걱정도 안 돼요?"

—걱정해야 돼?

"참내, 너무하네. 무슨 남친이 이래? 날씨 엄청 안 좋은 건 알아? 속 울렁거려 죽는 줄 알았어요."

—무사히 착륙했잖아, 후후. 조심해 다녀, 급한 일 있으면 전화하고.

"급한 일 있으면 내려올 거예요?"

—그래야 할 일이면 가야지.

"그럼 지금 와요, 나 김해공항인데 당신 보고 싶어."

—응급상황인 거 같긴 하네, 후후.

차명석은 어이없다는 듯 피식 웃었다. 자신이 생각해도 어이가 없는데 오죽하겠나 싶어서 뾰족하게 말하고 전화를 끊어버렸다.

"올라가서 봐요, 죽었어."

전화를 끊고 나서도 미쳤다고 머리를 쥐어뜯으며 화장실을 나섰다. 김동혁 그 인간 기다리는 거 싫어서 빨리 나가야 했다. 그런데 김동혁은 공항의 TV 앞에 서서 움직일 생각을 하지 않았다. 화면은 깔끔한 남자 리포터의 얼굴이 차지하고 있었다.

—경찰은 폭력조직원 A모 씨를 살인 및 사체훼손과 유기 혐의로 긴급체포하고 수사를 확대하고 있습니다. 이로서 전국을 공포에 몰아넣었던 모델 토막살인 사건 수사가 새로운 국면으로 접어들었습니다, 또한….

김동혁의 얼굴은 많이 경직된 것 같았다. 하연수가 다가가 나란히 섰는데도 눈길조차 주지 않았다. 마중 나온 운전기사도 한참을 기다리다가 말을 걸었다.

"대표님, 차 준비됐습니다."

"어? 어… 잠깐 기다려."

김동혁은 급히 전화기를 꺼내들고 몇 발 걸어가면서 어디론가 전화를 걸었다.

"어떻게 된 거야?"

질문 하나를 던지고 한참 듣기만 하더니 느닷없이 고함을 질렀다.

"그따위밖에 안 돼?! 도대체 어쩌자는 거야! 당신이 책임질 거야? 조 단위 자금이 왔다 갔다 하는 사업에… 이런 씨팔!!"

다시 침묵, 그리고 목소리가 가라앉았다.

"이러면 즉시 진행하는 수밖에 없어, 어르신께는 나중에 내가 직접 찾아뵙고 말씀드리겠다."

김동혁은 전화를 끊자마자 돌아와 운전기사에게 손을 내밀었다.

"차 어딨나?"

"바로 밖에 세웠습니다."

"내가 운전하겠다, 차키 이리 줘. 넌 남아서 기상상황 점검해라, 오후 3시 전후해서 서울로 돌아가는 비행기를 타겠다."

"네, 대표님."

"가지, 하연수 씨."

"네."

김동혁은 키를 넘겨받자마자 다급하게 차로 뛰었다. 그리고 엄청난 속도로 밟았다. 목적지는 해운대였다.

해운대 호텔 스위트룸에서 기다리는 사람은 프랑스인이었다. 이름은 쟝 드니, 한국말을 그럭저럭 한다는 점이 함정이지만 통역이 필요하다는 김동혁의 말이 아주 거짓말은 아니었다. 40대 초반의 건장한 체격인데 꽤 멋진 콧수염을 가졌고 매서운 눈매와 오른손 손등의 흉터가 눈에 띄는 강인한 인상의 사내였다.

"자리 좀 비키지."

김동혁의 지시에 소파에서 멀리 떨어진 창가로 건너가 바다를 내려다보았다. 처음 보는 해운대 풍경인데 첫인상은 별로 좋지 않았다. 강풍 때문에 엄청난 높이의 파도가 몰아치는 탓이었다.

"가져왔나?"

"여기."

프랑스어가 귀에 들어와서 슬쩍 뒤를 돌아보았다. 김동혁이 작은 가죽가방 하나를 테이블 위에 올려놓고 지퍼를 열어 가운데로 밀어냈다. 쟝은 내용물을 보지도 않고 지퍼를 닫았다. 김동혁이 다시 프랑스어로 물었다.

"확인하지 않아도 되나?"

"숫자야 맞겠지."

"일이 꼬였어, 바로 진행합시다."

"언제? 나도 위에 보고는 해야 하니까."

"최대한 빨리."

쟝은 노트북에다 뭔가 두드리고 잠시 기다리더니 고개를 끄덕였다.

"5월 30일, 암스테르담 인천."

"그 정도면 됐어."

김동혁은 즉시 일어나 손짓으로 그녀를 부르더니 5만 원권 뭉치 하나를 던졌다.

"난 서울 올라가야 하니 내일까지 미스터 드니와 함께 움직여라. 이 호텔에 방 예약되어 있다, 써라."

얼결에 받아들자 김동혁이 다시 말했다.

"원하는 곳은 전부 데려다줘, 비용 생각하지 말고. 상황보고는 내 개인 번호로 해."

"알겠습니다."

김동혁은 쟝과 악수도 하지 않고 곧장 방을 나갔다. 호텔방에 둘만 남은 셈이라 뻘쭘해서 얼른 말을 걸었다.

"가고 싶은 곳이 있습니까, 미스터 드니?"

"쟝이라고 불러요, 그쪽은 이름이?"

"하연수예요."

"연수라고 부를까? 되겠죠?"

"그러세요."

"좋아요, 연수. 이메일 하나 보내고 나갑시다, 이 호텔 스카이라운지 괜찮으니 거기서 식사하고 백화점에 잠깐 갑시다. 마사지 숍도 갔으면 싶고… 비행기를 오래 탔더니 온몸이 쑤셔서 말이야."

"알아보죠."

"여기 타이 마사지 좋다더군, 연수도 살짝 비대칭인 거 같은데 같이 받읍시다. 미인과 함께 받는 커플 마사지 괜찮을 것 같군."

쟝은 끊임없이 농담을 던지면서도 빠르게 키보드를 두드렸다.

날이 어두워지면서 바람은 점점 더 강해졌고 급기야 조금씩 빗방울이 날리기 시작했다. 백화점에서 꽤 긴 시간을 돌아다녔고 이어서 마사지 숍까지 풀코스로 두 시간을 버틴 뒤여서 그만 호텔로 돌아갔으면 싶었는데 쟝은 또 다른 스케줄을 원했다.

"에… 날씨가 도와주질 않네. 이봐요, 연수. 그래도 한 군데만 더 갑시다. 영화의 전당인가? 거기서 만날 사람이 있어요."

"그러시죠."

걸어도 되는 거리지만 택시를 잡아타고 센텀시티로 이동했다. 그런데 쟝은 택시에서 내리자마자 동네를 잘 아는 것처럼 강변공원 쪽으로 길을 건넜다. 비가 오는데도 거침없이 걷더니 인적 없는 벤치 앞에서 하염없이 강변을 내려다보기만 했다.

"약속이 있으십니까?"

대답은 없고 얼마 지나지 않아 가까운 산책로 끝의 가로등 밑으로 누군가 모습을 드러냈다. 쟝의 시선이 돌아가자 사내가 손을 들었다. 거리가 먼데다 검은 모자까지 쓰고 있어서 얼굴은 알아볼 수 없지만 키는 쟝보다 큰 것 같았다.

"여기시 기다려요."

쟝은 지체 없이 가로등 쪽으로 걸었다. 그런데 산책로 끝이 갑자기 시끄러워졌다. 동네 건달들끼리 싸움이 났는지 사투리가 섞인 고함소리가 터져나오고 시커먼 그림자들이 정신없이 뒤엉켜 뛰어다녔다.

두 사람은 싸움에 신경을 쓰면서 가로등을 벗어나 그녀가 있는 방향으로 걸어왔다. 걸어오면서 무언가 이야기를 나누는 것 같은데 갑자기 시커먼 그림자 몇 개가 뛰쳐나와 두 사람을 사이에 두고 싸우기 시작했다. 쟝은 얼른 방어자세를 취하면서 몇 발 물러섰다. 동행도 마찬가지였다. 그런데 물러서던 쟝의 발이 우뚝 멈췄다.

'어?'

다음부터는 모든 게 영화 속 슬로우비디오처럼 천천히 움직였다. 쟝의 옆구리와 어깨에서 시커먼 피보라가 날리고 갈색 머리가 비스듬히 넘어가 아스팔트를 때렸다.

하연수는 비명도 지르지 못했고 움직이지도 못했다. 그 자리에 얼어붙어 쓰러진 쟝과 뒤에 선 사내를 그저 바라보기만 했다. 사내는 그녀를 힐끗 돌아보더니 쟝의 옷을 뒤져 무언가를 꺼내들고 잔디밭의 어둠속으로 뛰기 시작했다.

하연수는 사내가 완전히 사라진 뒤에야 퍼뜩 정신을 차리고 급히 119에 전화를 걸었다.

─119입니다, 무슨 일이신가요?

"싸움이 났는데 사람이 칼에 찔렸어요, 여기 영화의 전당 건너편 강변공원입니다. 빨리 와주세요."

─알겠습니다, 즉시 출동하겠습니다. 전화 끊지 마십시오.

"저 분 도와주러 가야겠어요."

―다친 사람이 누구죠?

"쟝이라고 외국분이에요, 빨리 와주세요."

전화를 든 상태로 쟝에게 뛰어갔다. 쟝은 칼에 찔린 옆구리와 어깨와 목 사이를 부여잡은 채 가쁜 숨을 몰아쉬고 있었다.

"괜찮아요? 쟝!"

대답은 하지 못했다. 전화기를 쟝의 배 위에 올려놓고 다급하게 옷을 찢어 피가 울컥울컥 솟구치는 어깨 부위를 결사적으로 눌렀다. 그런데 가방 안에서 갑자기 전화벨이 울렸다. 차명석이 준 전화기였다. 출혈이 더 심한 어깨부위를 누른 채, 한 손으로 전화기를 꺼냈는데 손이 너무 떨려서 폴더가 한 번에 열리지 않았다. 몇 번만에 어렵게 폴더를 열고 전화를 받았다.

―무슨 일 있어?

차명석의 목소리, 너무 반가워서 울음이 터져나왔다.

"어… 어… 흑… 외국인 손님 가이드 하는 중인데 그 사람이 칼에 찔렸어요. 피 엄청 많이 나요."

―넌 괜찮아? 다친 데 없고?

"난 괜찮아, 근데… 이 사람 죽을 거 같아. 어쩌지? 어떡해?"

반쯤 울면서 징징거린 거 같은데 차명석은 아주 침착하게 대답했다.

―기다려, 금방 갈게.

"여길 어떻게 와요, 여기 부산이야."

—최대한 빨리 갈게, 앰블런스 도착하면 일단 같이 병원으로 가서 기다려. 어느 병원으로 가는지 확인해서 나한테 문자하고.

대답을 못했는데도 전화는 그냥 끊어져버렸다. 전화기를 가방에 던져놓고 출혈 부위를 다시 눌렀다. 그런데 옆구리에 손을 대는 순간, 움찔움직인 장이 입 안의 피를 한움큼 게워내며 힘겹게 입을 열었다. 오래된 칠판을 분필로 긁는 것 같은 소리라 알아듣기는 쉽지 않았다.

"마…마지막으로… 보는… 얼굴이… 미인이라 나쁘지 않네… 그륵… 수, 나 부탁 하나… 합시다."

"말하지 마요, 피 더 나요."

"아까… 그놈들 의도적으로 싸움… 날 찌른 건… 리퍼… 그 새끼… 크으… 호텔… 내… 랩탑 당신 사장… 킴한테…."

"알았으니까 그만 말해요."

"약속해, 오른… 주머니 호텔 키…."

다행히 앰블런스의 사이렌 소리가 가까워지고 있었다.

"약속할게요, 앰블런스 왔으니까 조금만 참아요."

"랩탑은 킴에게… 그리고 손가방에… 연수… 당신…."

힘겹게 이어지던 이야기는 거기서 끊어져버렸다. 정신 차리라고 계속 소리쳐봤지만 의식은 돌아오지 않았다.

중첩되는 위험

하연수는 수술실 앞 벤치에 앉아 초점 잃은 눈으로 정면을 바라보았다. 기약 없이 수술결과를 기다리는 형편, 너무 놀랐고 지치기까지 해서 지금은 아무것도 생각나지 않았다. 옷은 다 젖었고 너무 추웠다. 이빨끼리 계속 부딪쳐서 가만히 앉아 있기도 힘이 들었다. 크게 심호흡을 하고 일어나 피와 비에 얼룩진 스커트를 쓸어내리며 혼잣말을 했다.

"하아… 미치겠네, 어째 사는 게 매일 블록버스터 아니면 스릴러냐…"

그런데 무언가 따뜻한 것이 어깨에 덮였다. 담요 같았다.

"이러면 로맨스 아닌가?"

친숙한 목소리였다. 그리고 정말 엉뚱하게도 차명석의 얼굴이 바로 앞에 있었다. 비현실적인 상황이라 멍하니 쳐다보기만 했다. 앰뷸런스가 병원에 도착한지 20분도 채 지나지 않은 시간, 아무리 생각해도 말이 되질 않았다.

"뭐야, 이 남자?"

또 혼잣말을 하고 고개를 흔들었다. 하지만 아직도 코앞에 차명석이
보였다.

"정신 차려, 하연수."

간절해서 헛것이 보이는 것 같았다. 그런데 그 허상의 손이 느릿하게
다가오더니 그녀의 눈 밑을 차례차례 닦아냈다. 그리고 가만히 그녀를
끌어안았다. 따뜻했다.

"진짜… 명석 씨야?"

"그래, 진짜야."

가슴에 얼굴을 묻었다. 확실히 허상은 아니었다. 진짜라는 확신이 들
자 참았던 눈물이 한꺼번에 터져나왔다. 남자 앞에서 울 때는 예쁘게 흐
느껴 울겠다는 결심을 한 적이 있는 것 같은데 막상 차명석을 보는 순
간에 나온 울음은 그냥 대성통곡이었다.

"나… 정말 무서웠어… 으아아앙."

꺼이꺼이 딸꾹질까지 하면서 정말 한참을 대성통곡한 뒤에야 가쁜 숨
을 가다듬을 수 있었다. 말없이 기다리던 차명석이 가만히 등을 다독거
리며 말했다.

"그만 울어, 인마. 눈 퉁퉁 부었다."

"웅… 근데 어떻게 벌써 왔어요?"

"놀이공원 건너뛰자면서?"

"네?"

"해운대 1박 2일 로맨스 찍으러 내려왔는데 니가 스릴러 만들었다, 후후."

"우씨… 난 숨 막혀 죽을 지경인데 농담이 나와요?"

"후후, 일단 상황파악부터 하자. 앉아서 아침부터 본 거, 들은 거, 차근차근 설명해봐."

벤치에 앉아 생각나는 대로 상황을 설명했고 마지막에 제대로 알아듣지 못한 부분까지 모두 듣고 난 뒤에야 차명석의 질문이 따라왔다.

"회사엔 연락했어?"

정신이 없어서 깜빡했다는 생각에 얼른 전화기를 꺼냈다.

"아… 아직요, 대표님 개인전화로 연락하라고 했는데…."

차명석은 개인전화라는 말을 듣자마자 전화기를 쥔 그녀의 손을 끌어내렸다.

"잠깐, 개인전화? 회사일이 아니라 개인적인 일로 내려온 거야?"

"모르겠어요, 그건 아닌 거 같은데 아까 공항에서 토막살인 사건 진범 잡힌 뉴스 보고 나서 갑자기 막 바쁘게 움직였어요. 쟝을 만난 다음에 곧바로 서울 올라갔고."

"잠깐, 토막살인 뉴스 보고 바쁘게 움직였다고?"

"네."

"이러면 김동혁이 처음부터 관련됐다는 뜻인데… KC케미컬이 김윤서 박사의 연구를 늦추려 했는데 그게 뜻대로 안 돼서 5월 30일로 일정을 당겼다? 무차별 살인까지 불사할 정도로 중요한 일이 뭐야?"

질문처럼 이야기했지만 사실 혼잣말이었다. 그리고 한참 침묵을 지키더니 정색하면서 다시 말했다.

"전화는 상황이 정리되면 하자, 쟝을 찌른 놈이 리퍼라고 했지?"

"네. 난 잘 못 봤는데 쟝은 그 사람이 찌른 걸로 생각하는 거 같아요, 이름인지 별명인지는 모르겠고 키가 아주 컸어요. 쟝이 180정도 됐는데 그 사람이 훨씬 더 큰 거 같았어."

"일단 알았다, 킬러에 대해서는 나중에 생각하자. 호텔은 못 가봤지?"

"네, 쟝의 방 키카드는 내가 가지고 있어요. 그런데 리퍼라는 사람이 쟝의 옷을 뒤져서 뭘 가져갔는데 그건 뭔지 모르겠어요."

"김동혁이 쟝에게 줬다는 가방은?"

"중요한 거 같아서 일단 챙겼어요, 안에 살펴볼 여유도 없었어."

"줘봐."

백팩에 손을 가져가는 순간, 수술실 문이 스르르 열리고 녹색 수술복을 입은 의사가 어두운 표정으로 두 사람에게 걸어왔다.

"쟝 드니 씨 보호자시죠?"

"네."

"최선을 다했습니다만… 출혈이 너무 많았습니다, 죄송합니다."

"그럼…."

"혹시 고인의 가족이나 지인의 연락처 알고 계십니까?"

"회사에 문의해야 알 수 있습니다, 일 때문에 입국한 분인데 오늘이

쉬는 날이라 가이드하고 있었습니다."

"그럼 회사에 연락하시죠, 날카로운 흉기에 의한 자상에 따른 과다출
혈로 인한 사망이므로 병원은 의무적으로 경찰에 신고하고 유해를 인계
해야 하는데 그 전에 치료비 정산이 필요합니다. 그리고 목격자이시니
관할 경찰서 수사관이 올 때까지 기다렸다가 상황을 설명하셔야 할 것
같습니다."

"네."

하연수는 힘없이 대답하고 도로 벤치에 앉았다. 정신이 너무 없어서
아무것도 생각이 나지 않았다. 차명석이 대신 말을 받았다.

"이 친구 옷이라도 좀 갈아입혔으면 합니다, 많이 놀란 데다 비를 너
무 맞아서 정상이 아닙니다. 연락처는 응급실 수속할 때 서류에 다 적었
고 숙소는 해운대 호텔입니다. 경찰이 병원에 도착할 때까지는 돌아올
겁니다."

"그렇게 하시죠."

흔쾌히 고개를 끄덕인 의사가 돌아서려는데 뒤에서 후줄근한 정장차
림의 30대 후반의 남자 둘이 다가섰다. 옷차림이나 행동거지로 보면 영
화나 만화에서나 볼 것 같은 베테랑 형사였다.

"그건 곤란한데요?"

조금은 장난기가 느껴지는 억양이었다. 시선이 일제히 돌아가자 동글
동글한 얼굴의 남자가 너살좋게 웃으며 의사에게 말을 건넸다. 이틀쯤
면도하지 않았는지 수염이 덥수룩했다.

"신고 받고 출동한 광역수사대 강력팀 오영일 경사입니다, 피해자 담당의사십니까?"

생각보다 사투리가 크게 느껴지지 않았다. 억양은 다소 어색하지만 표준어라고 해도 무방했다.

"네, 안상문입니다."

"고생 많으십니다, 피해자가 외국인이라고요?"

"네, 신분증은 없는데 여기 목격자께서 신원을 확인해줬습니다. 프랑스 국적의 쟝 드니라고 하더군요."

"아… 목격자, 성함이…."

"하연수입니다."

차명석이 대신 대답했다. 오영일은 두 사람에게 목례만 건네고 의사에게 다시 눈을 돌렸다.

"사인이 흉기에 의한 자상이라고 들었습니다만."

"맞습니다, 치료 관련한 자료는 경찰청 감식반이 도착하면 제공하겠습니다."

"유품들은 어디 있습니까?"

"보안팀이 보관하고 있을 겁니다, 보시겠습니까?"

"물론입니다, 피해자 유해도 봤으면 좋겠네요. 두 분은 여기서 잠깐 기다리시죠."

"잠깐만요, 형사님."

시선이 돌아오자마자 차명석이 얼른 말을 잘랐다. 그리고 재빨리 명

함 한 장을 오영일에게 건넸다.

"목격자가 비를 너무 맞았습니다, 옷이 다 젖어서 너무 떠는데 새 옷으로 갈아입고 안정된 상태에서 증언하도록 편의를 봐주십시오."

오영일은 번갈아 차명석과 그녀를 아래위로 훑어보더니 명함으로 눈을 가져갔다.

"에또… 성함이… 어? 로펌에서 일하십니까?"

"최인철입니다."

가볍게 악수를 나눈 뒤, 오영일이 히죽 웃었다.

"난 변호사 아주 싫어하는데… 이거 좀 그러네, 후후. 목격자와는 관계가 어떻게 되십니까?"

"남자친구입니다."

"아… 그럼 변호사 자격으로 하는 말씀은 아니군요."

"애당초 변호사 고용할 일이 아니지 않습니까."

"그렇긴 하죠, 하하."

"숙소는 해운대 호텔 1304호입니다, 옷 갈아입고 광역수사대로 출두하겠습니다."

"뭐… 피의자도 아니신데 그 정도 편의는 봐드려야죠. 초동수사를 위해서 가해자 인상착의에 대해서만 말씀해주고 가시죠."

"어두워서 얼굴은 못 봤어요, 어두운 색 바지와 점퍼를 입었는데 뿔테 안경을 썼고… 키는 185쯤? 장보다 컸던 같았이요, 외국인은 아니었고요."

"체격은요? 말랐습니까? 체구가 컸습니까?"

"보통 체격이었던 거 같아요."

"얼굴은 어땠나요? 얼굴에 특징 같은 건 없었습니까?"

"얼굴은 못 봤고… 목에 있는 문신은 본 거 같아요."

"문신이라… 어떤 문신이죠?"

"모르겠어요, 까만색인데 무슨 곤충이나 새 같았습니다."

"다른 특징은요? 생각나는 대로 말씀하세요."

"모르겠어요, 기억나는 게 없어요."

"알겠습니다, 수사에 큰 도움이 됐습니다. 쟝 드니 씨 숙소는 어딘지 아십니까?"

"같은 호텔 스위트룸입니다, 키카드는 가지고 있습니다."

"그럼 김 형사가 같이 가지, 가서 신변보호 조치하고 미스터 드니의 방 확보해. 감식반 부르고 지구대 연락해서 현장 차단하도록."

"알겠습니다."

"갈아입고 나오시죠, 전 미스터 드니 방에 다녀오겠습니다."

같이 하연수의 방으로 올라온 김 형사는 내부만 간단히 둘러보고 곧장 위층으로 올라갔다. 쟝의 방을 확보하는 게 급선무일 터, 잠깐 숨 돌릴 시간은 번 셈이었다.

방문이 닫히자 하연수가 화장대 앞 앉은뱅이 의자에 걸터앉으며 한숨부터 길게 내쉬었다.

"후… 이제 어떻게 되는 거죠?"

"목격자 진술하고 집에 가면 될 거야, 너무 걱정하지 마. 저녁 못 먹었지?"

"그럴 정신이 어딨어."

"씻고 저녁 먹으러 가자, 맛있는 거 살게."

"정말이죠?"

"그래."

"좋았어, 한 끼 접수. 그런데 나중에 사고 오늘은 여기서 먹어요. 룸서비스 시키면 룸차지에 포함되잖아."

이 와중에도 공짜 음식을 챙기는 모양새, 웃음을 참기가 힘들었다. 그가 미소를 보이자 하연수가 미간을 잔뜩 좁혔다.

"뭐? 왜?"

"아냐, 룸서비스 시키자. 뭐 시킬까?"

"치… 오늘은 고기 못 먹을 거 같으니까 그냥 편한 음식 시켜줘, 글고 나 씻는 동안 이거 좀 봐요."

하연수는 백팩에서 작은 가죽가방을 꺼내 그에게 건넸다. 피가 조금 묻었지만 상태는 멀쩡했다. 하연수가 씻으러 들어간 뒤, 가방을 열었다. 가장 먼저 눈에 띈 건 다른 이름으로 된 위조여권 두 개와 100달러 지폐 한 뭉치, 두 번 접은 대봉투였다. 봉투 안을 확인하고 낮게 휘파람을 불었다.

'채권?'

미화 50만 달러짜리 무기명채권 두 장이었다. 무려 10억 원이 넘는 거액인데 킬러가 이걸 남겨놓고 갔다는 건 선뜻 이해하기 힘들었다.

'돈보다 더 중요한 게 있었다는 뜻인데….'

김동혁이 장에게 모종의 의뢰를 했고 이후에 리퍼라는 놈을 만나기로 했는데 그놈이 장을 죽이고 돈보다 더 중요한 뭔가를 가져갔다는 이야기였다. 이래저래 미심쩍은 구석이 많아서 바로 강민태에게 전화를 걸었다.

—어, 스릴러 영화 됐다면서?

"그래, 이번엔 살인사건이다. 후후."

—미친다, 살인사건?

"연수가 가이드하던 남자가 살해당했어, 위조여권도 두 개나 가지고 다니는 프랑스인인데 사진 보낼 테니까 뒷조사 좀 해. 그리고 국내에 리퍼라는 별명을 가진 히트맨이 있나도 좀 알아봐, 니 선에서 어려우면 석진이 시키고."

—얌마, 지구대에서 뭔 놈의 외국인 뒷조사야? 석진이한테 보내, 인터폴 데이터 뱅크 뒤지라고 말해두마.

"알았어, 올라가려면 며칠 걸릴 거 같다."

—자빠진 김에 쉬었다 간다고 이번엔 로맨스 제대로 찍고 와라, 알간? 크크.

"스릴러로 넘어간지 오래됐어, 인마."

―짜샤, 블록버스터에도 베드신은 나와. 너 그거 안 되면 고자야, 시키야.

"시끄러, 나중에 이야기하자. 끊는다."

―그랴, 아웃.

가방과 여권, 채권의 사진을 찍어 김석진에게 보낸 뒤, 장갑을 끼고 피에 젖은 하연수의 옷가지를 챙겨서 머리카락 하나도 남지 않게 깔끔하게 털어냈다. 경찰이 돌아오면 하연수가 입었던 피 묻은 겉옷은 달라고 할 가능성이 높은데 자신의 DNA까지 넘겨주고 싶지는 않았다. 마지막으로 쓰레기통의 비닐을 꺼내 집어넣고 한쪽 구석에다 던져놓았다.

이어 방을 대충 정리한 뒤, 커튼을 반쯤 열고 잠시 밤바다를 내려다보았다. 비바람이 몰아치고 있어서 보이는 것은 별로 없었다. 해안의 흐릿한 가로등이 보이는 빛의 전부였고 수평선 너머는 거의 완벽한 어둠이었다.

'이러면 김동혁은 어떤 방식이든 김윤서 박사 사건에 개입됐다고 봐야 할 것 같은데….'

정황상 김윤서 박사의 발을 묶어놓지 못해서 급히 일정을 당겼고 그래서 프로젝트에 필수적인 무언가가 5월 30일 암스텔담에서 인천으로 들어오는 항공편에 실린다는 정도가 지금까지 확인된 전부였다.

'근데 그걸 실어줘야 할 사람을 왜 죽이지? 말이 안 되잖아.'

열심히 상황을 앞뒤로 끼워맞췄지만 그럴싸한 답은 나오지 않았다. 포기하고 주머니를 뒤져 담배에 손을 대는 순간, 딸깍 소리와 함께 하연수의 목소리가 들려왔다. 처음 병원에서 봤을 때보다는 한결 편안해진 목소리였다.

"가방 안에 뭐 들었어?"

반사적으로 뒤를 돌아봤다가 흠칫 놀라 급히 창밖으로 고개를 돌렸다. 하연수가 하얀 목욕타올 한 장만 몸에 두른 상태였기 때문이었다. 웃음 섞인 장난스런 목소리가 이어졌다.

"치… 다 봐놓고 뭘 돌아서냐? 자기가 로맨스 찍으러 왔다고 그래놓고는."

"옷 입어."

"알았어, 로맨스는 나중에 찍지 뭐."

하연수는 금방 옷을 갈아입고는 소리 없이 다가와 뒤에서 그를 끌어안았다. 샴푸냄새가 싱그러웠다.

"겁이 없네? 내가 무슨 짓을 할 줄 알고?"

"준비됐댔잖아."

"떨어져 인마, 타이밍 최악이야."

"칫, 나도 알아요. 그래도 잠깐만 이러구 있을래."

하연수는 그의 등에 뺨을 대고 한동안 움직이지 않았다. 그리고 나직하게 중얼거렸다.

"와줘서 정말 고마워요, 명석 씨 없었으면 지금쯤 제정신 아닐 거야."

"인사는 나중에 해, 이거 아직 시작도 안 한 거 같다."

손을 잡아끌어 침대에 앉히고 자신은 티 테이블로 건너가 마주앉았다. 그러나 눈 둘 곳을 찾지 못하고 창밖으로 시선을 던져야 했다. 타이트한 티셔츠에 짧은 핫팬츠만 입어서 목선은 어깨까지 고스란히 드러났고 다리도 허벅지부터 다 보였기 때문이었다.

하연수가 배시시 웃으며 다리를 요염한 자세로 꼬았다.

"보라고 할 땐 안 보더니 지금은 또 보네?"

"까불지 말고 형사들 오기 전에 옷 다시 갈아입어."

"오호라, 질투까지? 이거 아주 바람직한 현상인데? 좋아요, 드라이하고 바로 갈아입을게요, 됐죠? 그런데 가방엔 뭐 있었어?"

"무기명채권이다, 무려 10억 원어치. 너 가지라고 한 거면 횡재한 건데… 솔직히 배탈날 거 같다."

"그럼 어떡해?"

"경찰에 넘기거나 원주인한테 돌려주는 게 답인 거 같다."

"대표님?"

"돌려주더라도 일단 상황을 보자, 지금 대표'놈'한테 전화해. 쟝이 죽기 전에 한 이야기는 빼는 게 좋겠다."

"응."

전화를 끊은 김동혁은 우선 소파 건너편에 있은 김잔길을 향해 머리를 숙였다.

"죄송합니다, 할아버지."

"무슨 일이냐?"

김찬길은 자신의 상징이나 마찬가지인 풍성하고 하얀 머리칼을 쓸어넘기면서 위스키 잔을 내려놓았다. 여든이 넘은 고령임에도 불구하고 여전히 압도적인 카리스마를 뿜어내는 노인, 대한민국 재계서열 8위 KC그룹의 거대한 사업을 진두지휘하는 거물 중의 거물이었다.

"별일 아닙니다, 걱정하지 않으셔도 됩니다."

"쯧쯧, 미욱한 것."

"네?"

"고금을 막론하고 사람을 죽이는 건 최후의 수단인 게야, 총칼 함부로 휘두르면 언젠가 그 총구가 자신을 가리키게 된다는 걸 왜 몰라."

김동혁은 당황했다. 순간적으로 다리에 힘이 풀릴 정도였다. 자신도 이제 겨우 전화로 보고 받았는데 김찬길은 벌써 다 아는 것 같았다. 이러면 무조건 잘못했다고 비는 수밖에 없었다.

"죄송합니다, 할아버지."

"무슨 짓을 하고 다니는지는 몰라도 당장 수습해, 독립법인이기는 해도 KC라는 이름을 앞에 달고 있는 이상 그룹 이미지에 문제가 생기면 가차 없이 정리할 거다. 신중하게 처신하도록."

"명심하겠습니다."

매섭게 노려보는 김찬길에게 다시 한 번 깊이 머리를 조아리고 뒷걸음질로 저택 집무실을 나섰다. 긴 복도를 뛰다시피 빠져나와 로비 밖으로 나오자 기다리던 비서실장이 재빨리 다가섰다.

"노트북은 확보했고 현지경찰은 부산지역 조직폭력배들 간의 세력다툼에 휘말린 걸로 보고 수사를 시작했습니다."

"그쪽으로 확실히 밀어붙이라고 해, 더 확대하지 말고."

"회장님께 말씀드리지 않아도 될까요?"

"아버님 투병 중이야, 당신 이 정도도 수습 못해?"

"처리하겠습니다."

"하연수는 어떻게 하고 있나? 곤란한 거 같으면 우리 변호사 내려보내."

"남자친구가 벌써 빼갔답니다, 그 사람 로펌 소속인 모양입니다."

"그 깡패 새끼가? 개나 소나 다 변호사냐?"

"로펌 '장 앤 조' 사무장쯤 되는 것 같습니다, 아시겠지만 형사사건 쪽에서는 발군으로 알려진 로펌입니다."

"젠장, 그래서 겁이 없었구만. 그래도 사람 붙여, 우리 직원이니 성의는 보여야 어색하지 않다."

"부산 지사장 보내겠습니다."

"그리고 써먹은 애들 깨끗이 정리해, 말 나오지 않게."

"조금 전에 전원 출국했습니다."

"필리핀?"

"네."

"수고했어, 회사로 가지."

고비는 일단 넘겼지만 아직 끝이 아니었다. 할 일은 남아 있었다.

"맛있당."

고기는 못 먹겠다던 하연수는 룸서비스로 올라온 스테이크와 와인을 정말 맛나게 해치웠다. 병원에서와 달리 한결 안정된 모습, 긴장을 풀라는 의미로 와인을 시켰는데 그것도 나름 성공한 셈이었다.

"이따 경찰이 물으면 사실대로 다 이야기해, 가능하면 아까 회장 놈한테 보고한 거랑 동일한 시나리오로 하자."

"알았어요."

"한 잔 더 할래?"

"넵, 좀 취해야 잘 수 있을 거 같아요."

와인을 더 따르려는데 누군가 문을 두드렸다.

"하연수 씨! 오영일입니다! 하연수 씨!"

문을 열자 장의 방에 올라갔던 김 형사를 앞세운 오영일이 예의 능글능글한 미소를 보이며 얼굴을 내밀었다. 그리고 냄새를 맡는지 코를 씰룩씰룩 했다.

"어… 남자친구분이시군, 식사하시는 모양인데 미안합니다. 휴일이고 너무 늦은 시간이긴 하지만 초동수사가 급해서… 그냥 여기서 목격자 진술을 받았으면 싶은데… 될까요?"

그는 잠깐 생각하다가 문에서 비켜섰다. 가능한 빨리 마무리하고 서울로 올라가는 편이 나을 것 같았다.

"그렇게 하시죠, 한 잔 하시겠습니까?"

오영일은 그럴 줄 알았다는 듯 제 방처럼 성큼성큼 안으로 들어와 티테이블로 건너갔다.

"아쉽지만 근무 중입니다, 하하."

그가 식탁으로 돌아와 앉자 오영일은 티테이블 의자를 돌려놓고 하연수를 똑바로 마주보고 앉았다. 이어 김 형사가 티테이블 위에 노트북을 놓은 다음, 기본적인 사항부터 확인하기 시작했다.

"목격자 진술 시작하겠습니다. 전 담장자 광수대 오영일 경사, 이쪽은 김용권 경장입니다. 하연수 씨. 신분증 있으시죠?"

"네."

하연수가 내민 주민등록증을 김 형사가 재빨리 받아 타이핑을 시작했고 오영일은 오전에 있었던 일부터 차근차근 질문을 이어갔다. 그리고 타임테이블이 대략 정리되자 장의 신상에 대한 이야기로 넘어갔다.

"그리고… 혹시 미스터 드니한테 컴퓨터 없었습니까? 방에 노트북 가방은 있는데 노트북은 없더군요."

"있었어요, 그거 대표님한테 전달해달라고 했었는데."

"언제 보셨습니까?"

"오전에 대표님하고 그분 빙에 올라간 적이 있는데 그때 봤어요. 미팅 끝나고 대표님은 바로 서울 올라가셨고 저는 방에 캐리어 가져다놓고 로

비에서 다시 만났습니다. 이후에는 계속 밖에 있다가 공원으로 갔고요."

"나갈 때 노트북을 가져갔나요?"

"어… 아뇨, 나갈 때는 빈손이었어요."

"그렇다면 하연수 씨가 캐리어를 방에 가져다놓고 오는 동안 드니 씨가 노트북을 어디다 치웠거나 도난당했다는 뜻인데… 오늘 드니 씨와 함께 다녔던 장소에서 특기할 만한 상황은 없었습니까?"

오영일은 쟝과 함께 돌아다닌 사건 현장에 대해 집요하게 질문을 이어갔고 하연수는 그럭저럭 잘 설명하는 것 같았다. 하지만 너무 길게 늘어졌다. 저녁식사 후엔 그럭저럭 기력을 회복했던 하연수도 차츰 피곤한 기색을 드러내는 형편, 더는 곤란했다.

몇 분 더 상황을 보다가 비슷한 질문과 대답이 반복되는 타이밍에 자연스럽게 끼어들었다.

"그만하면 상황설명은 충분히 된 것 같은데 오늘은 그만하시죠."

오영일은 TV 위에 있는 벽시계를 슬쩍 올려다보더니 몰랐다는 표정으로 너스레를 떨었다.

"아이구… 이거 벌써 열 시가 넘었군요. 내일 일정은 어떻게 되십니까? 아직 올라가시면 안 되는데."

"내일 오후까지는 기다리겠습니다, 저녁 비행기로 올라갈 생각인데 추가로 진술이 필요하시면 그 전에 전화주십시오."

"내일은 제가 비번이라 곤란한데요? 더구나 일요일 아닙니까? 휴일은 가족과 함께, 하하. 월요일에 서에서 잠깐 뵙는 거 어떠십니까? 범인

몽타쥬도 그려야 하는데."

"우리 직장 생활하는 사람입니다, 가능하면 내일까지 끝내시고 월요일 이후에는 전화로 하시죠."

"연락 못 받으셨습니까? 조금 전에 KC케미컬 부산 지사장이라는 사람한테서 전화가 왔는데 며칠 시간이 걸리더라도 부산에 머물면서 수사에 협조하라는 대표님 지시가 있었다더군요, 직접 통화해보시죠."

"확인하겠습니다."

"자, 그럼 됐고… 오늘은 여기까지만 하죠, 초동수사에 꼭 필요한 질문은 그럭저럭 다 한 것 같습니다. 오늘 진술한 내용은 월요일 오전에 광수대 방문하셨을 때 서명하시면 될 거고… 내일은 부산 구경이라도 좀 하시고 편히 쉬십시오. 즐거운 여행이 되시길 빌겠습니다."

"즐거운 여행이요? 생전 처음 누군가 칼에 찔려 죽는 장면을 목격한 사람에게 건넬 인사말은 아닌 것 같군요."

"아… 그렇게 되나요? 죄송합니다, 하하."

"안녕히 가십시오, 오늘 연수가 입었던 겉옷은 저기 있습니다. 필요하면 가져가시죠."

그가 비닐을 가리키자 오영일은 의미심장한 웃음을 내비쳤다.

"이런 면에서는 법을 잘 아는 사람이 편하군요, 하하. 감사합니다, 그럼."

오영일은 쓰레기통에 든 비닐을 집어들고는 고개만 까딱하고 터덜터덜 나가버렸다.

"수고하십시오."

문이 닫힌 뒤에는 두 사람 다 한동안 식탁을 내려다보며 침묵을 지켰다. 갑자기 둘만 남으니 왠지 어색해서 할 말이 생각나지 않았다. 안되겠다 싶어 생각나는 대로 고생했다는 말부터 던졌다.

"고생했다."

"명석 씨 덕분에 버텼어, 고마워요."

하연수는 발그레한 얼굴로 장난스럽게 윙크를 했다. 역시 강단이 있는 녀석이었다. 생전 처음 살인을 목격했고 형사들이 나타나 엄청난 숫자의 질문을 던진 뒤인데도 전혀 기가 죽지 않았다.

"남은 술 마저 마실까?"

"넵."

잔에 남은 와인을 한꺼번에 비우고 나자 다음 수순이 난감해졌다. 단둘이 밤을 보낸 적이 없으니 당연히 어색할 수밖에 없었다. 사실 씻는 것도 살짝 부담스러웠다. 그렇다고 겁 잔뜩 먹은 여자를 혼자 놔두고 따로 방을 잡을 수도 없으니 오늘은 소파에서 자야 할 것 같았다.

"다음 일은 내일 생각하고 오늘은 자자. 침대에서 자, 내가 소파에서 잘게."

"치… 이 넓은 침대 뒀다 뭐하라고요, 그냥 침대에서 자요, 옷 다 입고 자는데 뭐."

하연수가 침대를 팡팡 쳤지만 그는 얼른 일어나 카트를 밀고 복도로 나갔다. 솔직히 같이 누우면 그냥 잠만 잘 자신이 없었다.

"일단 나도 좀 씻자, 이 닦고 잘 준비해."

"넵, 씻어요."

카트를 내놓고 돌아오자 하연수는 욕실 앞 세면대에서 칫솔을 입에 물고 빤히 그를 쳐다보았다. 아직도 물기가 남은 긴 머리에 붉게 달아오른 얼굴, 칫솔에 눌린 볼 한쪽이 불룩하고 치약도 입술에 번진 귀여운 모습인데도 조명 탓인지 감당이 쉽지 않을 정도로 섹시했다. 애써 무시하고 서둘러 욕실로 들어갔다.

씻는 동안, 하연수가 잠들기를 기대했지만 잘 생각은 아예 없는 것 같았다. 욕실 문을 열자마자 은은한 커피향이 코를 자극했고 가벼운 팝음악이 귀청을 때렸다. 큼직한 티셔츠 하나만 입은 하연수는 TV를 마주한 소파에 누워 있었다.

"잠이 안 올 거 같아서요, 커피?"

"좋지."

하연수가 다리를 끌어당겨 내준 발치 쪽으로 앉아 커피 잔을 들었다. 그런데 무릎 위로 하얀 다리가 쑥 밀고 들어왔다.

"헤헤 실례."

다리에 눈길을 주지 않으려고 애쓰면서 TV로 눈을 돌렸다. 그리고 병원에서부터 줄곧 생각했던 이야기를 조심스럽게 꺼냈다.

"휴사는 어떻게 할래?"

"왜요?"

"명백한 증거는 없지만 그 대표라는 놈 상당수 강력범죄에 연루된 것 같다, 위험해."

"그만두라고?"

"그래."

"정규직 된지 겨우 일주일 됐는데? 이거 질투 아님?"

하연수는 그와 눈을 맞추며 하얗게 웃었다. 감당하기 힘들만큼 자극적인 미소, 충동적으로 키스가 하고 싶지만 참았다.

"너무 예쁘게 웃지 마라, 나 힘들다."

"어머? 이젠 대박 멋진 멘트 막 날아오는데?"

"찝쩍거리는 놈 앞에서 그렇게 웃는 것도 금지야."

"진짜 질투네? 근데 나 먹여 살릴 것도 아니면서 강제로 직장까지 때려치우라고 하는 건 오바 아냐?"

"네 생각이 가장 중요하긴 한데… 난 니가 학교로 돌아갔으면 좋겠다, 학비 같은 거 신경 쓰지 말고."

"나 학비 때문에 졸업 미룬 거 아니에요, 스펙 쌓으려고 그런 거야. 이도저도 뜻대로 안 됐지만."

"준비하던 일이 외교관이랬지?"

"네, 5급 시험 세 번 봤는데 다 떨어졌어, 생각보다 어렵더라고요. 어쨌든 목표는 그쪽이니까 다음번에는 눈높이 낮춰서 7급 영사직 볼 생각이에요."

"그럼 지금이라도 그거 준비 시작해, 농담 아니고 진심으로 하는 이야기야. 공무원이라고 갑질하는 미친놈들 없으리라는 보장 없지만 그래도 툭하면 사람 죽어나가는 막장 회사보다는 나을 거 같다."

"음… 나도 생각해봤는데 바로 복학한다고 해도 9월이잖아, 그때까지 두 달 넘게 남는데 그동안 등록금이라도 벌어야죠."

"그 두 달 동안은 우리 사무실 일 도와줘, 학교 다니면서도 시간 날 때마다 사무실 올라와. 파트타임으로 일해서 용돈 벌어."

"에? 사무실에 일 별로 없잖아."

"나름 바빠, 고급인력 데려다 전화 받고 청소 시키는 꼴이라 미안하지만 빵집이나 편의점에서 막일하는 거보다는 나을 거다."

"음… 생각해볼게요, 그런데 난 명석 씨랑 민태 씨한테 민폐 끼치는 거 싫어."

하연수는 잠시 고민하는 척 하더니 거절의 의사를 분명히 했다. 생각해본다고 말은 했지만 답은 정해놓은 것 같았다.

"회사 한 달 채우면 다른 알바 시작했으면 싶어. 이상한 회사인 거 알지만 대표'놈' 그 인간은 나 죽일 생각 없고… 난 궁금한 거 못 참아."

"뭐가 궁금한데?"

"그 인간이 무슨 나쁜 짓을 꾸미는지 알아야겠어요, 계속 다니면서 알아볼게."

"그놈 주변에서 벌써 네 명이나 죽어나갔어, 셋은 그놈이 사주한 것 같고 한 사람은 전문 히트맨에게 당한 거야. 가까이 있어서 좋을 거 없어."

"차명석 여친하려면 그 정도는 감당해야죠."

거침없이 대답한 하연수는 벌떡 일어나 책상다리를 하고 앉더니 그의 눈앞에다 얼굴을 디밀었다.

"말해봐요, 그 여의사가 하는 프로젝트하고 우리 회사가 관련 있죠? 그래서 그만두게 하려는 거지?"

"김동혁이 범죄에 직, 간접적으로 관련된 건 확실해."

"그러니 회사 내부에 우리 편이 있으면 좋잖아, 내가 도울 수 있어요. 그리고… 겨우 일주일 만에 회사 그만두는 건 내 자존심이 허락하질 않아, 어떻게든 한 달 채우고 월급 받아야 그만둘 거니까 더 말하지 마요, 대신 위험하다고 판단되는 일은 절대 안 할게요. 약속해요."

하연수는 속사포처럼 빠르게 자신의 주장을 쏟아냈다. 얼핏 듣기에는 논리적인 것 같은데 꼭 그렇지도 않은 강한 자기주장들, 이번에는 특히 더 심했다. 이의는 절대 용납하지 않겠다는 강력한 의지가 느껴졌다.

언제나 그렇듯 말로 이기는 건 어렵다는 생각에 고개만 가로저었다. 그가 쓰게 웃자 하연수도 배시시 웃었다.

"나 원래 한고집해요. 헤헤."

"그럼 딱 한 달, 위험한 짓은 절대 하지 않는다고 약속해."

"넵, 약속."

"그 후엔 우리 사무실에서 일하는 것도 생각해봐."

"그것도 동의."

"그럼 됐어, 그만 자자."

그가 일어서려 하자 하연수는 얼른 그의 팔짱을 끼고 머리를 기댔다.

"저 노래만 듣고요, 나 지금 편하고 너무 좋아."

TV에서 방영되는 뮤직비디오는 코믹한 컨셉의 남성밴드가 선술집을 배경으로 노래하는 장면이었다. 부드러운 라틴 계통의 음악인데 노래가사가 저절로 미소를 짓게 만들었다.

— …아까는 집에 안 간다고 데낄라 시키돌라캐서, 시키났드만 집에 간다 말이고. 몬 드간다, 몬 간단 말이다. 이 술 우짜고 집에 간단 말이고.

…묵고 가든지 니가 내고 가든지… (장미여관, 봉숙아)

"가사 재밌네, 후후."

"나두 대낄라 사줘, 집에 안 갈게. 후후."

하연수는 농담을 던지면서 그의 무릎을 베고 아예 누워버렸다. 그리고 그를 빤히 올려다보며 윙크를 했다.

"너무 들이대면 매력 없는데."

"그렇게 튕기다가 채일 수도 있어요, 아재요."

"아재?"

그가 인상을 썼지만 하연수는 신경도 쓰지 않고 TV 쪽으로 돌아눕더니 그의 무릎을 두드리면서 깔깔대고 웃었다. 이어지는 노래가사 때문이었다.

— … 저기서 술만 깨고 가자, 딱 30분만 셔따 가자, 아줌마 저희 술만 깨고 갈게요.

… 몬 드간다, 몬 간단 말이다. 이 술 우짜고 집에 간단 말이고….

흘러내린 하연수의 머리칼을 정리하면서 뺨을 만지작거렸다. 느낌이 좋았다. 여자의 뺨을 만져본 적이 언제였나 생각도 잘 나지 않지만 비교 대상을 떠올리기 어려울 만큼 부드럽고 탄력이 넘쳤다.

정리한 머리를 조심스럽게 쓰다듬으며 시계를 올려다보았다. 벌써 밤 11시가 훌쩍 넘어간 시간, TV는 여자 솔로가수의 발라드 영상으로 바뀌어 있었다.

그런데 쌕쌕 규칙적인 숨소리가 들렸다. 그 잠깐 사이에 누가 업어가도 모를 만큼 깊이 잠이 든 것, 엄청나게 긴 하루를 보냈으니 충분히 이해가 갔다. 사실 지금까지 버틴 것만도 기특했다. 조금 더 기다려 노래 한 곡이 더 끝날 무렵 살짝 머리를 들고 몸을 빼냈다.

'하여간 겁 없어, 후후.'

조심스럽게 안아들고 침대로 옮겨서 눕혔다. 좋아하는 남자랑 처음으로 한 방에서 밤을 보내면서 잠이 오나 싶었지만 기분은 나쁘지 않았다. 부모의 심정이 이런 건가 싶어 입에 미소도 걸렸다. 헝클어진 머리카락을 정리해주고 이불까지 덮어준 뒤, 이마에 가볍게 키스하고 소파로 돌아왔다.

이제 강민태 김석진 두 사람과 머리를 맞댈 시간, 머릿속이 꽤나 복잡해서 정리하려면 시간이 제법 걸릴 것 같았다.

코드레드

오영일은 예상 외로 다음날인 일요일 오전에 전화를 했다. 그리고 이상하다 싶을 정도로 간단한 질문 몇 가지만 더 하고 진술서에 서명을 받았다. 쟝의 가족들 연락처도 묻지 않았고 차명석의 알리바이에 대해서도 묻지 않았다. 최소한 질문도 한두 마디쯤은 나올 걸로 생각했는데 그마저도 전혀 없었다.

"한 번 읽어보시고 서명하시죠. 수고하셨습니다."

하연수는 나름 꼼꼼하게 진술서를 읽어보고 지장을 찍었다. 딱히 수정하고 싶은 부분은 없었다. 마지막으로 간단한 인사말이 오간 뒤, 범인의 윤곽이 나왔냐고 넌지시 물어봤지만 대답은 애매했다.

'정황을 보면 조폭들 간의 싸움에 휘말린 것 같은데 이런 사건은 범행 동기를 특정할 수 없어서 범위를 좁히기가 어렵다', '장기선으로 살 것 같다' 정도가 전부였다.

"잠깐 기다리시면 몽타쥬 전문가가 올 겁니다, 완성되면 서울 올라가셔도 됩니다."

"그럼 수고하세요."

5분쯤 뒤에 전문가와 만나 몽타쥬 그리는 걸 도운 뒤, 곧바로 경찰서를 나섰다.

집으로 돌아가는 발걸음은 가벼웠다. 해결된 건 하나도 없지만 일단 부담스런 경찰서를 벗어났다는 사실만으로도 기분은 좋았다. 곧장 부산역으로 건너가 KTX를 잡아타고 서울로 올라왔다.

김해공항으로 이동해서 비행기를 타고 또다시 김포에서 시내로 들어오는 시간을 생각하면 그냥 KTX를 타고 한방에 서울역으로 가는 시간이나 마찬가지라고 우겨서 기차를 탄 것, 물론 다른 이유도 없지는 않았다.

"사실은 좁은 비행기 안에서 시달리고 싶지 않아요, 솔직히 쬐금 무서웠거든, 갈 때 너무 고생해서."

곧 서울역에 도착한다는 방송이 나온 뒤에야 이실직고한 뒤 안심이 된다는 말도 덧붙였다. 차명석은 그냥 웃기만 했다.

"바로 회사에 들어갈게요, 대표'놈'이 얼굴 보고 가라네여."

"말조심하고 위험한 짓은 절대 하지 마, 누누이 이야기하지만 넌 그냥 겁먹은 시골처녀야. 알지?"

"알아요, 내가 앤가 뭐?"

"전화는 24시간 항상 켜두고 조금이라도 이상한 일 생기면 바로 전화해."

"넵, 걱정 그만 하셔요. 시어머니."

허튼 농담을 주고받는 사이 역사로 들어선 열차는 빠르게 속도를 줄였다.

─이번 정차할 역은 이 열차의 종착역인 서울역, 서울역입니다. 잊으신 물건 없이 안녕히 돌아가십시오. 이번 역은 이 열차의….

"내리자, 데려다줄게."

서울역 지하를 꽉 채운 인파 속에 들어서자 그럭저럭 안심이 됐다. 부산은 아쉽지만 기억하고 싶지 않은 도시 리스트에 올라갈 것 같았다.

하연수는 심호흡을 몇 번 크게 한 다음, 회전문을 밀었다. 그런데 걱정과는 달리 로비를 다 통과할 때까지도 아무도 그녀에 대해 신경 쓰지 않았다. 캐리어 가방을 끌고 있어서 시선을 끌 만한 상황인데도 눈을 주는 사람은 없었다. 엘리베이터에서 내려 비서실에 들어서도 마찬가지였다.

사무실을 가로질러 자신의 자리에 앉고 나서야 옆자리 담당대리가 아는 척을 했다.

"어, 하연수 씨, 수고했어. 내일까지 출장으로 처리했는데 벌써 왔네?"

일요일인데도 비서실은 상당수 직원이 출근해서 김동혁의 눈치를 보는 것 같았다.

"대표님이 나왔다가 가라고 하셔서요."

"그럼 들어가 봐요, 금방 오셨어."

"회사는 별일 없었어요?"

"조용해, 우리만 괜히 출근하는 거지 뭐. 근데 자금부는 전원 비상대기더라."

"자금부가 왜요?"

"거기 동기 놈 이야기로는 대규모 차입을 준비한다는데 1,000억 이상이라네, 소문 파다했었는데 진짜 같다."

"회사 자금사정이 안 좋은가요?"

"그럴 일 없어, 아마 신규사업 준비하는 걸 거야, 오늘 대표님 긴급지시로 토미투스타졸 대규모 발주 나갔고 어제부터 기획실 TFT 출입금지더라."

"토미투스타졸…이 뭐에요?"

"작년 말에 에보티스가 출시한 신약이야, 호흡기 인플루엔자 치료제라 국내시판은 어려울 걸로 알고 있는데 보건복지부가 국가비상사태를 대비해서 비축하는 물량을 우리가 수주한 거 같다더라."

"아… 네."

"들어가 봐, 늦었다고 깨지지 말고. 후후."

"네, 감사합니다."

서둘러 대표이사 명패가 붙은 거창한 문 앞으로 건너갔다. 앞에서 일단 옷매무새를 고친 다음, 살짝 노크를 했다.

"들어와."

김동혁은 크고 고급스런 검은색 나무책상에 걸터앉아 결재판을 들여다보고 있었다. 그녀가 들어섰는데도 눈길도 주지 않았다. 작위적인 냄새가 심하게 났지만 모르는 척하고 책상 앞으로 다가서 인사를 건넸다.

"다녀왔습니다, 대표님."

김동혁의 눈이 돌아왔다. 그리고 그녀를 아래위로 한 번 훑어보더니 턱을 당기면서 목에 힘을 줬다.

"수고했어, 척 보니 다친 데는 없는 거 같고⋯ 현지경찰은 뭐라던가? 지사장 통해서 대충 보고받았는데 직접 가까이서 겪은 사람이 제일 정확하겠지."

"조직폭력배들 싸움에 휘말린 것 같다고 했습니다, 수사가 지지부진해서 장기전이 될 것 같다고도 했고요."

"내가 거기 있어야 했는데⋯ 안타까운 일이야."

"가족과는 연락이 됐나요?"

"쟝의 매니저에게 연락했고 수습도 그쪽에서 할 거야, 자넨 잊어버리고 회사 일에 전념하도록 해."

"알겠습니다."

목례를 하고 나가려고 하는데 김동혁이 난데없는 질문을 날렸다.

"남자친구는 섹스 잘하나?"

"네?"

"내 돈으로 내 여자 섹스파티 시켜준 꼴이라 기분 더러워서 하는 이야기야."

기가 막혀서 말도 나오지 않았다. 미간 잔뜩 좁히고 노려보자 김동혁이 결재판을 책상에다 쩍 소리가 나도록 내던졌다.

"회사일로 간 출장에 누가 남자친구 불러서 데리고 다니나? 이게 말이 돼?"

결재판 소리에 놀라 일순 목을 움츠렸지만 이내 마음을 다잡았다.

"비상사태였습니다, 살인사건이 났고 누구라도 필요했습니다."

"회사일은 회사가 처리하는 거야, 회사에 연락을 했어야지 다른 놈을 왜 불러들여?"

"경황이 없었습니다."

"말 같지 않은 소리 하지 말고 들어! 신입이니 더는 이야기하지 않겠다, 앞으로는 공사 구분하도록 해."

"네."

"그리고 넌 내 꺼야, 몸 함부로 내돌리지 마."

"네?"

김동혁은 다시 그녀를 위아래로 훑어보며 웃었다. 등골이 오싹할 정도로 섬뜩한 미소, 의미는 뻔했고 소름끼치게 불쾌했다.

"세상엔 뜻대로 안 되는 일도 많습니다."

"뭐?"

"우리 같은 흑수저들은 잘 아는데 대표님께서는 잘 모르시나 봅니다."

"야, 니 남친이랑 헤어지라고 하는 이야기가 아니잖아. 가끔씩 즐기는 원나잇이 뭐가 문제야? 넌 그걸로 큰소리치면서 회사생활 할 수 있고 난 새롭게 충전할 수 있고, 너나 나나 '윈윈'이잖아."

"퇴근하겠습니다."

무시하고 돌아서버렸다. 그런데 뒤통수에 독설이 작렬했다.

"아 씨발, 독하게 건방진 년이네. 너 맘에 들긴 한데 그거 이상 아냐, 아무 때나 뻗대지 마라. 그냥 자빠뜨릴 수도 있으니까."

겁도 나고 당장 때려치우고 싶었다. 그러나 이를 악물고 참았다. 이 정도도 참지 못하면 떳떳하게 차명석의 얼굴을 보지 못할 것 같았다.

차명석은 은행을 나서면서 김석진의 전화를 받았다.

—암스테르담 스키폴공항을 경유해서 5월 30일 인천에 도착하는 항공편은 모두 다섯 편인데 그중 두 편은 화물기고 나머지 세 편은 여객기임. 토요일 오후부터 현재까지 새로 예약한 사람은 전부 27명, 그중 한국인은 16명, 중국인 둘, 사우디아라비아인 둘, 스위스인 둘, 독일인 하나, 영국인 셋, 모로코인 한 명이야. 딱히 의심할 만한 사람은 없어.

"화물기도 토요일 오후부터 새로 예약된 화물 찾아봐, 화주가 KC계열사인 물건 없나."

—벌써 찾아봤어, KC계열사 물건은 없었어.

"젠장, 남은 게 없네."

—모니터링할게, 하루 한 번 업데이트하면 되지?

"부탁해."

—글고 그 쟝 드니 어쩌고 하는 사람 위조여권들 말이야.

"나온 거 있냐?"

—꽝이야, 프랑스하고 미국 여권인데 둘 다 현지 시골에 사는 사람들

이름임. 해외여행을 할 이유가 없는 사람들이고 깨끗해. 전문가 솜씨로 판단.

"수고했다, 계속 뒤져봐. 나오는 거 있으면 바로 연락하고."

—넵.

지나가는 택시를 잡아타고 김윤서와 약속을 잡고 경신의료원으로 이동했다. 쟝의 가방은 가명 대여금고를 하나 더 빌려 곱게 모셔뒀으니 당분간 잊어버려도 될 터, 이제부터 본격적으로 김윤서와 김동혁 주변을 파볼 생각이었다.

그런데 택시에서 내리자마자 최악의 장면을 목격해야 했다. 대로 건너편으로 김윤서가 보였는데 정복 경찰관 두 사람이 앞을 가로막고 있었다. 바로 옆에는 경찰로고가 그려진 경광등 달린 밴도 서 있었다. 분위기가 심상치 않았다.

경찰관 하나가 뭔가 말했고 김윤서는 긴장한 표정으로 경호원으로 보이는 친구의 뒤로 한 발 물러섰다. 경찰관의 입 모양으로 봐서는 임의동행 어쩌고 하는 단어들이었다.

'뭐지?'

당장 길을 건너기는 어려웠다. 대로인데다 막 신호를 받은 차량들이 속도를 높이며 눈앞을 통과하고 있어서였다. 그런데 김윤서의 옆에 서 있던 경찰관이 스턴건을 뽑는 것 같았다.

'응?'

더구나 경찰관이 뽑은 스턴건은 정복경찰에게 지급되는 정품이 아니었다. 진짜 경찰이 아니라는 판단, 차명석은 악을 쓰면서 무조건 차도로 뛰어들었다.

"김윤서 박사! 피해!"

그러나 경찰관은 스턴건을 뽑는 즉시 쏴버렸고 경호원은 그대로 뒤로 넘어갔다. 다른 놈은 순간적으로 김윤서의 목을 틀어잡으며 수건 같은 천으로 입을 막았다. 놈들은 삽시간에 늘어져버린 김윤서를 마치 연습이라도 한 것처럼 깔끔하게 밴으로 밀어넣고 출발했다.

끼이이익!

급제동하는 승용차의 엔진후드를 타넘으며 어렵게 인도로 올라섰으나 밴을 추격하는 건 불가능했다. 번호판을 외우면서 김석진에게 전화를 걸었다.

"번호판 27타X576, 경찰로고 있는 밴이다, 병원 앞 대로에서 김윤서 박사 납치해서 태릉역 방향으로 도주 중, 추격한다. 찾아."

—에? 알았어!

다음 신호에 걸리라고 기도하면서 필사적으로 뛰기 시작했다. 그러나 밴은 신호에 걸리자 즉시 우회전해버렸다. 코너에 도착했을 때는 이미 밴이 보이지 않았다.

"제기랄!"

포기하고 자신의 차를 세워둔 골목을 향해 전력으로 달렸다. 김석진의 능력을 믿어보는 수밖에 없었다.

"첫 번째 4거리에서 우회전했다, 찾았어?"

—아직, 1분만 더 줘.

"빨리!"

차를 빼내 대로로 나오는 데까지 4분 남짓, 너무 늦었다는 생각은 했지만 포기할 수는 없었다. 일단 태릉역 방향으로 밟았다.

"어디냐?"

—동부간선도로 올라갔어! 현재 월릉 통과, 북상 중!

"알았다, 계속 따라가."

중화역 직전에 동부간선도로로 진입해서 무작정 밟았다. 그러나 거리를 좁히는 건 어려웠다. 차량이 워낙 많아서 속도를 놓을 수가 없었다. 수십 대를 추월했지만 경광등은 보이지 않았다.

—상계교 교차로 근처에서 놓쳤어! 메트로 차량기지 지난 직후에 사라졌는데 주변도로 CCTV에 없어! 계속 찾아볼게!

"젠장!"

메트로 차량기지를 지나자마자 교차로에서 방향을 고민하다가 좌회전을 선택했다. 오른쪽은 대형 아파트 단지라 숨을 곳이 별로 없다는 판단이었다. 그러나 좌회전을 한 뒤에도 경광등은 찾을 수 없었다. 한 블록을 더 지나갈 무렵, 김석진이 맥빠진 목소리로 말했다.

—근처 어딘가에 멈췄어, 주변 CCTV 어디에도 없다는 건 세웠다는 거야.

"찾아볼게."

곧장 유턴해서 교차로까지 천천히 몇 번을 왔다 갔다 했지만 밴은 찾을 수 없었다.

'젠장!'

순간, 주머니의 전화기가 부르르 떨었다. 번호는 표시되지 않았다. 전화를 받고 잠시 기다리자 저쪽에서 먼저 입을 열었다.

—바쁜가, 헌터?

듣고 싶지 않은 목소리, 이재준이었다. 얼른 녹음을 누르고 말을 받았다.

"당신 짓입니까?"

—뭐가?

"이런 타이밍에 전화를 걸고 오리발입니까?"

—하하, 그렇게 되나? 어쨌든 난 아냐.

"당신 아니면 누구죠? 서울 바닥 백주대낮에 경찰정복 입고 사람을 납치할 만큼의 힘과 배짱을 가진 조직은 회사밖에 없습니다."

—회사는 오로지 국가를 보위하기 위해 존재해, 벌써 잊었나?

"당신이 그렇다는 뜻은 아닌 거 같은데요?"

—가끔씩 은퇴를 준비하는 건 인정하지, 하하. 그래도 대전제는 같아.

"당신 짓이 아니라는 겁니까?"

—물론이야, 누가 어디로 데려갔는지는 알지.

"원하는 게 뭡니까?"

—눈치도 여전히 빠르시네, 후후.

"말씀하시죠."

—쿠펙.

　"쿠펙? 그게 누구죠?"

　—모르는 척 할 필요 없어, 자네 여친 탐내던 그놈 맞아.

　"내 친구 먼저."

　—이거 국가안보에 지대한 영향을 미치는 사안이야.

　"높은 놈들 안위에 영향을 미치는 사안이겠죠, 아니면 당신 돈벌이거나."

　—너무 뻐딱하게 나가지 말자고, 애당초 국가관 문제를 비롯해 애국심과 책임감 결핍으로 잘린 자네들에게 그런 걸 기대하지는 않지만 최소한의 예의는 지키는 게 좋아. 그래야 딜도 되고 대화도 되는 거야.

　"자신의 이익이 곧 국가의 이익이라고 착각하는 인간들은 국가관과 애국심이 충만한 겁니까?"

　—그놈의 개똥철학 여전하구만, 자네 그거 아나? 재산 축적도 인간이 추구하는 여러 즐거움 중 중요한 하나야, 사회적 권위와 힘을 가진 사람에게 약간의 금전적 이익이 발생하는 것도 아주 자연스런 일이고.

　"사람들은 그런 걸 부패라고 표현하던데?"

　—부패? 누가 손가락질할 수 있을까, 자네? 자네가 그런 자리에 있으면 가만히 있어도 손에 떨어지는 이권을 챙기지 않을 거라고 자신할 수 있나?

　"누가 그러더군요, 살다보면 돈보다 큰 즐거움도 많고 그걸 찾은 사람들에게는 부패가 스며들 틈이 없다고."

　—자네도 나이가 들면 내 말이 이해될 때가 있을 거야, 후후. 오늘은

그냥 자네 친구 이야기나 하지, 그 친구 있는 곳을 알려주면 쿠펙을 데려오겠다는 말 믿어도 되나?

"뱉은 말에 책임은 집니다."

—좋아, 그럼 말해주지. 사실 어차피 쿠펙은 만나게 될 거였어, 시간이 좀 걸릴 것 같아서 언질해주는 것뿐이니까.

"쿠펙이 납치한 겁니까?"

—관련은 있겠지? 지금 범인하고 같이 질펀하게 노는 형편이고 패키지가 그쪽으로 가고 있으니까.

"누굽니까?"

—진성파 하부조직이지만 정예야, 조심해야 될 걸세.

그는 진성파 보스 장두익의 기름진 얼굴을 떠올렸다. 노회한 여우라는 표현이 가장 잘 어울리는 인물, 자신에 대해서도 비교적 잘 아는 작자였다.

'뭐지?'

어딘가 어색했다. 그가 아는 장두익이라면 자신의 지인에게 함부로 손을 대지는 않을 것 같았다.

"장두익 그럴 형편 아닐 텐데 왜 움직였죠?"

—장두익이 아냐, 남춘만이지. 제니스 호텔 부사장.

"남춘만이 쿠펙과 왜 어울린다는 겁니까?"

남춘만이 범죄조직을 거느리고 있다는 건 주지의 사실이었나. 그러나 남춘만은 그저 여자나 밝히는 망나니였다. 그런 놈이 에보티스 같은 거

대 다국적제약사와 선을 댈만한 사연은 없을 것 같았다.

　―둘 다 무슨 1퍼센트 부자들만 가입할 수 있는 프라이빗 클럽 멤버 같던데? 속사정은 잘 모르고… 구체적인 이유는 자네가 직접 알아봐.

　"회사가 개입하지 않는 이유는 뭡니까? 쿠펙이 산업스파이라면 체포해서 수사에 들어가는 게 가장 확실할 텐데?"

　―쿠펙은 엄연히 해외의 초대형 다국적기업 간부야, 테러리스트나 산업스파이라는 증거도 없어. 그런데 어떻게 손을 대? 방법이 없잖아? 남춘만의 경우는? 그것도 곤란해, 간첩이나 된다면 모를까 멀쩡한 사업가인데 내국인을 우리가 어떻게 건드려? 둘 다 우리 권한 밖이야, 후후.

　"핑계만 그럴듯하군요, 언제부터 권한을 따졌죠?"

　―정권교체기에는 몸 사리는 게 최선이거든, 후후. 어쨌거나 상대는 장두익의 왼팔이라고 할 수 있는 '양대성'이란 놈이 데리고 있는 선봉 행동부대니까 만만치 않을 거야. 마약부터 인신매매까지 손 안 대는 것이 없는 진짜 쓰레기들이라 몇 놈 죽어나가도 자네가 덤터기 쓸 일 없어. 무기 사용해도 돼, 쿠펙만 사지 멀쩡하게 데려와.

　"일 시끄러워지면 덮어씌우겠다는 소리로 들리는군요, 쿠펙의 혐의는 뭡니까?"

　―내 입장 알면서 왜 이러시나, 후후. 쿠펙은 요 며칠 남춘만 소유의 개인별장에서 그놈이 붙여준 여자들하고 질펀하게 놀고 있다네. 데려오게, 이틀 주지.

　"내 친구도 그 별장이라는 데로 데려간 겁니까?"

— 거기서 가까운 모텔 공사장으로 간다고 보고하더군, 경춘국도에서 산으로 좀 올라가야 나오는 그림 같은 별장이야.

"모텔 공사장 주소도 압니까?"

— 같이 보내주지, 시공사가 파산해서 공사가 중단됐더군. 그리고… 목표 확보하면 이 번호로 전화해, 인수할 장소를 지정해주지.

대답하지 않고 전화를 끊었다. 한가하게 농담 따먹기 할 시간은 없었다. 운이 좋으면 도착하기 전에 잡을 수도 있다는 생각, 경춘국도로 방향을 잡고 무조건 밟았다.

김윤서는 지독한 악취에 정신을 차렸다. 수십 개의 바늘로 코를 마구 찌르는 것 같은 냄새였다. 누군가 칠판 긁는 것 같은 목소리를 냈다.

"어이! 이년 깼어!"

이어 삐그덕 소리가 났다. 무거운 눈꺼풀을 억지로 들어올렸다. 어두웠다. 손발을 움직여봤지만 꼼짝도 하지 않았다. 묶이지는 않은 것 같은데 도무지 힘이 들어가질 않았다. 한참 용을 쓰다가 겨우 팔을 움직여 상체를 틀었다. 다음은 다리, 엄청나게 저렸지만 끌어당길 수는 있었다. 몇 번 버둥거리다가 어렵게 상체를 일으켰다.

'윽!'

머리가 깨지는 것처럼 아팠다. 이마를 잡으면서 주변을 살폈다. 아무

것도 없고 어두웠다. 바닥은 차고 딱딱했으며 껄끄러웠다. 느낌상 마른 콘크리트 같았다.

'어디지?'

경찰관들이 앞을 가로막은 것까지는 기억이 났다. 몇 마디 대화도 생각났고 경호원이 쓰러지는 장면도 어렴풋이 기억났다. 그러나 그 뒤는 깨끗이 비어 있었다.

'납치당한 건가?'

어렵게 발을 바닥에 댔다. 납치되는 와중에 신발 한쪽을 잃어버려서 콘크리트가 맨발을 찔렀다. 일어나 창문처럼 정사각형 구멍이 난 벽으로 발을 떼는 순간, 계단을 올라오는 발자국 소리가 났다. 그리고 눈부신 빛이 그녀의 얼굴을 가리켰다. 손으로 눈을 가리면서 고개를 돌렸다.

"이 여자야?"

"네, 형님."

두 사람인데 목소리는 대략 30대나 40대 정도였다. 어두운데다 모자까지 써서 둘의 진면목을 알아볼 수는 없었다. 한 놈이 몇 발 더 다가섰다.

"병신 새끼들, 이런 거 하나도 해결 못해서 이 난리야. 그거나 줘."

부하로 보이는 놈의 체격은 크지 않았다. 길게 대각선으로 난 흉터가 턱까지 이어져 있어서 인상이 엄청나게 사나웠다.

"저녁이다."

사무적으로 대답한 사내가 작은 종이가방 하나를 침대에 던졌다. 햄버거 같은 패스트푸드인 듯했다. 명령을 내린 사내의 주머니에서 전화

벨이 울렸다. 번호를 확인한 사내가 급히 손가락 하나를 세워 입으로 가져갔다.

"회장님이다."

사내는 전화를 받자마자 움찔하면서 전화기를 귀에서 뗐다. 상대가 워낙 크게 고함을 질러서 김윤서의 귀에도 다 들렸다.

—야! 망치! 이 미친 새끼야! 너 오늘 뭐했어?

"네?"

—뭘 건드렸는지 알기는 해?

"무슨 말씀이신지…."

—즉시 아이들 집합시키고 경비 강화해, 뒈지지 않으려면.

"네?"

—내가 컨택은 해보겠지만 어디로 튈지 모르는 놈이다. 그 여자 곱게 모셔놓고 내가 끝이라고 하기 전에는 거기서 나오지 마.

"저기… 죄송합니다만… 이유를 물어봐도 되겠습니까?"

—헌터를 건드렸어.

"헌터라면… 옛날에 그…."

—그래.

"이 여자랑 헌터가 무슨 상관이라도 있습니까?"

—주둥이 닥쳐, 새끼야. 니가 상대할 수 있는 놈이 아니니까 애들 전부 모으고 숨도 쉬지 말고 처박혀 있어.

"그래도…."

망치라고 불린 놈이 뭔가 이야기를 더하려 했지만 전화는 그냥 끊어 져버렸다. 놈은 오만상을 찌푸리며 전화기를 뒷주머니에 쑤셔넣었다.

"씨팔, 노인네 돌았나, 그 새끼가 뭐라고 이 난리야?"

뒤에 있던 사내가 떨리는 목소리를 냈다.

"큰형님들이 저… 전설처럼 말씀하시는 그 헌터 말입니까? 100 대 1?"

"무슨 말 같지 않은 소리야, 터미네이터냐? 100대 1이 말이 돼?"

"큰형님들은 꽤 구체적으로 말씀하시던데요."

"노인네들 하는 이야기 다 믿지 마, 뻥이 99퍼센트다."

"그럼… 아이들 소집하지 말까요?"

"회장님 명령인데 하긴 해야지, 씨팔. 태진이 아이들 지금 여기로 모 이라고 통보하고 명섭이한테 저 여자네 집 감시하라고 해."

"예, 형님."

"근데 이년 정체가 뭐야?"

돌아온 망치의 사나운 눈빛을 필사적으로 받아냈다. 겁은 많이 났지 만 약한 모습을 보이기는 싫었다. 놈이 다시 물었다.

"야, 너 헌터랑 무슨 사이야?"

"당신 누구예요? 나한테 왜 이러죠?"

"묻는 말에 대답이나 해, 헌터랑 무슨 관계냐고?"

"그런 사람 몰라요."

"몰라? 그런데 왜 이 난리야?"

"내가 어떻게 알아요? 당신들 누가 고용한 거예요?"

분명 내일로 계획된 HAG 임상실험 결과 공개세미나 때문일 것 같았다. 그런데 망치는 그녀를 쳐다보지도 않고 섬뜩한 이야기를 서슴없이 내뱉었다.

"니미, 이거 묻어버리는 게 낫지 않나? 왜 건드리지 말라는 거야?"

"형님, 헌터가 큰형님들 말대로 진짜배기라면 죽였다간 일 심각해집니다."

"씨발, 까는 소리 하지 마. 우리가 먼저 치면 돼."

"하지만….'"

"씨발 좆같네, 일단 애들 더 내려오라고 해."

"네, 형님."

"가자."

"예!"

망치가 나간 뒤, 김윤서는 서둘러 창가로 건너가 커튼을 열었다. 최소한 여기가 어딘지는 알아야 했다.

창밖은 울창한 숲이었다. 그녀가 감금된 방은 3층이나 4층인데 멀리서 들리는 자동차 방사소음으로 보아 큰 도로에서 가까운 건물 공사장 같았다. 해는 벌써 산을 넘어가 어둑한 시간, 납치된지 최소 대여섯 시간은 지난 셈이었다.

'얼마나 지났을까?'

시간을 확인하고 싶었지만 휴대전화도 어디 갔는지 없었다. 포기하고 창가에 기대앉아 놈들이 남겨두고 간 종이가방을 물끄러미 쳐다보았다.

'내가 납치된 걸 알까?'

지금으로선 로펌에서 소개해준 사립탐정이 유일한 희망이었다. 약속 시간이 지났는데 그녀가 나타나지 않았고 연락까지 두절이니 심각한 문제가 발생했다는 건 당연히 감지했을 터였다.

'그 사람이 헌터라면 정말 좋겠는데….'

누군지는 모르지만 조직폭력배들이 전설을 찾을 정도로 두려워하는 인물이라면 그만큼 그녀가 살아남을 가능성이 높아졌다. 희망이 아주 없지는 않았다.

별장으로 돌아온 양대성은 자신의 사무실로 꾸며놓은 방 책상 위에다 자동차 키를 던져놓았다.

'젠장.'

기분이 더러웠다. 여자 하나 납치했다가 다음날 저녁 때 풀어주면 끝나는 간단한 작업이 엉뚱한 자리에서 꼬여버린 셈, 제법 큰돈을 받기로 했지만 내 손에 들어올 때까지는 남의 돈이고 당장은 헌터의 습격을 걱정해야 할 처지였다. 소파에 앉으려는데 노크 소리가 들렸다.

똑똑.

"들어와."

방으로 들어온 얼굴은 쿠펙이었다. 늘씬한 몸매를 모두 드러낸 하이 레그 비키니 차림의 여자 둘을 양쪽에 낀 채였다. 뒤따라 꼬맹이 하나가 들어섰다. 어렸을 때 필리핀에서 살던 놈을 붙여놨는데 부실한 영어지만 그럭저럭 의사소통은 됐다. 녀석이 쿠펙의 말을 재빨리 통역했다.

"그 여자 상태 어떠냐고 묻는데요?"

"멀쩡하다고 전해."

말을 전해들은 쿠펙이 껄껄 웃으면서 건너편에 앉았다. 그리고 양쪽에 앉힌 여자들의 허벅지에 손을 올렸다.

"이 년들 아주 마음에 들어, 조이는 맛이 최고더군."

뒤로 돌아간 꼬맹이가 통역을 하기 위해 입을 여는 순간, 밖에 세워둔 부하가 다급하게 뛰어들어왔다.

"형님!"

"뭐냐?"

"저기 공사장에 침입…."

녀석은 말을 끝내지 못했다. 테라스 데크로 연결된 전면유리가 통째로 깨져나갔기 때문이었다. 다음 순간, 무시무시한 섬광이 작렬했다.

쩡!

"윽!"

순간적으로 앞이 새카맣게 변해버렸다. 영화에서나 보던 섬광탄 같았다.

'경찰?'

폭음 때문에 귀청도 나간 느낌, 엉거주춤 소파에서 엉덩이를 뗐지만 중심을 잡기도 어려웠다. 아주 멀리서 누군가 고함을 지르는 것 같았다.

그리고 빠른 발자국 소리가 났다.

"누구… 큭!"

숨이 턱 막혔다. 명치에 강력한 펀치가 날아든 것, 그리고 망치로 내리친 것 같은 엄청난 통증이 무릎에 작렬했다.

반대로 꺾여버린 무릎을 잡고 털썩 주저앉아버렸다. 비명도 지르지 못했다. 이대로 죽는 건가 싶을 정도로 엄청나게 고통스러웠다.

"끄륵….."

연속된 타격음과 새된 비명이 줄줄이 이어졌다. 비스듬히 소파를 잡고 필사적으로 숨을 쉬려 했으나 호흡은 쉽게 돌아오지 않았다. 대신 안면 한복판으로 강력한 발길질이 날아왔다. 기억은 그걸로 끝이었다.

"목표는?"

차명석은 차를 세우자마자 창문을 내리고 질문부터 날렸다.

"트렁크."

강민태는 단답형으로 대답했다. 살짝 상기된 얼굴이라 너무 심하게 팬 거 아닌가 걱정이 됐다. 강민태의 얼굴이 저런 날은 대부분 결과가 비슷했다. 보나마나 심하게 다뤘을 가능성이 높았다.

"작살냈냐?"

강민태는 대답을 건너뛰고 말을 돌렸다.

"김 박사는 괜찮아?"

"보시다시피."

김윤서는 그의 차 뒷자리에 앉아 오들오들 떨고 있었다. 험악한 장면을 봤으니 그럴 만도 했다. 맨발이지만 다친 곳은 없었다.

"저쪽으로 타시죠, 이 차는 버리겠습니다."

"네."

강민태가 운전하는 차로 전부 옮겨타고 즉각 서울로 방향을 잡았다.

"밟아, 똘마니들 따라붙으면 골치 아프다."

"용마산?"

"아니, 병원으로. 이 자식은 가까운 데서 몇 마디 물어보고 끝내자."

"알았어."

이재준이 쿠펙을 원하는 이유가 궁금했다. 경춘국도로 올라선 소나타가 속도를 끌어올리자 심리적으로 안정이 됐는지 김윤서가 그를 돌아보며 고개를 숙였다.

"고맙습니다, 어떻게 감사를 드려야 할지 모르겠네요."

"저와 제 친구 얼굴은 못 본 걸로 해주십시오, 그거면 됩니다."

"꼭 그럴게요."

"병원 도착하시면 내일 세미나 시간까지 경호팀하고 같이 있으셔야 합니다."

"저기… 혹시… 정말 죄송한데… 오늘 두 분하고 같이 있으면 안 될까요? 세미나가 10시니까 아침에 병원으로 데려다주시면….."

김윤서는 말끝을 흐렸다. 두 사람과 같이 있는 편이 가장 안전하다고 생각하는 모양이었다.

"경호팀하고 같이 있는 게 더 안전합니다, 우리도 노출된 상태라 위험합니다."

"네? 노출이라뇨?"

"큰 조직들이 움직이고 있습니다, 우린 그 사람들 레이더에 잡혔고요. 그 정도만 알고 계십시오, 더는 모르시는 편이 낫습니다."

"네?"

"일단 병원 도착하시면 즉시 경찰에 신고하시고 동원할 수 있는 경호원 전부를 동원해서 같이 움직이십쇼."

"알았어요."

두 사람이 이야기를 나누는 사이 차는 마석 인근을 통과했다. 현장에서 꽤 멀어졌다는 판단으로 운전하는 강민태의 어깨를 두드렸다.

"오케이."

강민태는 조금 더 진행하다가 대로를 빠져나와 후미진 이면도로로 들어섰다. 주변 인가와도 거리가 멀어서 비명을 질러도 듣지 못할 것 같은 자리에 차를 세웠다.

"넌 음악 좀 틀고 기다려."

"빨리 해결해."

트렁크를 열고 쿠펙의 상태를 살폈다. 워낙 심하게 얻어맞아서 얼굴을 알아보기 힘들 정도였다. 팔다리도 몇 군데 부러져서 손을 대기만 해도 입에 채운 재갈 속에서 억억대며 비명을 질렀다.

"새끼, 살살 좀 하지."

일단 재갈을 풀어주고 비명을 토해내는 입을 천식흡입기로 막아버렸다. 몇 초 기다리지 비명은 잦아들었다. 스코폴라민이 효과를 내기 시작한 것, 조금 더 기다렸다가 쿠펙의 뺨을 툭 때렸다. 입안의 피를 게워낸 쿠펙이 터진 입술을 어렵게 움직였다.

"병원 좀 데려다줘, 병원."

"몇 가지 물어보고 데려다 주지, HAG 임상실험 발표를 막으려는 이유가 뭐냐?"

"경쟁사 좋아하는 회사도 있나? 양산을 늦추면 그만큼 버는 거야, 흐흐."

"몇 푼 더 벌겠다고 사람을 죽이고 납치까지 한 거야?"

"몇 푼이 아냐, 엄청난 거액이 될 거다."

"어떻게?"

"본사와 KC케미컬이 수의계약을 체결했어, 꽤 크다고 알고 있다."

"무슨 계약?"

"내가 어떻게 알아? 몇 십억 달러가 오가는 계약은 지들끼리 숨어서 하는 거야, 우리 같은 총알받이들은 시키는 짓만 하는 거고."

"5월 30일 비행기로 누가 들어오지?"

"5월 30일? 뭔 소리야?"

"암스텔담 발 인천."

"처음 듣는 소리야."

"쟝 드니는 누굴 위해 일하지?"

"누구? 난 그런 사람 몰라."

쿠펙은 쟝에 대해서도, 5월 30일에 대해서도 전혀 몰랐다. 계속해서 몇 가지를 더 물었지만 쓸 만한 답은 전혀 나오지 않았다. 대신 주머니 속의 전화가 떨었다. 번호는 막혀 있었다. 이재준이라는 생각을 하면서 전화를 받고 녹음을 눌렀다.

"뭡니까?"

―생각보다 더 빠르군.

"무슨 뜻이죠?"

―진성파 아이들이 모이기도 전에 선빵을 날렸잖아, 괜히 귀띔해준 꼴이 됐는데?

"장두익과 싸움이라도 붙일 생각이었습니까?"

―쓸데없는 일에 관심 가질 시간만 없애자는 뜻이었어, 이제 그놈 조용히 거기다 내려놓고 떠라. 괜한 짓 그만하고.

그는 흠짓 놀라 주변을 돌아보면서 말을 받았다.

"근처에 있습니까?"

―더 끼어들면 국가전복기도 혐의로 체포될 수 있다, 더 복잡해지면 타깃도 정리해야 하고 이래저래 골 아파.

"끌어들인 건 당신입니다."

―그만 빠져, 자네 일은 끝났어.

"당신이 더 이상 내 주변 사람들에 손대지 않는다면 빠지죠."

—어차피 자넨 이제 시간 없어, 깡패조직 따위가 자네들 상대라고는 생각 안 하지만 지켜야 할 사람이 많아졌다는 부분에서 점수를 까먹거든.

"치졸하군요."

—무운을 빌어주지, 장두익이가 자네에게 싸움을 걸 배짱이 있다면 재미있는 구경거리가 생기겠고… 덕분에 그만한 범죄조직 하나 없어지면 대한민국 사회질서 확립에 크게 도움이 될 거야, 하하.

"정보장사나 하려고 의도적으로 필드 팀 두 개를 박살낸 사람이 할 이야기는 아닌 것 같군요."

—다시 말하지만 그건 엄연히 철수하라는 명령을 따르지 않은 너희들 잘못이야, 사수를 비롯해서 베테랑 요원 여덟 명을 죽인 건 니들이야.

"뻔뻔하군요."

그냥 전화를 끊어버렸다. 더 이야기해봐야 얻는 게 없으리라는 판단, 일단 돌아가 식구들부터 불러모아야 할 것 같았다. 서둘러 쿠폐을 끌어내 숲에다 던지고 곧장 뒷자리에 올라탔다.

"집에 가자, 코드 레드."

"엥?"

"금방 전화 온 거 이재준이야, 최악의 경우엔 장두익하고 전면전이다."

"얼씨구? 대박인데?"

강민태의 반문에 비틀린 웃음이 섞여나왔다. 기분이 상하면 항상 그랬다.

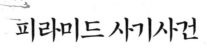

피라미드 사기사건

턱수염을 거칠게 쓸어내린 장두익은 좌우로 도열한 지역보스 여섯 명을 매서운 눈초리로 훑어보았다. 서울을 완전히 장악하기 직전에 연이어 터진 사건사고 때문에 신경이 곤두설 대로 곤두선 형편이라 짜증이 솟구치고 있었다.

"양대성이는 당분간 병원에서 나오지 말라고 해, 멍청한 자식."

"알겠습니다, 보스."

가장 앞에 선 이인배가 대답했다. 이제 겨우 서른여섯임에도 진성파의 두뇌 역할을 하는 머리 좋은 친구였다. 최근 조직이 비대해지면서 점점 더 역할이 커져서 이젠 그의 오른팔이나 마찬가지였다.

"넌 그 자식 사고치는 거 안 막고 뭐한 거야?"

"죄송합니다."

이인배는 변명하지 않았다. 이미 예상했던 문제이기도 했다. 대신 헌터에 대한 이야기를 꺼냈다.

"그냥 둘 수는 없습니다, 처리하시죠."

"어떻게? 넌 그놈이 어떤 놈인지 몰라."

"양진호 의원하고 통화하시죠, 검찰 쪽에서 손을 쓰게 하면 직접 몽둥이 들 필요 없습니다."

"쓸데없는 짓이야, 검찰 경찰 그런 거에 겁먹을 놈 아냐."

"네?"

"다른 세상에서 사는 놈이다, 자칫하면 이 자리에 있는 모두가 위험해질 수 있어."

이인배는 이번에도 입을 다물었다. 역시 똑똑한 놈이라는 생각을 떠올리는 순간, 휴대전화가 울렸다. 전화번호는 뜨지 않았다.

"누구냐?"

—내 지인들 건드리지 않기로 했던 거 같은데?

"내 사람을 둘이나 박살내고 날 탓하는 건가?"

—장 사장님 사람이라 손에 사정을 뒀습니다, 먼저 선을 넘은 건 그쪽이고요.

"그건 사고였어, 이렇게 된 이상 나도 그냥 넘어갈 수는 없다."

—제게 빚진 게 좀 있으실 텐데요?

"그건 그거고 이건 이거야."

—그냥 까놓고 이야기합시다, 전쟁을 원하지는 않을 거라고 믿습니다. 원하는 걸 이야기해보시죠.

"해줄 수 있는 게 있나?"

—장 사장님 어려울 때 부탁 하나 정리해주겠습니다.

"그걸로 퉁 치자고? 시건방지다는 생각 안 하나?"

—나는 잃을 게 없는 사람이입니다, 상대적으로 장 사장님은 지킬 게 많죠.

"잃어버린 내 체면을 회복할 수는 없어, 잃는 것으로 따지면 그게 더 커."

—전쟁을 원합니까?

"건방떨지 마라, 달랑 두 놈 처리하는 게 무슨 전쟁이야?"

—그만한 피해는 감수해야 할 겁니다, 당신이 앉은 그 소파를 지금 당장 날려버릴 수도 있으니까.

놈의 어조가 갑자기 차갑게 변했다. 그리고 지독한 한기가 느껴졌다.

"뭐라고?"

—날 잘 아는 걸로 아는데?

장두익은 등받이에 기대면서 입술을 지그시 깨물었다. 속에서는 열불이 끓어오르지만 참아야 했다. 놈은 한다면 진짜 했다. 그리고 능력도 있었다. 불과 4년 전이었다. 강남을 지배하던 서지웅 파와의 전쟁 당시, 서지웅과 야쿠자 지도부가 모인 별장을 통째로 날려버린 사건을 지금도 똑똑히 기억했다. 이를 악물며 말을 씹어뱉었다.

"다시 내 앞에서 얼쩡대면 넌 죽는다, 니 친구들도."

—합의된 걸로 알겠습니다.

놈은 그냥 전화를 끊었고 전화기는 그의 손에서 날아가 건너편 벽에서 박살이 났다.

"씨팔!!"

한참을 씩씩거리다가 담배를 물었다. 이인배가 얼른 불을 붙였다. 길게 한 모금 빨아들이자 이인배가 조심스럽게 말했다.

"이대로 끝내실 생각이십니까?"

"지금은 안 돼, 회사 확장이 끝나기 전에는 불필요한 확전 피해야 돼."

"그럼…."

"일단 찾아내라. 놈이 지금 어디서 뭘 하고 다니는지, 친구는 누구며, 가족은 몇 명이나 되는지 철저히 조사해. 단, 내가 지시할 때까지 놈과 절대 마주치면 안 된다. 눈치가 엄청나게 빠른 놈이다."

"최선을 다하겠습니다."

명령은 했지만 아이들이 놈을 찾아낼 가능성은 그리 높지 않았다. 자신조차도 헌터의 얼굴을 직접 본 적이 없고 요즘 아이들은 헌터의 존재 자체도 몰랐다. 거기다 비슷한 사진 한 장 가진 게 없었다. 있는 거라고는 CCTV에 찍힌 검은 모자 쓴 영상이 전부였다.

물론 단서는 없지 않았다. 양대성이 납치했던 김윤서라는 의사와 정운기가 깨질 때 문제가 됐던 무명가수였다. 그 여자들의 주변을 파보면 비슷하게 답은 나올 것 같았다. 놈의 뒤에 대형 로펌이 존재한다는 점이 상당히 부담스럽지만 놈에 대한 정보만 빼내는 정도는 가능해 보였다.

"나가 봐."

짜증스럽게 담배를 비벼 끄고 나가라고 손짓을 했다. 할 일이 태산인데 중요한 전력이 왕창 떨어져나간 셈, 이래서는 나와바리 확장은커녕 새로 편입된 지역을 안정시키는 작업도 중단해야 할 판이었다.

'젠장!!'

전화를 끊은 차명석은 차에 하연수를 남겨두고 석촌호수를 둘러싼 산책로로 건너갔다. 약속한 장소는 호수를 마주보는 벤치였다. 커플들이 차지한 벤치 몇 개를 지나치자 평범한 정장의 30대 사내가 아이스크림을 빨고 있는 벤치가 보였다.

앞으로 돌아가 얼굴을 확인하고 옆자리에 털썩 주저앉았다. 사내가 씩 웃더니 옷깃에다 손을 비벼 땀을 닦고 내밀었다. 마주잡고 웃었다.

"오랜만이다, 짜샤."

"살아 있네, 임채수."

"짜식, 좋아 보이네. 난 지루해 죽겠다."

겉보기엔 평범한 회사원이지만 임채수는 국정원 산업보안 7팀 핵심요원이었다. 고교 시절 같은 반에서 그럭저럭 알고 지낸 동창이었는데 한동안 연락이 끊어졌고 신입연수 때 우연히 다시 만난 친구였다. 차명석은 현장요원으로, 임채수는 사무직으로 길을 달리했지만 녀석이 내근직으로 같은 부서에서 오래 근무하는 탓에 마음만 먹으면 연락이 닿았다.

"난 니가 부러워, 인마."

"내가? 시계불알이 뭐가 부럽냐?"

"험한 꼴 안 보지, 월급 꼬박꼬박 나오지, 살 만하잖아."

"에라 이 웃기는 짜장아, 남의 떡이 커 보이는 거야. 후후, 그나저나 니가 나한테 도와달라는 날이 다 있고 오래 살고 볼 일이다."

"알아봤냐?"

"시간이 없어서 대충 훑어만 봤는데 오늘 오전에 발표된 HAG 임상 실험 결과발표 보고 나니까 생각이 달라졌다, 갑자기 그럴싸해져서 말이야. 오늘 오전에 정보부서 몇 군데 수소문해서 얻어들은 이야기 종합해보면 김은서 박사 납치 건, 모델 토막살인 사건, 부산 살인사건 세 가지는 전부 KC케미컬과 관련이 있다고 봐야 할 것 같다."

"그럴 수밖에 없어, 경찰 수사 상황은 어때?"

"뉴스에 단신으로 나온 게 전부인데 솔직히 부산 건은 많이 의심스럽더라, 어찌된 일인지 경찰은 아예 수사할 생각이 없는 것 같았어."

사실 모델 토막살인 사건을 빼면 매스컴이 관심을 가질 만한 큰 사건은 아니었다. 신문지상에 단신으로 처리되는 것도 이상할 이유가 없었다.

그러나 쟝 드니 살인사건은 조금 달랐다. 신원불명인 외국인이 부산 시내 한복판에서 죽었으니 보안관련 기관에서라도 이슈가 되어야 정상이었다. 그런데 어디에서도 신경을 쓰지 않았다. 임채수가 다시 말했다.

"누군가 압력을 행사했다는 뜻인데 김동혁은 그만한 영향력이 없어, 더 윗선에서 손을 썼다는 거지."

"윗선이라면 어디를 이야기하는 거야?"

"정치 쪽이겠지."

"정치?"

"KC그룹과 연이 있는 정치인은 많아, 국회의원만 최소 열 명이고 장차 관급에도 상당수 있을 거다. 이거 건드리면 새우등 터지는 거 시간문제야."

"너 이재준이라고 아냐? 진짜 이름인지는 모르지만."

"누군데?"

"나 징계 먹고 짤릴 때 팀장."

"상하이 참사 때?"

"그래."

"팀 완전히 와해됐다던데 그 사람은 회사에 살아남았어?"

이른바 '상하이 참사'는 국정원 최악의 실패한 작전이었다. 당시에 투입된 필드요원만 무려 여덟 명이 순직했고 중국 공안의 첩보조직인 '차오양 췬중' 요원 20명 이상, CIA도 상당수가 사망한 최악의 스파이 전쟁이었다.

기본은 중국이 실리콘 밸리에서 빼돌린 위성통제시스템 쟁탈전인데 이틀에 걸친 치열한 혈투 끝에 부품 두 박스와 20테라짜리 하드디스크는 교전 중 전소된 상태로 미국의 손에 돌아갔다.

뒷수습에 나선 중국 공안은 사건을 마약밀수 조직 간의 전쟁으로 정리해버렸고 덕분에 순직한 요원들은 자신의 주검에 진짜 이름조차 남기지 못했다.

"그 인간 정보계통에서는 거물이야."

"높은 놈들 약점 잔뜩 쥐고 있겠구만."

"당근이겠지."

당시 살아남은 요원은 백업을 맡았던 차명석 한 사람뿐이었다. 천신만고 끝에 베트남 국경을 넘어 탈출에 성공했지만 그를 기다린 건 혹독한 징계였다. 철수명령을 현장 지휘관에게 전달하지 않았다는 이유였다.

그러나 실제로는 명령을 전달할 기회 자체가 없었다. 철수명령이 내려오기 직전에 우리 요원이 배치된 모든 위치가 동시에 공안의 기습을 받은 것, 그가 은신한 장소도 마찬가지였고 순직자는 전부 그 대목에서 나왔다.

"쩝… 새끼들은 다 죽이고 애비만 멀쩡한 거네."

당시 차명석은 누군가 작전을 노출했다고 결론 내렸다. 교전 중에 일부 CIA 측의 무전을 들었기 때문이었다. 그들의 작전은 간단했다. 위치가 노출된 우리 요원들과 공안의 교전이 벌어지는 사이, 운송차량을 기습해서 목표를 회수하거나 파괴하는 것이었다. 결과도 같았다.

그러나 이재준은 본사에 작전 노출은 없었다는 요지의 보고를 했다. 대신 차명석을 명령을 전달하지 않고 작전지를 이탈한 무책임한 요원으로 몰아갔다. 결국 수없이 많은 죽을 고비를 넘기고 생환했음에도 불구하고 그에 대한 처분은 해고였다. 사건은 그렇게 흐지부지 마무리되고 말았다.

자다가도 벌떡벌떡 일어날 정도로 분통터지는 일이지만 지금도, 당시에도 그가 할 수 있는 일은 없었다.

"그 이야기는 그만하자, 잊어버리고 싶다. 그 인간이 지금은 너랑 마찬가지로 산업보안 쪽 사외조직 팀장이라 물어본 거야."

"사외조직은 점조직이잖아, 나 같은 쫄따구가 아는 게 이상한 거야, 하다못해 첩보 노트도 전부 무기명이다."

"알아, 혹시나 해서."

"근데 그 사람은 왜?"

"쿠펙이라고 에보티스 간부 같은데 이재준이 체포했어. 거기서 무슨 정보가 나왔는지도 좀 알아봐."

"일단 알아보긴 할 건데 어려울 거다. 너도 알겠지만 사외조직은 그쪽에서 먼저 접촉해오지 않으면 답 없어. 그리고… 에보티스 이야기 나왔으니까 말인데 토미투스타졸 대량구매 건은 보건복지부나 조달청의 구입리스트에 없다. KC케미컬이 신규로 진출하는 사업도 없고."

"그래?"

"증자한다는 이야기는 있더라. 다음 주에 에보티스랑 스미모토가 600억을 지분참여 형식으로 KC케미컬에 신규 투자하는 거야. 김동혁 대표도 개인자산으로 증자에 참여한다고 증시 찌라시 잔뜩 날아다니고 있다."

"에보티스, 스미모토, 두 회사는 원래 KC케미컬에 지분 참여되어 있는 거 아니었냐?"

"맞아, 지분을 늘리는 건데 최근엔 적자가 나지도 않았고 사업확장 계획도 없이 대규모 증자가 이루어지는 요상한 상황인 거지."

"5월 30일 항공편은?"

"너무 막연해, 특이사항도 없고."

"지금 봐서는 그게 제일 중요한 거 같은데 모니터링 할 수 있지?"

"위에 보고하고 임의로 조사 착수할 거다, 물론 니 이름은 쏙 빼고."

"위험할 거야, 솔직히 뭔지는 잘 모르지만 국제적인 범죄조직이 관련된 것 같다, 벌써 시체가 셋이나 나왔어."

"신경 쓸게."

"너 무기 지급 받았냐?"

"죙일 컴 앞에서 노는 놈이 무슨 무기냐?"

"지금이라도 신청해서 받아, 외부에 나가게 되면 꼭 가지고 다니고."

"걱정 마라, 산업스파이 다루는 건 우리가 한 수 위야. 필요에 따라서 본사 직할조직이 움직이게 될 거다."

"그래, 믿는다."

"넌 이제 빠져, 이제부터 회사 일이다."

"그래야지."

"그런데 넌 이런 정보들 어떻게 입수했냐? 요즘 뭐해?"

"배운 게 도둑질이라고 비슷한 짓 한다, 로펌에서 의뢰인을 위한 정보수집하고 사람 찾고 그런 거."

"수입은 괜찮냐?"

"니 월급보다는 쬐끔 나을 거다, 후후."

"젠장, 나도 때려치우고 너 따라 그거나 할까? 크크."

"인마, 넌 그냥 품위 있게 살아. 맨땅에 헤딩하는 짓 별로 권하고 싶지 않다, 간다. 언제 소주나 한잔 하자."

"동창회나 나와, 인마."

"시간 나면."

"또 시작이네, 이 시키. 전화해."

"그래, 조심해라."

가벼운 악수만 나누고 헤어져 서로 반대쪽으로 걸었다. 공원을 멀리 돌고 주차장 입구에서도 잠시 왔다 갔다 하면서 미행을 확인한 다음, 차로 돌아갔다.

"집에 가자."

"집에 가도 돼요?"

"일단 비상해제, 조심은 해야겠지만 당장 달려들지는 못할 거다."

"회사는? 오늘까지는 출장으로 처리됐으니까 괜찮은데 내일은 출근해야 돼요."

"그 회사 그만둬, 김동혁 감시하는 건 기관에 넘겼다."

"기관이요?"

"그런 거 있어, 범죄자들 감시하는 국가기관."

"진짜요?"

"그래, 장두익 그 인간이 어떻게 나올지가 확실치 않아서 완전히 안전하다고 장담할 수는 없지만 그래도 사건의 중심에서는 빠져나올 수 있을 것 같다."

"휴… 다행이네, 조마조마했는데."

"내일 같이 가서 사표 내자. 대신 꿀꿀할 기분 달랠 겸, 해달라는 거 해줄게. 내가 할 수 있는 일에 한해서, 술도 좋고 놀이공원도 좋고."

"흠, 소원권이라… 요거 급 땡기네."

씩 웃은 하연수는 팔짱을 끼고 차창 밖에 시선을 고정하면서 말했다.

"그럼 명석 씨 돕는 거 말고 다른 알바 나갈게요, 나 진짜 민폐 끼치는 거 싫어."

"이번 달까지는 참아, 상황 안정되면 하고 싶은 거 해도 돼."

"그럼 그동안 뭐하라고, 계속 집에서 전화나 받아요?"

"가능한 나랑 같이 움직이고 시간 비면 체력단련, 만일의 사태에 대비해서 몇 가지 팁 알려줄게. 웬만한 호신술은 익힌 거 아는데 그건 보통 건달들 상대할 때 이야기야."

"흠… 난 그렇다 치고 민지는 어떻게 해요?"

"당분간 민지 씨 출근하는 날은 민태가 비번으로 돌릴 거고 정 안 되면 내가 시간을 내기로 했어, 웬만하면 민태가 같이 다닐 거다. 그러니까 너도 무조건 나랑 다녀."

"오호, 요 대목도 많이 땡기네. 좋아요, 소원권 하나 접수로 합의."

"대신 각오해야 할 거야, 매일 새벽 다섯 시부터 두 시간, 그리고 시간 빌 때마다 조건 없이 지옥훈련이니까."

"칫, 운동은 나도 좋아하니까 얼마든지 해보자구요."

"저녁 먹고 들어가자, 맛있는 거 살게."

집으로 이어지는 골목은 평소나 다름없이 조용했다. 저녁시간이 한참 지나서 눈에 띄는 건 누런색 길고양이 한 마리뿐이었다. 그런데 집에 도착해서 문에 손을 대는 순간, 1층 분식집 문이 열리면서 정장의 사내가 하연수를 불렀다.

"하연수 씨."

아는 얼굴이었다. 짜증이 솟구쳤지만 애써 마음을 다스리면서 목례를 했다. 정장이 다시 말했다.

"잠깐 들어오시죠, 기다리십니다."

정장은 열린 문으로 들어가라고 손짓을 했다. 얼른 차명석과 눈을 마주쳤다.

"해결할게요, 그 인간 약혼녀 같아요."

"괜찮겠어?"

"네."

흐릿하게 웃는 차명석을 밖에 남겨두고 분식집 안으로 들어섰다. 넓지 않은 홀 한복판을 차지하고 앉은 건 예상대로 김동혁의 약혼녀였다. 목례를 건네자 여자가 자신의 앞자리를 가리켰다.

"앉아."

건너편에 마주앉자 여자가 툴툴거리며 젓가락을 식탁에 던졌다.

"이런 걸 어떻게 먹니?"

식탁 위에 분식집의 대표메뉴라고 할 수 있는 김밥이랑 떡볶이 같은 음식 몇 가지가 올라와 있지만 젓가락을 댄 흔적은 거의 없었다.

"다들 맛있게 먹는 음식이야."

"평생 이런 불량식품만 먹을 거니?"

"뭐?"

"내가 저녁 살 테니까 가자."

"밥 먹었어."

"그럼 술 한 잔 해, 괜찮은 와인 파는 이탈리안 카페 알아."

"사양할게, 데이트 약속이 있거든."

"취소해."

시종일관 상대방의 의사는 전혀 신경 쓰지 않는 명령조에 슬그머니 웃음이 났다.

"취소할 생각 없고… 그만둘게."

"뭘?"

"거지 같은 니 약혼자네 회사 말이야, 마침 잘 됐네. 여기까지 온 김에 직권으로 잘라달라고 전해줘."

"정말이야?"

"무슨 소린지 몰라? 그럼 다시 한 번 또박또박 말해줄 테니까 잘 들어, 내 말은 아무 데다 거시기 휘두르는 미친 바람둥이 자식이 주는 돈 필요 없으니까 헛소리 그만하고 내 눈 앞에서 사라지라는 이야기야."

이야기 중반에서부터 험하게 변한 여자의 얼굴이 막판에는 시뻘겋게 변해버렸다. 그리고 욕설이 튀어나왔다.

"이년 미친 거 아냐?"

"가라, 아가야. 귀찮다."

하연수는 쓰게 웃으며 일어섰다. 더 얼굴을 맞댈 가치가 없다는 생각이었다. 그런데 여자가 뒤따라 일어나면서 테이블을 뒤집어버렸다.

"뭐 이런 쌍년이 다 있어! 뭐가 어째?"

급히 물러섰지만 테이블의 음식이 그녀의 티셔츠와 바지에 잔뜩 튀었다. 다행히 음식이 식어서 데이지는 않은 것 같았다. 티셔츠에 시선을 주는 순간, 여자의 손이 날아들었다.

"이런 미친년이 정신을… 윽!"

반사적으로 머리를 숙이면서 날아드는 손을 걷어내고 가볍게 따귀를 날렸다. 주먹질을 했다가는 고소한다고 난리를 칠 것 같아서였다.

얻어맞고 휘청거리며 물러선 여자가 길길이 날뛰기 시작했다.

"저 쌍년! 저거 잡아 죽여!"

여자는 아무 거나 집히는 대로 그녀에게 던졌다. 수저통이 날아오고 물컵까지 줄줄이 날아왔다. 경호원이 다급하게 말려봤지만 소용없었다.

"이거 안 놔! 저런 년은 죽어봐야 돼!"

어렵게 몇 번 피하다가 경호원이 앞을 가로막자 길게 한숨을 내쉬며 말했다.

"이거 다 물어주고 가야 될 거야, 너 돈 많으니까 많이 내. 아니면 영업방해에 정신적 피해까지 더해서 고소할 거니까."

"얼마면 돼? 이거면 돼? 내가 다 때려 부숴준다! 씨팔!"

여자는 가방에서 수표 한 장을 꺼내 바닥에 던지더니 계속 식탁과 의자를 걷어찼다.

"이봐요, 경호원 아저씨. 그 인간 빨리 데리고 나가세요. 당신 죄 없는 거 아는데 그래도 밖에 있는 내 남친 들어오면 일 커질 거야, 로펌에서 일하거든."

경호원은 오만상을 찌푸리며 유리문 밖을 살피더니 안을 주시하고 있는 차명석을 힐끗 보고 사정하듯 여자에게 말했다.

"그만 가시죠, 아가씨. 아버님 아시면 크게 야단맞으십니다."

"시끄러! 저년 저거 그냥 안 둬! 이거 놔!"

경호원은 날뛰는 여자를 감당하지 못했다. 기본적으로 주종관계이니 어쩔 수 없을 터였다.

계속해서 진상을 부리자 차명석이 벌컥 문을 열어젖혔다. 발은 들여놓지 않았지만 위압감은 충분히 느껴질 것 같았다. 하연수는 그와 눈을 마주치고 어깨를 들썩여 보였다.

"들어오지 마요, 머리채 잡힐지도 몰라."

차명석은 씩 웃었다. 깊이 눌러쓴 모자에 가려 매력적인 눈매는 보이지 않고 입가의 미소만 보였다. 경호원에게 다시 말했다.

"경호원 아저씨, 셋 셀 때까지 나가지 않으면 가게 CCTV 영상 유튜브에 올릴 거예요, 소송도 당연히 시작할 거고."

경호원이 대답하기도 전에 여자가 다시 악을 썼다.

"법? 법 같은 소리 하네, 법이 니 편인 줄 알아? 까불지 마! 씨발년아!"

엎어진 그릇 하나를 집어 식탁에 올려놓으려다가 한숨을 푹 내쉬었다. 여자는 계속해서 바락바락 악을 썼다.

"이년아! 너 쥐도 새도 모르게 잡아다 쑤셔버리고 찢어 죽일 거야!"

물끄러미 쳐다보다가 그릇을 여자의 머리에 푹 씌워버렸다. 1/3쯤 남은 국물이 얼굴로 주르륵 흘러내렸다.

"하나."

"야! 너 뭐하는 거야! 씨발!"

"둘."

"가시죠, 아가씨."

상황이 좋지 않다고 느꼈는지 소극적으로 말리던 경호원의 행동이 달라졌다. 여자를 뒤에서 끌어안고 아예 들어올려 가게 밖으로 나갔다. 여자는 끌려 나가면서도 계속 악을 썼다. 그러나 뾰족한 고함소리는 얼마 지나지 않아 잦아들었다.

문에 기대서서 조용히 골목을 지켜보던 차명석이 고개를 돌렸다.

"괜찮아?"

"넵, 세탁비 못 받은 게 좀 아쉽지만."

하연수는 웃으면서 바닥에 떨어진 수표를 집어들었다. 그런데 액수가 좀 컸다.

"천만 원짜린데? 참나, 저 기지배 정신 나간 거 맞네."

허탈하게 웃은 하연수는 주방에 엉거주춤 숨어 있던 주인아주머니에게 수표를 건넸다.

"부서진 집기 사는데 쓰세요, 시끄럽게 해서 죄송합니다."

"이거… 내가 써도 되는 거예요?"

"네, 걱정 말고 쓰세요. 문제 생기면 말씀하시고요, 위에 CCTV 영상 가지고 있으니까 이상한 짓 못 할 거예요."

"근데 그 옷 어떡해… 다 버렸네."

"괜찮아요, 빨면 되죠 뭐."

두 사람은 난장판이 된 테이블과 의자를 정리하고 수저들까지 모아 주방에 들여놓은 다음, 집으로 들어갔다.

"옷 갈아입고 올라와, 시원하게 때려치웠으니 기념으로 소주 한 잔 하자. 민지 씨랑 민태도 곧 올 거다."

"안주 있어요?"

"만들면 돼."

"오호, 요리도 해요?"

"자취만 10년이다, 올라와."

"넵."

하연수는 방에 들어가자마자 번개 같이 씻고 화장을 고치면서 갈아입을 옷을 고민했다.

'섹시? 아냐, 아냐, 청순이 답이야.'

한참을 고민하다가 곱게 모셔뒀던 하늘색 원피스를 꺼냈다. 편한 복장이 아니라 어색하겠지만 그래도 그렇게 입고 싶었다. 속옷까지 깨끗한 새것으로 갈아입고 산뜻한 기분으로 2층 계단에 발을 올렸다.

"왔어?"

문을 여는 순간부터 고소한 음식냄새가 코를 자극했다. 소시지 같은 걸로 안주거리를 만든 모양이었다.

숙취도 가시지 않았는데 새벽부터 두 시간 넘게 기초체력훈련인지 뭔지에 된통 시달린 탓에 발을 떼어놓는 것도 쉽지 않았다. 하지만 출근길은 2주 남짓한 다른 어떤 날보다 산뜻했다.

"금방 나올게요."

차명석을 회사 앞에 남겨두고 회전문을 힘차게 열었다. 여전히 아는 척하는 사람은 전혀 없는 회사, 조용히 비서실로 올라가 자신의 자리를 정리했다. 그래도 같이 일하던 직원들과 인사하고 사표도 정식으로 내는 게 맞다 싶어서 출근했는데 괜한 짓을 한 것 같았다.

딱히 인사할 사람도 없고 그녀의 개인사물도 거의 없었기 때문이었다. 진작부터 한 달만 근무하겠다는 생각을 굳힌 형편이라 사무실에 남겨둔 물건은 대부분 그냥 버려도 상관없는 잡동사니였다.

작은 백팩 하나를 채우는 것으로 간단하게 정리를 끝내고 담당 과장 제이슨의 자리로 건너가 대뜸 사직서를 내밀었다.

"그간 감사했습니다, 과장님."

제이슨은 사직서와 그녀의 얼굴을 번갈아 쳐다보더니 고개를 갸웃했다.

"그만둔다고? 갑자기 왜?"

솔직하게 대답하는 게 나을 듯해 어제 있었던 일부터 입에 담았다.

"어제 대표님 약혼녀가 우리집에 와서 한바탕했어요, 더는 어려울 것 같습니다."

"참나… 곤란하긴 하겠네, 하연수 씨 입장은 이해가 가는데 그래도 너무 갑작스러워서… 후임이 올 때까지 기다려 줄 수는 없나?"

"제가 하는 일 중요한 거 아니잖아요, 그냥 통역이나 하고, 번역, 복사, 그런 잡무였는데요, 뭐."

"처음엔 다 그렇게 시작해, 신입은 다 마찬가지야. 요즘 취업도 어려운데 신중하게 생각하고 결정했으면 싶은데?"

"비서실은 적성에도 잘 맞지 않았어요, 이해해주세요."

"재고할 생각이 없는 것 같군."

"죄송해요."

"그럼 어쩔 수 없지, 그동안 수고했어요. 근무기간에 대한 급료는 계좌로 정산, 지급될 거야."

"감사합니다."

예의상 하는 인사말 몇 마디를 더 주고받은 뒤, 그나마 친하게 지냈던 담당 대리에게 마지막 인사를 했다,

"감사했어요, 수고하시고요."

"어… 그래요, 또 봐요."

담당 대리는 애매한 표정을 지었다. 동료를 떠나보내는 아쉬운 표정은 절대 아니었다. 어색해진 분위기가 싫어서 곧장 백팩을 집어들고 사무실을 나섰다. 그런데 문이 열리자마자 복도에서 어떻게든 피하고 싶었던 목소리가 들렸다.

"나한테는 얼굴도 비치지 않고 가는 건가?"

김동혁이었다. 얼른 문을 나서면서 인사를 건넸다.

"그동안 감사했습니다."

"사표 수리 안 될 거야, 며칠 쉬고 다시 나와."

"더 다니는 거 무리입니다, 대표님 약혼녀와 또 싸우고 싶지 않네요."

"미연이가? 집에라도 찾아간 건가?"

"1층 식당을 다 부수고 갔네요."

"후… 그 녀석 아직 어리고 천방지축이니까 니가 이해해, 계열사에 자리 하나 만들 테니까 거기서 일해봐."

"아뇨, 사양할래요. 안녕히 계세요."

"아, 거 말 더럽게 안 들어 처먹네. 나중에 따로 이야기하자, 일단 며칠 쉬어."

김동혁은 끝까지 잡으려는 시도를 멈추지 않았다. 그러나 하연수는 귓등으로 듣고 돌아섰다. 솔직히 너무 홀가분했다. 입사하던 날을 제외하면 단 하루도 일이 즐겁다고 느낀 적이 없는 회사, 어쩌면 사표를 던진 오늘이 가장 즐거운 날일지도 몰랐다.

바로 되짚어 나와 화단에 기대선 차명석의 팔짱을 꼈다.

"우리 인사동 가요."

"인사동?"

"밥 먹고 구경 좀 하다가 다이나믹 메이즈 가요."

"거긴 뭐하는 데야?"

"그런 거 있어요, 새벽부터 쥐 잡듯이 잡았으니까 휴식 좀 주라구요.

오케이?"

"알았다, 가자."

"오케이, 우선 요 앞에 카페 가서 차 한 잔 해요. 거기 커피 맛있어."

신이 난 하연수의 손에 이끌려 작고 깔끔한 커피숍에 자리를 잡았다. 그런데 앉자마자 반갑지만은 않은 전화가 왔다.

―장 변입니다.

"말씀하세요."

―필리핀에 며칠 다녀올 수 있습니까?

"일입니까?"

―해외로 도주한 거액의 피라미드 사기범을 송환하는 일입니다, 현지에 파견된 한국 경찰에 신병을 인수해주면 끝납니다.

"좀 이상한데요? 변호사가 왜 범인 체포에 사람을 투입하죠?"

―동일 사건의 범인으로 체포된 사람이 의뢰인입니다. 그리고 의뢰인은 필리핀으로 도주한 '박지철'이라는 자가 범인이라고 주장하고 있습니다, 피해액만 1,000억이 넘고 그 돈의 행방은 박지철밖에 모른다더군요. 정황상 그 사람도 피해자라고 볼 수 있는데 경찰이 손 놓고 있는 상황이라 지금으로서는 다 뒤집어 쓸 수밖에 없습니다. 형량이 많이 차이날 겁니다.

"시간은 얼마나 주실 수 있습니까? 준비만 이틀은 걸립니다."

―다음 공판기일이 5월 26일이니까 대략 일주일은 여유가 있을 것으로 보입니다. 루손 섬 중남부 칼람바 지역 어디에 숨어지내는 모양인데

필리핀에 파견된 우리 경찰인력이 워낙 부족해서 수사에 소극적입니다. 실제 수사권도 없고 인력을 빼기도 어려운 모양입니다.

"빡빡하군요, 마닐라가 아니라면 바닥은 크지 않겠지만 가명일 가능성이 높아서 쉽지만은 않을 겁니다."

―그래서 그쪽에 맡기는 겁니다. 관련자료 전부 챙겨서 이메일로 보냈습니다, 도와줄 현지인 연락처 같이 보냈습니다. 다비오라고 필요한 건 모두 그 사람이 구해줄 겁니다. 박지철을 체포하면 현지 파견 경찰관 김일권 경위에게 넘겨주시면 됩니다. 연락처 같이 보냈습니다. 비용 별도로 하고 성공수당 이천만 원으로 하죠.

"액수가 크네요?"

―박지철의 신병을 인계하기 전에 사라진 돈의 행방을 찾아달라는 의미입니다, 해외라 시간이 좀 걸릴 거라고 판단했고… 의뢰인이 조 변호사님의 가까운 지인이라 직접 마주앉아 책정했습니다.

조인권 변호사는 장용민과 함께 '장 앤 조'를 설립한 파트너였다. 민사를 전담하는 편인데 연배도 있고 재산도 적지 않아서 수당을 크게 정한 모양이었다. 이의는 없었다.

"준비하죠."

―부탁합시다, 그럼.

차명석은 전화를 끊고 고민하더니 미안한 표정을 지었다.

"미안한데 커피 마시고 그냥 집에 가야겠다, 일이 생겼어."

"어디 가야 돼요?"

"필리핀."

홀이 조용해서 내용은 대충 들었지만 다시 확인했다. 루손 섬 중남부라면 단둘이 떠나는 일주일간의 달콤한 밀월여행이 될 수도 있다는 생각, 더구나 회사를 막 그만둔 시점이라 나름 재충전의 시간이 될 수도 있었다.

절호의 기회라는 생각에 얼굴을 바짝 들이댔다. 차명석이 상체를 뒤로 뺐지만 더 가까이 들이대면서 배시시 웃었다.

"왜?"

"나도 갈래요."

"어딜? 필리핀?"

"네."

"안 돼."

"무조건 붙어다니라면서요? 한 입으로 두말하는 거예요? 나 따라갈 거야, 나도 여권 있어요."

"이거 일이야."

"내 몸 하나 지킬 능력 있다니까요? 방해 안 할게요."

"안 된다고 했지?"

"하! 직장 잘라놓고 그날로 버리고 가시겠다? 이건 뭔 매너래?"

차명석은 초지일관 '안 돼'를 외쳤지만 포기할 생각은 없었다. 눈이 마주칠 때마다 줄기차게 어르고 달래면서 닦달을 계속했고 저녁때는 강민태까지 불러 싫다는 저녁밥을 강제로 해주면서 총력전에 들어갔다.

그리고 저녁 설거지를 하면서 마침내 차명석의 항복을 받아낼 수 있었다. 결정타는 강민태의 마지막 한 마디였다.

"연수 씨는 이번 사건에 직, 간접적으로 깊이 관련된 상황이라 당분간 해외에 나가 있는 게 더 안전할 수 있어. 솔직히 말해서 내가 연수 씨까지 보호하기는 힘들다. 그리고 연수 씨가 우리 일 돕기로 결정한 거면 비교적 쉬운 일을 할 때 경험 쌓는 것도 나쁘지 않아, 같이 다니면서 이런저런 훈련도 할 수 있고."

강민태는 손가락 두 개를 권총처럼 펴서 장난스럽게 쏘는 시늉을 했다. 무슨 뜻인지는 모르지만 차명석의 눈빛이 험악해졌다.

"니 일 아니라고 말 막 할래?"

"어차피 신혼여행 커플로 위장하면 깔끔하잖아, 안 그래? 더 좋은 생각 있어?"

"두 분 정말 잘 어울려요, 진짜 신혼부부처럼 보일 거예요."

박민지까지 장단을 맞추면서 오후 내내 이어진 공방전은 하연수의 깨끗한 승리로 막을 내렸다. 자리에서 일어나 주먹을 불끈 쥐고 싶은 심정이었다. 하지만 그때까지만 해도 항복을 받아낸 대가에 대해서는 생각이 미치질 않았다.

"내일부터 훈련시간 05시로 당긴다, 빨리 자."

항복을 선언하는 차명석의 입가에 왠지 사악하게 느껴지는 미소가 걸려 있었다.

(2권에 계속)